B M Nilsson

Vägen bort

En ny framtid

© 2021 B M Nilsson

Illustration: B M Nilsson
Korrekturläsning: B M Nilsson

Förlag: BoD – Books on Demand, Stockholm, Sverige
Tryck: BoD – Books on Demand, Norderstedt, Tyskland

ISBN: 978-91-7969-2780

Hat är ingenting man kan tala om. Ångest eller ilska kan man närma sig själv i och, kan vara en av byggstenarna för att bli angivare. Som belöning för sina insatser i styrkan, erbjuds volontärerna extra matransoner och även tak över huvudet om de är på den generösa sidan. Tak över huvudet kunde innebära en plats bland främlingar i ett militärtält eller i ett hus där de rättmätiga ägarna eller hyresgästerna hade fått lämna ifrån sig. Har man varit hemlös i månader, kan inte någon vara kräsen. Om du tillhörde överlöparna, rådde de egoistiska reglerna som prioriterade sig själv och ingen medmänniska.

Många hus och byggnader som tidigare varit bostäder för landets invånare, stod nu ödelagda och det fanns få invånare kvar i glesbygden. Ingen kunde skaffa uppehälle åt sig längre. Familjeägda företag, livsmedelsbutiker och små lantbruk med boskap existerade inte längre. Boskapen var försvunnen. Antingen konfiskerad av styrkan eller så hade de sprungit till skogs, självdött eller lyckats försvinna över gränsen till grannlandet.

Han förstod de frivilligas tankegångar om att profitera på andras bekostnad. De kunde hålla sig vid liv ett tag till men hur länge visste ingen men många familjer med minderåriga barn blev volontärer men även många unga och starka anslöt sig också till styrkan. Och rötägg med kriminell bakgrund som hoppades på sprit, sex och Rock `n roll.

Han hade inga barn, inga föräldrar kvar i livet eller syskon men en älskad partner. När allt föll samman i landet för knappt fyra år sedan, måste var och en, klara upp sin egen situation.
Det fanns ingen hjälp att få ifrån någon myndighet eller hjälporganisation. För att de inte existerade längre.

Innan nationen rasade samman hade han ett bra betalt arbete inom kommunen som fastighetsansvarig sedan åtta år tillbaka och Kristina var fransklärare i gymnasiet.

De hade bott i en trevlig trerummare, femton minuters promenadväg från stadskärnan. De umgicks regelbundet med goda vänner, en bit mat hemma hos någon som var hågad att stå vid grytorna några timmar eller så intog de en lördagsmiddag med sina vänner på en restaurang. Idag, kändes det som det aldrig hade hänt. Det var så länge sedan och tiden som gått därefter hade inte liknat någonting av Kristina och hans trygghet, ja inte för någon medborgare som fortfarande existerade och som tänkte på tiden innan jävelskapet.

Det var inte så att allt hände över en natt men de förstod för sex år sedan, att allvarliga konsekvenser skulle komma för de invånare som låg närmast länderna söderut, kravaller eskalerade oroväckande och de styrande inte kunde hejda massornas framfart.

Han och Kristina kunde följa utvecklingen i massmedia, då innan de visste att all kommunikation inom landet, skulle bli omöjlig tre år senare. De såg hus och bilar som brann. De såg människor som flydde och svartklädda figurer som viftade med vapen och sköt efter invånarna. Filerna var ryckiga och osammanhängande men någon hade lyckats filma med sin Smartphone, vad som pågick på gatorna. När det visades en sekvens från en avrättning, lämnade Kristina rummet. Han satt kvar. Han ville förstå vad som var på gång men efter avrättningen, insåg han att han borde ha gjort samma sak som Kristina. Lämnat bilderna. Han hade sett ett ansikte av en pojke. En kvinna som höll hårt om hans kropp. Sedan en arm som riktade en pistol mot kvinnans huvud. En skrikande pojke som tystnade av nästa kula. Scenen satt för evigt på hans näthinna och därmed för alltid i hans hjärta.

Den sittande koalitionsregeringen, kunde inte komma överens om någonting och den hösten som kravallerna pågick i länderna söder om havsviken, blev valet det sämsta någonsin för alla partier och befolkningen visste inte längre vilket parti de skulle eller borde rösta på. Alla partier var mjäkiga och det fanns ingen handlingskraft hos något av dem. Det gick snabbt utför och kravallerna spred sig vidare. Snart fanns de inom hans lands gränser.

Partimedlemmar avgick och det var inte många kvar som hade någon jävlar anamma i sig. Försvaret hade genomgått en nedbantning av resurser sedan i slutet av 90-talet och överbefälhavaren dog av en massiv stroke under ett krismöte med regeringen för fem år sedan och någon ny hade inte utsetts. Landet var förlorat och vem som helst kunde ta över och så blev det. Styrkan tog över och anarki rådde. Kriminella och skrupelfria med pengar, utnyttjade situationen. En hel del av de redan förmögna utökade sitt kapital med lömska affärer. De kriminella med fingerspetskänsla för bedrägeri, kom snabbt in på banan men småbrottslingarna platsade inte bland dem. De satt fortfarande inlåsta på livstid för rättsväsendet hade kollapsat.

Kristina hade rötter från den norra delen av landet. De hade tagit en kort diskussion för det fanns inte mycket att överlägga. De skulle snart inte ha något arbete att gå till och inget livsuppehälle då landsting och kommuner existerade inte som innan kollapsen. Deras verksamheter var i det närmaste obefintliga. När han lämnade sitt kontor för sista gången i kommunhuset, fanns det bara två kollegor kvar i annexet där han brukade sitta. Han tog adjö av kommundirektörens sekreterare Margaretha och ekonomichefen Gunnar. De tänkte stanna kvar in i det sista för att avsluta det som kunde avslutas men han trodde inte på deras lågmälda förklaringar om att det snart skulle vara över och allt skulle bli som vanligt igen. Han trodde inte heller att de var inställda på att dansa in på arbetsplatsen om ett halvår eller längre bort i tiden. De måste hitta sina platser någonstans, där de kunde överleva. Tåg gick men sporadiskt, om tågen överhuvudtaget rörde på sig. Det fanns ingen information om avgångstider men de kunde komma från inofficiella källor. Dessvärre var det många som aldrig fick informationen men Kristina och han hade turen att få den informationen. Inga flygplan hade lyft eller landat inom landet sedan två år tillbaka och inga flygplatser var öppna för resor utanför landets gränser.

Med två väskor och var sin ryggsäck, hade de en morgon för fem år sedan, klivit på ett tåg som gick norrut. De hade lämnat lägenheten med fullt möblemang som de visste att styrkan ganska snart skulle lägga beslag på. Inte alla men några av deras vänner hade redan lämnat staden. Han och Kristina hoppades att de som fanns kvar skulle göra samma sak men än så länge var de tveksamma inför en flykt och tyckte att de gott kunde vänta ett tag till men de hade lämnat allt för en okänd tillvaro i norr.

De hade hört många dialekter på tåget, landskapsmål från många olika delar av landet. Många hade hoppats på grannlandet men gränsen var stängd sedan ett halvår tillbaka. Riket var ockuperat och ingen hade i sin vildaste fantasi kunnat tro att de skulle bli flyktingar i sitt eget land men grannlandet kunde inte ta emot flera flyktingar. De hade fullt upp med flyktingar från andra delar av världen.

De kom i samspråk med flera på tågresan och det var hårresande historier de fick höra. Det var främst i de sydliga delarna av landet som det var dystrast. Det fanns ytterst få saker som fungerade. Det rådde kaos i städerna, butiker plundrades, gatorna var krigszoner med människor sprang runt med brinnande facklor och bilar och hus som sattes i brand. Det hade hållits många möten på större idrottsarenor där styrkans medlemmar hetsat varandra till än mer motivation att rekrytera medborgarna till styrkan. En våg av våldtäkter kom därefter. Det fanns ingen urskiljning. Gammal som ung. Kvinnor som män och barn. Människor dog. Det var resultatet av styrkans kampanj om att knyta an medborgarna till deras ideologi.

Styrkan hade stoppat tåget till den norra delen av landet men då hade han och Kristina redan klivit av på en station sex kilometer innan. Hon kände till trakten och tog kommandot. De gick mot ett fjällmassiv med snöpudrade toppar och han mindes att allt han såg var så hisnande vackert men fanns det något nytta av det som var vackert i ett inferno när det viktigaste var att överleva?

Det släpade väskorna genom myrar och uppför steniga bergsmassiv. Viktigt var att de hade med sig det som visade vilka de var. Kristina hade tagit med böcker av landets bästa författare och medicin mot sin benskörhet. Hans väska skulle berätta om sin vurm för musik och sin kärlek för sina föräldrar. När de hade passerat halva vägen mot en fjällkedja, träffade de på tre män som tog hand om deras väskor och följde dem mot okänt mål. Han mindes hur de gick utefter bergets karghet där det fanns växter och porlande vatten i skrevorna men att det var svårt att ta in den vackra omgivningen. Han hade haft en klump i halsen hela vägen fram till deras slutstation.

De fortsatte att existera i ödemarken med ett trettiotal andra människor som hade kommit från olika delar av landet. De var bland de sista som slog sig ner i en ödeby strax nedanför trädgränsen. Därefter kom inga flera vandrare och det kunde bara betyda att landets invånare stod under styrkans terrorvälde eller så var de borta för alltid. De tre vägvisarna fanns bland dem och lärde dem allt om jakt och fiske. Kolonin klarade sig bra och alla tog väl vara på allt ätligt som fanns i naturen. Kolonin växte, nya barn föddes till ett liv som var både strävsamt och utmanande men någorlunda tryggt. Människorna i kolonin talade inte om ilska eller ångest, bara om morgondagens jakt efter föda.

En kort och överårig same, lärde alla i lägret hur man jagade vilt. De delade på en bössa som han kallade vargbössan och en älgstudsare. Han var med i jaktlaget som alla andra över femton år, män som kvinnor. Det fanns varg i trakten och de hade sett flera älgar och senare skulle han själv få utmärkelsen som vargdödaren. Det var en tillfällighet som gav honom titeln. Samen väckte honom mitt i natten med bössan i handen. Han följde med den gamle och de posterade utanför ett av uthusen. Det var ett totalt mörker över gården, förutom elden framför boningshuset som alltid hölls brinnande för att hålla vargarna borta. Han såg vargen som stod som en siluett mot eldkasen. Den stod helt stilla med huvudet mot huset som om han väntade på att bytet skulle komma ut på trappen.

Han hade fått den laddade bössan av samen och satt den mot sin axel, riktat och skjutit och vargen hade fallit. Samen hade genast gjort allt som skulle göras med djuret men han ville inte stanna kvar och se på, hade gått in i huset och lagt sig i kammaren med Kristina som aldrig hade vaknat vid samens nattliga påhälsning. Dagen efter när alla i kolonin visste att han hade fällt en varg, överräckte samen vargskinnet på gårdsplanen inför alla. Det var ingenting som han ville minnas med stolthet. Det hade varit obehagligt och penibelt med ryggdunkar och handskakningar från männen, ja även från kvinnorna men nu var han en av dem, hörde hemma i vildmarken och ingick i kolonins överlevnadsstrategi.

För knappt ett år sedan när träden hade tappat sina löv, då dimman alltid låg tät över dalgångarna och fjälltopparna hade snövitt puder dalat ner till marken, då ville han bryta alla bestämmelser om vad man inte skulle tala om. Han ville tala om allt han hatade, om all ilska han hade inom sig och all ångest han bar inom sig men det fanns ingen i kolonin som vågade lyssna på honom. Kristina och han var ensamma i en provins där ingen ville tala om det som var förbjudet att tala om. De kände att det inte kunde stanna kvar på gården så vid ett veckomöte, då alla i kolonin resonerade om den kommande veckans upplägg av arbete, hade de framfört sin önskan om att söka sig vidare och hitta en annan plats att leva på, bara för dem två. Några invändningar från männen, att han behövdes i jaktlaget och att kvinnorna skulle sakna Kristina som var arbetsvillig och hade god hand om barnen men tidigt nästa morgon hade de vandrat vidare.

Båda hade haft en euforisk känsla när de lämnade gården. När de var utom synhåll, hade de hoppat jämfota, skrattat och kysst varandra. Det var krispigt i luften och några minusgrader men deras lycka var fullkomlig och de hade älskat med varandra mot en björkstam, älskat med en intensitet som de inte gjort på flera år. Om inte årstiden hade gjort sitt, att löven redan låg på marken, skulle deras älskog ha ruskat ner alla löv. Han mindes och log för sig själv.

Efter fem dagar, hittade de en plats vid en sjö som var full av fjällöring och harr. Fisken kom in från en större bäck från det närmaste bergsmassivet. De byggde en koja femhundra meter från sjön. Deras första hem på mycket länge. De var överlyckliga. Varje morgon, sprang de ner till sjön, simmade nakna och nojsade som en kvinna och en man gör när de älskar varandra men ingen av dem kunde ignorerade att kylan var på väg. Vintern annonserade sin ankomst och doppen i sjön blev hastigare för varje vecka. I slutet av oktober blev det tvätt inomhus i kojan men kärleken till varandra brann.

De förflyttade sig i grannskapet varje dag för att leta efter ätliga rötter och växter, bättre material för isolering av kojan och kom alltid hem till kojan varje kväll. De fångade fisk och deras måltider påminde dem om deras besök på stadens restauranger men ett snäpp bättre för fisken var så pinfärsk som den kunde bli. Det blev svalare på dagarna så mygg och knott var inte deras värsta gissel men temperaturen sjönk mer och mer under nätterna. De måste hitta villebråd med päls inför vintern. De hade sett både ren och älg i trakten men de var svåra att fånga. De hade inga vapen men de hade grävt fem fångstgropar några kilometer från kojan men groparna förblev tomma. De åt fisk och ibland fick de en ripa i snarorna. De svalt inte men kosten var knapp.

Kristina blev sjuk. Hon fick feber. Han bedömde den som hög men de hade ingenting att mäta den med. Det gick två dygn och hon var fortfarande het. Det fanns alltid vatten i kojan som han gav henne att dricka och baddade hennes febriga kropp med. Efter en känslosam diskussion kom de överens om att de måste ta sig tillbaka till kolonin där det fanns läkare och två sjuksystrar.

Hon kunde bara förflytta sig med några steg i taget och måste vila däremellan. En sträcka på en mil tog nästan en halv dag. Tack och lov var vädret stabilt, inga överraskande regnoväder eller ihållande blåst men Kristina blev sämre med hög feber och en ihållande smärta i kroppen och de förstod att de aldrig skulle komma fram till kolonin i tid. Han bar henne till en skogsglänta och han lade ner henne på mossan. Därefter byggde han ett skydd med grenar av gran och tall. Han svepte vargskinnet om Kristina som han alltid bar med sig.

Kristinas feber gav inte med sig. De förstod att hon hade fått smittan. Ingen visste vart den kom ifrån men den hade härjat i de södra delarna av landet sedan tre år tillbaka. Den norra landsändan hade varit förskonad från smittan men nu när det strömmade in flyktingar från landets södra delar, spreds den vidare. Människor dog av smittan och ingen visste vart den kom ifrån.

De tog ett gemensamt beslut och de såg på varandra med öppna ögon. Kristina hade hittat en stör med spetsig ände på en övergiven gård under deras vandring tillbaka till kolonin. Hon hade haft den med sig hela tiden och nu räckte hon den till honom och han tog emot den. Hon var så vacker och hennes blick var stadig och hon log mot honom. Det hade varit omöjligt att krossa hennes vackra huvud med en sten. Han kysste hennes febriga läppar, strök sin hand efter hennes mjuka kind och satte den spetsiga delen av stören mot hennes bröst och drev in den med en stor sten. Hennes blick i hans ögon, en blick med kärlek och så slocknade den med ens.

Han hade begravt Kristina i skogsgläntan, vandrade sträckan dit varje vecka och slog läger för att stanna där till nästa morgon för att finnas med henne så gott han nu kunde. En tur dit en gång i veckan var alltför få timmar med sin stora kärlek men sträckan till hennes grav var lång och han hade lovat henne, att hålla sig vid liv. Om det skulle lyckas, fick han inte stanna upp och bete sig som en latmask. Det krävdes uthållighet för att hitta näringsrik ätlig föda och vaksamhet mot hotande faror. Han var inte rädd för att björn eller varg, skulle göra slut på hans liv. Vaksamheten var riktad mot främlingar som kunde vara knutna till styrkan.

Vintern efter hennes död, hade varit svårartad och snödjupet extremt men tacksamt ändå för kojan hade vinterbonats av all snö och han hade inte frusit alltför mycket. Besöken vid graven blev ogenomförbara under vintern men han hade Kristinas böcker och läste dem varje dag. De gav honom tröst och hon kom honom nära. Han måste sitta utanför kojan och läsa med hjälp av dagsljuset men oftast bröt inte solstrålarna igenom de mörka flyende molnen på himlen och dagarna var korta. Han hade överlevt många snöstormar i sin koja den vintern och han hade tummat många gånger på fotografierna på den familj han tillhörde men som inte längre existerade.

Nu glänste löven i alla färger igen och han hade levt vidare. Ett år hade gått efter Kristinas död. Han undvek människor. Han såg dem ibland då de rörde sig i skogarna eller i de öde byarna men han gav sig aldrig till känna. Dimman hade ännu inte fått grepp om landskapet och det var ännu inte för kallt på nätterna. Han bodde kvar i kojan vid sjön och klarade sig bra på fisket och hade också haft turen att få en ren i en av fångstgroparna. Han hade torkat köttet enligt alla konstens regler. Han tackade en av vägvisarna i kolonin för den kunskapen för nu hade han föda för lång tid framöver.

Djuren, landskapet, mossarna och han själv förberedde sig för den långa och kalla årstiden. Snart skulle färgpaletten falna av och det vita skulle ta över. Fascinerande med årstider. Att många saker måste dö för att livet i naturen ska fortleva. Faunans ständiga reproduktion, allt som fortfarande var vackert på människornas planet, tycktes vara ett onödigt tilltag numera. Alltför gigantiskt för de människor som fanns kvar, gömda och kanske också glömda och hade inte tid över att njuta av de få orörda omgivningarna i ett land som befann sig i kaos. Hur såg det ut i grannländerna? Ingen visste. Kontakten var bruten. Sista bulletinen släpptes över radion för fem år sedan. Tre månader innan han steg på tåget med Kristina.

Han såg ut över en av alla dalar som han hade iakttagit de senaste åren. Skillnaden var att han var ensam. Han såg en övergiven by och han såg länge på byggnaderna för att kanske få se en minsta rörelse men där fanns ingenting. Han insåg att han inte längre var ensam på utsiktspunkten. Det fanns någonting mycket nära honom. Han reste sig och gick utefter bergssidan och kom in i tät skog och detta någonting följde efter honom. Skulle han bli orolig över detta? Jo, det borde han. När Kristina och han fortfarande ingick i kolonin, hade de alltid diskuterat om när, inte om, gruppen skulle avslöjas och jämnas med marken av överlöpare. Förmodligen skulle ingen av bosättarna förskonas. Han var rädd för att kolonin inte längre existerade idag. Det var över två år sedan som Kristina och han lämnat människorna där och han hade inte haft någon anledning att söka upp dem igen. Han hade misslyckat att nå dem i tid, när Kristina var döende föregående höst så han hade för länge sedan släppt tanken om att söka upp dem igen.

Han följde stigen som snirklade nerför sluttningen mot ödegården, gömde sig bakom en ladugårdsvägg och väntade en lång stund på att förföljaren skulle bli synlig. Han hade lagt sig ner i det höga fjolårsgräset, med en rostig harv framför sig. Med ens blev han kallsvettig. Hade han blivit förföljd från sin koja så visste de om hans viste. Nej, det kunde inte vara möjligt för han var alltid vaksam när han rörde sig utanför sin region. Han skulle ha märkt en skugga långt tidigare än vid utsiktspunkten. Det var kanske där som förföljaren redan befann sig när han satte sig för att se om byn nedanför var öde eller inte. Kanske skuggan gjorde samma sak, letade efter andra människor i ödemarken?

En liten rörelse, knappt märkbar i slänten mellan skogen och den igenväxta odlingen bakom gården med frost i slytopparna Så blev det stilla en lång stund. Hans nacke började värka och armarna domna. Han låg med magen mot marken med hakan mot knogarna och stirrade genom de torra grässtråna framför sig. Han måste ändra kroppsställning, annars skulle han få ihållande värk i nacke och axlar. Han drog sakta benen under sig och kom upp i sittande. Det höga gräset dolde honom men för säkerhets skull, drog han sig närmare ladugårdsväggen som en gång varit rödmålad men nu skiftade i silvergrått. Så såg han en liten figur som sprang fram till ett buskage där den igenväxta åkern tog vid. Figuren försvann bakom buskarna.

Det är ett litet barn, konstaterade han. Många barn hade ju rekryterats till styrkan. Föräldralösa barn togs om hand om de i gengäld, angav personer med övertygelser som inte stämde med styrkans ideologi. Det var ju en räddning för barnen och ett sätt att överleva men han tvivlade att ett ensamt barn skickades ut i vildmarken för att rapportera om människor som gömde sig för makten. Hur skulle det gå till? Hur skulle rapporten förmedlas vidare till högkvarteret? En ensam överlöpare måste ha en kontakt. Var fanns den kontakten här ute? Figuren därute skulle göra misstag. Själv var han van med vildmarken efter flera års erfarenhet. Han kunde bara vänta.

Han satt vid ladugårdsväggen i säkert en timme. Solen var på väg ner och skulle snart försvinna bakom fjällkedjan. Figuren hade ryckt fram mot gården med ett intervall av femton minuter, möjligen tjugo minuter i början men den var stadigt på väg mot gården. När solen strök efter bergskammen, kanske den tycktes tveka för en stund men dess bana gick sin gilla gång och på en minut övergick dalen i grå skala med långa svarta sjok av skuggor från fjällkedjan. Det var ju jorden som gick i sin bana runt solen, tänkte han.

Så stod figuren ungefär 25 meter framför honom. Han trodde inte att han var synlig för det främmande barnet. Han låg nu platt mot marken i höggräset igen och kunde se mellan de höga stråna att det var en mager och smutsig människa i tunn jacka med huva och trasiga byxor. Flicka eller pojke, kanske inte ens tonåring. Han drog försiktigt efter andan. Måste tänka snabbt. Ska jag ge mig till känna eller vänta och se om han eller hon kommer närmare? Han väntade men figuren stod kvar på samma plats.

Hans ena arm hade domnat. Han skulle vilja rulla runt på rygg och sträcka ut men vågade inte. Gräset skulle prassla och hans rörelser höras. Plötsligt gick figuren flera steg framåt och blev så nära hans gömställe, att han kunde höra snabba nervösa andetag. Bära eller brista. Han gick upp på knä och reste sig upp på två sekunder. Barnet framför honom stirrade rakt på honom, backade snabbt tio meter men stannade lika snabbt igen.

De stirrade på varandra. Ingen rörde sig på en lång stund. Slutligen drog han ett djupt skälvande andetag.

"Vem är du?" Inget svar. Stirrandet på varandra fortsatte.

"Vart kommer du ifrån?" De smala läpparna rörde på sig, munnen tog en sats men så stängdes den.

"Vad gör du här?"

Barnet lyfte sakta upp sin högra arm, vände sig mot skogen och pekade.

"Du kommer alltså från skogen däruppe. Men dessförinnan?"

Barnet såg ner på sina fötter. Det var utan skor. Såriga fötter. Dåligt klädd nu och ännu sämre klädd för kylan som snart skulle komma. Han ville inte ha oförutsedda situationer som skulle rubba hans vardagsplanering. Han undvek allt som skulle kunna utvecklas till ett avsteg från rutinerna och följde sitt schema fullt ut varje dag för att han ville överleva. Så vad skulle han göra nu? Nu hade han hamnat i kategorin " oförutsedda situationer".

"Jag…" Tystnad. "Jag flyr."

"Vad flyr du ifrån." Barnet kom långt härifrån. Kanske en sydlänning men det var svårt att höra om det var en pojke eller flicka. Bara en ljus röst.

Det dröjde innan barnet svarade.

"Har ingen kvar. Alla är borta. Natten." Barnet tog några försiktiga steg mot honom. Nu stod de knappt åtta meter ifrån varandra med den övergivna ladugårdsbyggnaden bakom sig och i det höga gräset mittemot.

Det var en pojke. Han var övertygad om att det var en pojke som ännu inte kommit i målbrottet. Elva eller tolv. Varför var han här?

"Du måste ha kommit långt ifrån. Berätta."

"Jo, långt ifrån. Du gömmer dig härute."

Ett påstående från pojken men han ville inte svara. Tids nog skulle han berätta. Först måste pojken berätta. Han tog upp torkat renkött ur sin skinnsäck, en bit bröd bakat utan jäst och gav till pojken.

De satt i stallet. Det fanns rester av hästskit och halm men dofterna från det som funnits, var borta för länge sedan. Lämningar som blivit till stoft. Det luktade övergivenhet i hela byggnaden. Han räckte över en glasflaska med källvatten. Pojken drack upp halva flaskan, ursäktade sig för sin glupskhet och gav tillbaka flaskan med en sidoblick över sin högra axel.

Hur skulle hantera detta? En otrygg och utsvulten dåligt klädd yngling men likväl en främling som det inte gick att lita på. Skulle han våga ta med pojken till sin koja? Nej, inte aktuellt i nuläget. Han behövde veta mera.

Pojken hade somnat. Ingen eld hade tänts. Han följde sitt schema. Maten hade inte krävt någon eldstad. Han reste sig, krängde av sitt vargskinn och lade det över den tunna pojkkroppen.

Han vaknade, solen sken in genom stallets smutsiga fönster. Det skulle bli en fin dag med hög och klar luft men det var någonting annat som var tveksamt men kunde bli bra. Han hade fått sällskap men skulle alltid vara på sin vakt men var nyfiken, en känsla som han inte haft på många år. Han ville veta allt om pojken men han fanns inte i stallet men hittade honom sittandes i det höga gräset, gråtande. Han satte sig bredvid.

"Om du vill kan du berätta för mig."

En nanosekund log pojken och blev för ett ögonblick förvandlad till en bekymmersfri pojke. Som pojkar borde vara.

"Inte nu men så småningom."

Det tog mer än två dagar att komma fram till kojan då det blåste kraftigt med häftiga regnskurar däremellan. Ovädret drog vidare och ibland visade solen sig korta stunder, men molnen fortsatte att jaga med hög hastighet över den grå himlen. När de kom fram till kojan var han orolig över det beslut han tagit om att visa sitt viste. Likafullt gjorde han i ordning en bädd i kojan. Pojken behövde någon som brydde sig. Och pojken berättade när ovädret härjade utanför och de satt vid kaminen, drack örtte eller snaskade på torkat renkött.

Ynglingens föräldrar hade varit representanter i kommunens regeringsparti och han hade mist dem en natt för fyra år sedan. Styrkan hade omringat deras villa, trängt sig in och dragit upp dem ur sängarna med vapenhot. De hade även hotat pojken som bara var åtta år. Hela familjen hade transporterats till det närmaste fängelset och låsts in. Pojken hade aldrig återsett sina föräldrar efter den natten. Han hade släppts efter en vecka, stått utanför murarna och begripit att han inte hade någonstans att ta vägen.

Hans morföräldrar bodde på Spaniens solkust och hans farföräldrar var döda.

Han hade vandrat runt i flera dygn, utan mat och mänsklig kontakt men kom till sist fram till sin hemstad. Människorna flydde staden och han följde med strömmen som sökte sig till bron och till båtarna i hamnen. Han valde bron och nådde slutligen fastlandet på andra sidan nästa dag. Människor talade ett främmande språk, vissa ord kunde han förstå men han vågade inte visa att han fanns. Efter två nätter i en trappuppgång, fick han kontakt med en kvinna som tog hand om flyktingar som lyckats ta sig över gränsen. Hon tog honom till en uppsamlingsplats, han gissade att det var ett garage för bussar som utrymts. Han fick mat, den första ordentliga måltid han ätit på över en vecka och en madrass med ett sov täcke. Han blev kvar och hjälpte de frivilliga hjälparbetarna med alla praktiska saker som måste göras inför varje grupp flyktingar som kom från hans hemland.

Det gick några månader. Människor började dö. De fick hög feber, kräktes och fick svår diarré sedan spydde och sket de blod och inom några få dygn dog de. Det kom läkare, sjuksystrar och annan sjukvårdspersonal som försökte mildra sjukdomen men flyktingarna fortsatte bara att dö. Läkarna misstänkte en epidemi av kolera och garaget sattes i karantän. Pojken hade inga symtom men han och flera med honom, fick lämna lokalen. De som misstänktes ha blivit smittade stannade kvar och skötte de svårt sjuka.

Pojken hade många tankar om detta. Med tiden skulle garaget tystna, inga skrik och inga plågor längre. En katakomb med lik som så småningom skulle bli en plats med vita skelett. Han hade sett råttorna. Någon skulle öppna den tunga järndörren en dag, i en annan tid och undra vad de hade upptäckt. Var det en begravningsplats eller en plats efter en katastrof? De skulle med säkerhet finna ut svaret, för människor blev intelligentare med tiden eller?

Han hittade en plats vid slottet, en souvenirbutik, övergiven och utan elektricitet och värme men han höll ut under den bistra vintern. Han fick mat från en kock med variga utslag i ansiktet, på en restaurang i närheten, inte alltid så han måste hitta föda på annat håll. I soptunnor. Färskt vatten var svårast att få tag på. Läsk och öl kunde han få från kocken men vatten var det som människor behövde för att överleva. Han gick flera kilometer varje dag för vattnet. Det fanns en kran med elixiret utanför en bensinstation. Den var utan manskap men det fanns fortfarande vatten att hämta där. Han fyllde en femliters plastdunk som han fått av sin vän kocken, varannan dag.

Våren därefter hade han åter vandrat över bron och lyckats hålla sig osynlig för Styrkan. Han hade gått mot norr. För varje mil uppöver landet, förstod han att Styrkan inte hade samma genomslagskraft som söder om huvudstaden. Vänliga människor gav honom mat och en sovplats men diskussionerna gick i stugorna. Ville de eller kunde de fly sina hem när som helst? Med båt över vattnet till landet på andra sidan havet eller det enklaste alternativet, genom skogen och över gränsen till grannlandet? Det var svårt att komma in om man inte hade släktingar på den sidan. Pojken sökte sig vidare mot norr. Frosten kom och därefter kalla vintrar med mycket snö. Vårarna kom, en tid som var lätt att uthärda men vintern kom alltid igen. Pojken hade frusit, inte ätit på flera dagar många gånger men klarat sig.

Inte längre ensam

Båda befann sig i ett ingenmansland. Ingen i den norra delen av landet visste någonting om styrkans framfart längre ner i riket och ingen ute i vildmarken visste säkert, om det fanns andra på flykt i skogarna och på fjällen. De gömde sig, undvek vandringsleder som markberetts för friluftsmänniskor, för så mycket länge sedan.

Eskil funderade över tillskottet i hushållet. Det skulle bli ett besvär för honom i de dagliga rutinerna. Han måste lära ynglingen hur att överleva här ute. Men han kände även en förväntan, att livet skulle kunna bli rikare. Det skulle finnas fyra händer, istället för två händer. Sökande efter föda skulle bli enklare, hoppades han och de skulle ha daglig kontakt med varandra. Viktigt här ute om någonting skulle hända. En fallolycka eller att naturens krafter, skulle rasera kojan med en grisblink eller att ramla i sjön, vid kojan och inte ta sig in till land. Hur nu det skulle gå till. Eskil hade ingen båt att ramla ur ifrån.

Pojken hade en styrka inom sig som var svår att mäta. Ett ensamt barn förflyttar sig från söder till norr i ett land som är ockuperat av en härstyrka som fått regeringen på fall och fängslar alla som inte ansluter sig till deras ideologi, är ett mirakel. Pojken förflyttar sig genom hela landet utan att upptäckas. Det är stort men Eskil måste vara på sin vakt, Är det sant eller är allt bara lögn?

Ingen förstår vad Styrkans lära betyder. Hitintills har det bara varit terror. Det liknar diktatur men mycket värre, någonting som aldrig tidigare förekommit. Är det större än utrotningarna under andra världskriget, i Afrika, Indonesien, Kina eller det infekterade kriget i Iran och Irak som startade under 80-talet och aldrig upphörde? Det finns gravar med kvinnor och barn därute, gravar efter unga män som kidnappades för att gå i mördarbandens ledband, dolda för anhöriga eller så finns det inga släktingar kvar som kan minnas dem och söka efter deras gravar. Det var slut med nyheter från den övriga världen för flera år sedan så ingen visste någonting om vad som skedde på jordklotet. Eskil gissade att krigen fortsatte och ingen ville sluta fred.

De hade lagt sig för kvällen. Pojken låg på golvet med ett tjockt lager av granris under sig och en fäll av räv, grävling och ren över sig, hoptråcklat av Eskil.

"Du är en ödmjuk människa och jag är tacksam för att du tar emot mig i ditt hem."

"Tack" Eskil ville ha sagt mera men det tog emot. Han ville säga att "Du är stark i dig själv så jag tror att det här blir bra." Han måste avvakta. Vem är ynglingen?

De låg vakna, funderade på vart sitt håll. De ville båda ställa frågor men ingen sade något. Elden hade falnat utanför kojan men Eskil skulle lägga på mera ved, innan solen visade sig.

"Var är samerna?"

En fråga som han inte kunde svara på. Ja, var är samerna? De hade förmodligen tagit med det som var portabelt och gett sig iväg för länge sedan, kanske hade de flytt till grannlandet. Några renar hade blivit kvar och det fanns kolonier av halvvilda djur i trakten. Djur som han ibland lyckades fånga och livnärde sig på.

"Vet inte. Jag kom hit för fem, kanske sex år sedan och jag har inte sett några samer under den tiden."

"Det är hemskt alltihop. Att vara på flykt i flera år och många har förlorat familj och vänner. I hela landet. Hemskt."

"Ja, men vad kan vi göra?"

"Vi kan ta tillbaka det som Styrkan stulit."

"På vilket sätt?"

"Det finns människor överallt som är ursinnige över vad som hänt med vårt land. Det finns starka röster och grupper som jag har lyssnat till på vägen hit. De är beredda att göra vad som krävs för att ta tillbaka vad som är vårt och krossa Styrkan."

Pojken var tydligen en revolutionär, visserligen mycket ung, ännu inte tonåring men han hade skaffat sig erfarenheter sedan flera år tillbaka.

"Har vi den förmågan?"

"Inte du och jag men om vi kan sprida budskapet till andra som vill kämpa mot styrkan, kan vi göra någonting."

Eskil tänkte på människorna i lägret. Fanns de kvar? Hade de blivit flera? Det skulle ta flera dagar att gå dit och han var inte hågad att göra en sådan resa just nu. Han ville inte ens tänka på människorna där. Kristina hade funnits där.

Det var dags att berätta lite om sig själv. Pojken hade varit öppen och verkade ha tillit till honom. Han skulle berätta en bit i taget och utvalda delar som inte skulle avslöja alltför mycket om sin person. Möjligheten fanns fortfarande att pojken var en överlöpare. Det kanske var ett spel han genomförde från morgon till kväll. Vecka efter vecka.

"Jag heter Eskil. Vad heter du?"

Det var tyst en lång stund sedan hördes en rörelse från bädden och plötsligt stod pojken vid hans bädd, en skugga mot dörren som släppte in morgonljuset genom den lilla glasrutan.

"Du har samma namn som min farfar hade. Jag heter Måns men jag har aldrig gillat namnet. Du får gärna kalla mig Christoffer. Min bästa vän hette det."

Solen lyste från en molnfri himmel över skogen och fjällmassivet. Lövträd och buskar stod som lysande facklor i gult, orange och rött vid myrar och utefter sluttningar. De var redan ute i landskapet trots att natten inte gett dem någon sömn men de kände sig ovanligt energiska. De hade redan fångat sju rödingar i en bäck och vittjat en ripsnara.

Och hittat ett bra kantarellställe. Christoffer bar kantarellerna försiktigt i ett lakan. Lakanet var ett av dem som Eskil och Kristina haft med på sin flykt. Kristina hade varit envis och det tackade han henne för. Det var inte lätt att få tag på tyg i vildmarken.

"Nu har vi mat för flera dagar framöver och riktiga delikatesser."

Christoffer tjoade och hans rop ekade mellan fjälltopparna. Förunderligt skönt att få sällskap. Det kunde inte Eskil förneka. Christoffer var ömsom sprallig, ömsom allvarlig. Han kom själv ihåg hur det var i tonåren, rena berg och dalbanan men för pojken, om historien han hade berättat var sann, måste det varit ett helvete att bli vuxen, när han fortfarande var ett barn.

De gick bredvid varandra på stigen mot kojan. Eskil sneglade på Christoffer. Han var betydligt renare än från deras första möte vid den övergivna gården. Med vilda örter, såpa och vatten i en å och kläder som han kunde avvara, blev pojken rekorderlig. Eskil hade sett en mager kropp med många blåmärken när pojken satt i ån. Det fanns också öppna sår på benen som han lagt salvor och omslag på. Byxorna var för långa och för stora i midjan men de hade löst problemet med kniv och flätade vidjor som bälte.

De satt med var sin tallrik grillad öring utanför kojan och tuggade ojäst bröd med stekta kantareller på. Eskil skulle inte ha någonting emot ett glas öl till maten men vattnet från kallkällan femtio meter från kojan, dög hur bra som helst.

"Kom du hit alldeles ensam?"

Christoffers fråga gjorde ont. Han såg ut över dalen. Solen fanns där just nu men skulle glida utefter fjälltopparna och försvinna om en stund. Kristina fanns inom honom varje dag och hans brinnande saknad efter henne var ibland outhärdlig. Hur underbart vore det inte att just nu, sitta med hennes hand i sin och de tillsammans tog hand om denne allvarlige unge man. Eskil berättade.

"Jag flydde med min fru Kristina med ett tåg som gick norrut. Vi blev hämtade på stationen av några människor som redan flytt och hittat sina gömställen. De tog oss med till ett läger med flyktingar från alla delar av vårt land."

"De var flyktingar i sitt eget land, även du och din fru".

"Ja, som det har varit för många andra på vårt jordklot i hur många år som helst."

Pojken nickade. "Jo, det är sant men berätta om hur det var i ert läger."

"Vi hjälptes åt med alla sysslor, lagade tak och fönster på den övergivna gården och letade efter ätbara rötter, plockade bär som vi torkade för vi hade ingen möjlighet att sylta och safta precis."

Pojken flinade.

"Vi odlade potatis, fångade vilt på gammalt vis med fångstgropar och snaror tack vare en gammal man som hade lärt sig av sin farfar som i sin tur lärt sig av…"

"Det där läste vi om i skolan. Hur våra förfäder som var jakt- och fiskefolk gjorde för att överleva efter istiden."

Eskil fick svårt att hålla sig för skratt men fick till det och blev allvarlig.

"Vi hade två älgstudsare så jag lärde mig att skjuta älg. De är vackra djur men vi var många som måste få mat i oss för att överleva. Där fanns flera familjer med barn och flera barn föddes på gården när vi var där. Det fanns en läkare och annan sjukvårdspersonal i lägret, två systrar tror jag och två officerare. Vi blev delaktig i gruppen men vi lämnade platsen efter ett år."

"Varför?"

"Vi trodde att det var ett läger för alla men med tiden, när jag lyssnade på deras prat, deras åsikter och..." Eskil tystnade men Christoffer väntade på fortsättningen.

"Kanske det var ett dåligt beslut men Kristina ville bort därifrån, så vi packade våra ägodelar. Vi pratade med den gamle mannen, Jonas, och hans råd höll oss båda vid liv ett tag. Det var olyckligt med Kristina men därefter har Jonas kloka uppmaningar, hållit mig vid liv. Jonas sa att jag måste leva med naturen och då lever naturen med dig."

Christoffer såg uppmärksamt på honom.

"Det är enkelt. Naturen omkring dig finns där, för dig och du själv är en del av den. Du är naturen, du är universum. Man kan sväva ut och bli som en filosof i det här. Jag tänker att vi finns på en planet som fått namnet Jorden men därutanför finns det en massa planeter. Då kan man fråga sig varför det finns andra planeter därute, lång bort från vår planet. Finns de där utan nytta eller finns det tvillingplaneter? Finns vi här eller finns vi samtidigt någon annanstans?

Christoffer glodde på honom. "Du pratar inte riktigt klokt. Goja alltså. Vad menar du med det? Vi finns här och nu. Finns vi någon annanstans också?

"Du, det börjar bli sent."

"Försök inte slingra dig."

Eskil såg att Christoffer inte skulle backa så han lade på mera ved på elden.

"Du kommer att känna av naturens makt ju längre du finns med i den. Den ger mig tröst och den lenar min själ. Fjällen, skogarna, marken och vattnen är mitt liv. Det kommer att bli ditt liv när du bott här ute ett tag och vill du bli kvar här i vildmarken måste du bli sams med naturkrafterna."

"Jo, det förstår jag men jag förstår inte att vi samtidigt finns någon annanstans."

"Som jag sa, är jag ingen filosof men jag har levt ensam i flera år och har haft många samtal med mig själv. Jag har upplevt svåra vinterstormar, varit hungrig många gånger men jag har överlevt. Jag har alltid kommit tillbaka till en plats och tackat universum för att det vill att jag ska fortsätta leva."

"Platsen är där du begravde din fru men du undviker fortfarande min fråga om tvillingplaneter."

Eskil nickade. "Ja där känns Kristina nära."

Christoffer såg in i elden och såg ut att tänka på något viktigt som hade dykt upp i hans huvud. De satt båda tysta en lång stund med eldens dansande lågor framför sig.

"Men du, det där om universum, att vi alla är en del av det, då kanske din fru finns överallt. Inte bara på begravningsplatsen, hon kanske finns här där vi sitter just nu. Jag gillar tanken. Då skulle vi finnas i all evighet. Jag går och lägger mig. Jag är trött."

Christoffer reste sig och försvann in i kojan. Eskil satt kvar, lade några pinnar till på elden, för att hålla vilddjuren borta. Det fanns några vargar kvar i området. I våras hade han sett en ensam järv men vilddjuren hade förmodligen följt efter den stora renflytten för några år sedan. Några enstaka vildrenar eller älgar tycktes vara för litet att bry sig om för rovdjuren. Alla varelser måste överleva på det ena eller andra sättet. I den här kojan skulle en vuxen man och en pojke göra ett försök att överleva den kommande vintern. Eskil var inte lika orolig över detta som han hade varit under föregående år. Pojken var av segt virke och hade också andra fördelar. Han kunde tänka och var bra på det. Det kunde bli en bra tid framöver för dem. Visserligen trodde inte Christoffer på en tvillingplanet. Han log, såg in i elden och började småprata med Kristina. Givetvis fanns hon överallt. Just nu kändes det väldigt tydligt för brasan flammade plötsligt upp och en mild bris drog över hans orakade kind.

Pojken sov när han kom in i kojan. Eskil somnade raskt men vaknade av skrik. Pojken skulle ha mardrömmar varje natt. Han kastade sig i bädden, mumlade, gnydde och ibland vrålade han som ett djur. Eskil klev upp som han alltid gjorde och lade sig bredvid honom och höll om pojken. Eskil klev tillbaka till sin bädd när Christoffers kropp inte längre skakade och rann av svett, när den magra kroppen inte längre var som ett järnspett och när han andades normalt. Christoffer hade aldrig några minnen av att Eskil hjälpte honom genom mardrömsnätterna. Eskil ville ha det så. Kanske han själv en dag behövde hjälp av pojken, att få mardrömmar att försvinna, när han själv inte var kapabel att hålla dem ifrån sig men skulle Christoffer finnas kvar hos honom då?

Åter till lägret

Motvilligt och med tvivel i tankarna, startade Eskil och Christoffer tidigt nästa morgon vandringen till lägret. Luften var klar och krispig. När de gick över dalgången mot den nedre skogen, frasade det under deras fötter i dalgångarna. Gräset hade en tunn hinna av frost. De sade inte många ord till varandra, de gick raskt och utan några raster, tills solen stod som högst på himlen denna tidiga höstdag. De slog sig ned på en nedfallen tallstam mitt i skogen och åt en bit bröd, lite renkött och drack några klunkar av källvattnet från Eskils glasflaska.

"Man ser inga PET flaskor nu för tiden. De blir giftiga också efter ett tag så det är bra att du lyckats rädda några glasflaskor och glasburkar."

Christoffer hade rätt. Eskil aktade sina glasflaskor noga men han undrade var alla plastförpackningar hade tagit vägen.

"Vet du någonting om var all plast tagit vägen? Vi kunde se dem fortfarande skräpa på gatorna och i naturen, när vi tog tåget norrut."

"All plast samlades ihop och användes av dem som inte längre hade någonstans att bo. Jag såg många som hade byggt små kojor av plastsjok. De hade nog smält platsen själv. Det såg inte alls hälsosamt ut. Jag sov i en plastkoja en natt och kunde se att de använda avskurna PET flaskor som mattallrikar eller muggar, gråa och ogenomskinliga. Jag ville varna dem för giftet som utsöndrades från plasten men de ville bara överleva så länge som det gick. Jag sa ingenting, åt lite av deras mat och gick vidare."

De vandrade vidare och slog läger för natten vid en glänta i slutet vid skogen. De samlade grankvistar och störar av gran för att bygga en riskoja. När den var färdig, tände Eskil sin eld och de somnade med en gång men vaknade tidigt av kylan som rullade in som en dimridå från myren vid skogskanten. Efter en snabb frukost med hett örtte och en bit bröd, gav de sig iväg. De gick runt myren och kom in i en ny skog. Om inget oförutsett skulle hända, fanns lägret en dagsmarsch bort med en övernattning och de skulle vara framme innan solens nedgång.

På vägen genom nästa skog funderade Eskil över hur han skulle kunna klä pojken inför vintern. På denna vandring skulle det inte finnas tid över för att gillra fångstgropar för älg eller någon förlupen ren. Han behövde djurpäls och allra helst vargskinn men att fånga en varg var näst intill omöjligt. De var få och han hade inget skjutvapen. Ett vargskinn hade de men det räckte inte för två. Christoffer växte fortfarande och vem visste hur mycket han skulle skjuta på höjden.

"Det är fint här uppe. Jag kan förstå att många har sökt sig hit."

De klättrade som bäst över ett parti fallna träd. Eskil antog att en storm förorsakat detta för minst tre år sedan. Barkborren hade tagit över och de spirande gran- och tall plantorna, skulle inte ha en chans att överleva.

"Visst, fint är det men om du tror att det bra med det, tar du fel."

"Jaja, du måste leva med naturen och vara nöjd med vad den släpper till med."

Eskil höll med och kramade om pojkens magra skuldra med ett leende.

"Exakt. Du vet ju vad det handlar om."

De slog läger åter igen vid foten av ett berg. Det var inte högt men skyddade mot vinden som under kvällen blev mer och mer ihållande. Eskil hade sett hur skyarna hade jagat på himlen på eftermiddagen. Även Christoffer hade förstått att ett oväder var på ingång så han hade suttit länge vid den fladdrande elden med Eskil, kom inte till ro och ville inte lägga sig ensam i klippskrevan.

"Vi kommer fram till lägret i morgon. Visst gör vi det?"

"Absolut. Vi är sega vildmän."

Christoffer nickade. Han lade på en pinne på elden.

"Men om vi inte får med någon i lägret som är beredd att kämpa för vår frihet, är det ju kört."

Vad skulle Eskil svara på det? Det var kört om de inte överlevde vintern. Tog man sig igenom det kalla, det isiga och stormarna som aldrig tog slut och hade själen i behåll, kunde man överleva vad som helst.

"Vi får veta i morgon." Eskil reste sig och lade sig i bergsskrevan med vargskinnet över sig. Christoffer lade sig bredvid. Eskil drog vargskinnet över dem båda och såg på pojken.

"Du och jag är ett team. Vi kanske är ensamma här ute, bara du och jag, så vi måste överleva för vår egen skull. Egoistiskt tänk men det är ett tänk som innefattar framtiden. Du förstår nog vad jag menar." Christoffer nickade och Eskil nickade.

"Men det kan också vara så att vi har en viktig uppgift som vi måste fixa för att andra ska få en glimt, en tanke om att det finns en chans om ett värdigt liv."

"Tvillingplaneter." Berätta om det."

Eskil kunde inte berätta om vad han trodde på. Det hade varit hans tanke sedan Kristina dog, att det fanns planeter i universum som gav tröst till alla som hade mist en kär vän. En planet där de fortfarande levde och att de en dag skulle förenas med sina nära och kära.

"En dag ska jag berätta men inte idag."

Christoffer suckade, vände ryggen till och somnade.

Eskil såg upp på himlen som gnistrade av stjärnor. Ovädret hade kommit av sig. Tillfälligt antog han. De kanske skulle få kämpa sig igenom storm och vass snö i ansiktet i morgon. Så småningom, när det blev vinter, skulle himlen spraka av elektriska impulser och han hade sett många fantastiska norrsken sedan han kom hit upp. Ibland for det fram och åter under flera dagar och han hade jublat varje gång. Ingen kunde bemästra norrskenets magiska kraft. Det flammade över himlen som ett skepp som kom från en annan planet och han hade hört knastret av norrskenet. Jo, du kunde höra det när du stod mitt i det, i naturen. Imorgon var en ny dag men han kände sig inte euforisk över detta och det fanns ingen föreställning om förväntan eller glädje, med att komma till gården igen men han ville visa pojken, att han lyssnade på honom. Att hans tankar och idéer om att bekämpa styrkan, var en bra början på ett fritt land.

Eskil blundade och snart sov han lika tungt som Christoffer och den natten hade pojken inga mardrömmar men vaknade tidigt och hade redan lagt ved på elden och värmt vatten till deras te. Han log stort mot Eskil när han vaknade och de satte sig bredvid varandra vid elden. Christoffer räckte över en kantstött bleckmugg, Eskil gjorde i ordning en knuten tygpåse med örter och släppte ner den i pojkens mugg som såg överraskat på honom.

"Ska jag få första brygden?"

"Absolut. Vart har du brödet?"

Christoffer greppade tygsäcken bredvid sig, öppnade och bröt en redig bit till Eskil. Hm, det började bli hårt och torrt men han skulle baka nytt när de kom fram. Eskil hade fått överta örtpåsen och doppade den upp och ner i sin kopp.

"Vi slapp ovädret i natt men det kan komma över oss igen."

Christoffer såg upp mot den grå himlen. Det blåste hårt däruppe, molnen for med väldig fart och han förstod att Eskil hade rätt.

"Jag antar det. Vi kanske kommer fram väldigt sent ikväll."

"Jo, kan bli så."

Inte många ord de växlade sinsemellan. Eskil skrattade till.

"Ett kargt språk de använder här uppe i norr."

Christoffer log och drog in luft mellan tänderna.

"Fjoh, precis som de pratar här uppe."

"Vi har blivit acklimatiserade."

De packade ihop alla persedlar på mindre än tio minuter, släckte elden och gav sig av. När solen stod som högst, bakom de hotfulla skyarna, hade de tagit skydd under en gran i skogen. Eskil ville att de skulle bli kvar där ett tag för det var full storm. De kunde inte samtala med varandra längre och inte skrika till varandra. Vinden var alltför stark och Eskil fruktade att den skulle övergå till orkan när som helst. Han höll hårt om pojken.

Stormen rasade. De kunde höra tallar knäckas inte långt från deras plats men granar faller också och deras rötter blottas som gigantiska fötter på en jätte. Eskil överlade med sig själv om de var säkra i skogen. Träd föll runt omkring dem och de hade sökt skydd under en gran i utkanten av skogen. De skulle inte vara säkra här. De måste hitta en väg ut ur skogen men han visste inte vart de skulle ta vägen. De måste först ta sig från den skyddande granen och sedan vidare igenom en ogenomtränglig storm. Skulle det bli vänster eller höger?

Han ville inte oroa pojken och de kunde inte samtala i den tjutande vinden så han grep tag i pojkens arm och visade med handen att de måste gå vidare. Christoffer nickade, grep sin ränsel och de gick tillsammans ut i det okända.

Lägret

Ibland gick stormen över till orkan men de nådde dalen med den övergivna gården vid midnatt. De slog läger halvvägs ner på fjället. De var trötta in i märgen och somnade utan någonting att äta, sov utan avbrott i närmare tio timmar. När de vaknade, såg de ner på förläggningen.

Eskil kände igen alla hus och alla bodar men det fanns inga livstecken i byggnaderna eller utanför dem.

"De är ute på jakt eller något annat."

"Det är något annat. De lämnade aldrig lägret utan att någon stannade kvar och de hade alltid brinnande eldar runt gården."

Eskil ville inte tänka det värsta, att alla var döda. De klättrade ner mot gården. Det var kraftigt sluttande med lösa klippblock och slippriga stenar men de tog sig helskinnade ner.

Det låg en stillhet över platsen och den kändes mycket bekymmersamt. Eskil höll sin högra hand på Christoffers axel när de närmade sig dörren till mangårdsbyggnaden. Dörren var inte helt tillstängd.

Eskil sköt upp dörren så ljudlöst han kunde. Det hängde två överrockar på var sin spik i farstun. De gick till vänster där Eskil mindes att köket låg. Dörren stod på vid gavel, de kunde se matbordet med alla pinnstolarna kastade utefter golvet. En stol stod upprätt i kortändan av bordet, där satt alltid den äldsta kvinnan Marit som lärde alla kvinnorna som inte kunde baka och laga mat. Husmor. På bordet fann det rester av kött och grönsaker men inget porslin och inga bestick.

"Titta, grytor på spisen." Christoffer lyfte försiktigt locket på en av grytorna "Det är bara vatten med små kvistar i, tallkvistar tror jag."

"Vi tog hand om de första tillskotten och kokade te på dem. Du kommer att få smaka brygden till våren. Det är gott."

De sökte vidare i huvudbyggnaden men kunde inte hitta några spår till det hastiga försvinnandet. De gick ut och sökte igenom bodarna. En hade använts som gethus och hönshus. Det låg rester av några höns i ena delen av boden men inga getkadaver. Människorna hade förmodligen tagit med sig djuren när de flydde. Getter gav mjölk, ost och kött. De hade en chans att överleva. Iallafall ett tag till.

Christoffer försvann ut ur den ena av bodarna snabbt som ögat och när Eskil kom ut, såg han pojken på väg till den nästa bod. Eskil måste hålla tillbaka honom då han såg flugsvärmen framför dörren.

"Christoffer! Öppna inte dörren! Vänta på mig!"

Pojken vände sig om som fastfrusen. Han hade aldrig hört Eskil skrika så starkt med tydlig fasa. Eskil skyndade fram till honom och sköt undan pojken från boddörren.

"Det är någonting annat i den här boden. Ser du flugorna?"

Christoffer nickade och backade långt ut på den överväxta gårdsplanen framför skjulet.

Eskil hakade av den rostiga haspen. Han hoppades att det var en djurkropp, en räv eller kanske en älg men de skulle inte vara ätliga för någon varelse i detta stadium, förutom kråkorna. Vad Eskil fruktade var att hitta en eller flera människokroppar innanför dörren. Det var tydligt att någonting fanns här inne som hållit många generationer av flugor vid liv. Tusentals larver blir till flugor som i sin tur blir till tusentals larver. Han öppnade den och ett moln av flugor välde ut.

När flugsvärmen skingrats såg han bara en mörk kvadrat. Det fanns inget ljus från något håll. Han gick åt sidan i dörröppningen för att ge den låga höstsolen en chans att belysa det mörka. Det låg kroppar på golvet. Inte djur. Det var människor. Han backade ut genom dörren, såg en diffus figur mot solen och stapplade bort från skjulet, mot en slänt mellan bodarna.

Christoffer stod över honom, knuffade och ruskade om honom.

"Jag har sett mycket på min väg hit. Människor dör, andra överlever men vi ska överleva!"

Eskil vände sig om och kräktes. Christoffer halade upp vattenflaskan och han sköljde ur sin mun men kräktes igen.

De satt i en sky av övervuxen rabarber och framför dem fanns några fåror av potatisblast. Eskil såg detta och tänkte att växter knäcks av kylan men det kan finnas potatis i jorden, tillräckligt med mat för att överleva vintern och våren. Dessutom chansen att ta undan sättpotatis och hitta en bra plats att odla på i närheten av hans läger. Han hade inte ätit potatis på två år.

Christoffer satt fortfarande med armarna om Eskil. Eskil tog en klunk till av källvattnet och grep tag i Christoffers jacka.

"Jag hoppas att de flesta räddade sig. Att de har hittat en ny plats där de kan överleva."

"Jag tror på det men andra blev kvar. Vi måste begrava dem."

Eskil reste sig och såg på Christoffer med sorg i blicken.

"Nej, vi kan inget göra. Om vi försöker så…" Eskil skakade på huvudet. "De är i förruttnelse. Försöker vi flytta på dem, så lossnar deras kroppsdelar. Det är inte värdigt varken för dem eller oss."

"Men…" Pojken såg skräckslaget på honom. "De kan ju inte ligga här i boden. Det är ju så ovärdigt som helst!"

"Jag håller med men Christoffer, det ligger minst tio förruttnade kroppar där inne."

"Vi kan sätta eld på skjulet om det är smittsamt."

Eskil skakade på huvudet igen.

"Se dig omkring. Vi befinner oss mitt i en dal med högt gräs. Vi har skog och berg omkring oss. En eld skulle sprida sig, om vi inte får full kontroll över den. Den skulle förtära skogen, marken och djuren som lever här ute. Vi skulle ödelägga våra chanser att överleva."

Pojken hade lagt några pinnar på elden med uppgiven min och lagt sig utan ett ord. Eskil skulle hålla elden vid liv under natten. Han kunde inte sova. Deras resa var slut och hoppet om en förändring för landets legitima invånare, var för tillfället krossat. Christoffer hade varit entusiastisk över möjligheten att samla människor som gett sig av till vildmarken för att sedan med gemensamma krafter, slåss mot Styrkan men resan till lägret hade de gjort förgäves.

Naturen har alltid styrt över människornas livsvillkor men människor är ofta imbecilla. Eskil rättade till vargfällen över Christoffer. Han sov lugnt. Märkligt efter deras chockerande upplevelse på gården. Pojken hade haft återkommande mardrömmar redan första natten som de blev bekanta. I morgon måste hacka potatis. Det skulle bli förfärligt att skörda gårdens potatisfält när det låg lik i boden, men om Christoffer och han skulle överleva vintern, måste de få med all potatis som de förmådde bära.

Det var tidig morgon och Eskil och Christoffer rev upp potatisblasten, tjoade och visade varandra vilka fina potatisar de träffade på. De hade inte hittat några potatishackor, däremot två jutesäckar på mangårdens vind som Eskil nu släpade efter sig i potatislandet. Han hade synat dem länge och väl innan han tog med dem nerför den branta vindstrappan och ut på gårdsplanen. Han ville tro att det inte fanns någon slags smitta i säckarna.

Pojken hade energi. Eskil såg Christoffer riva upp potatisblast, skaka plantorna och gräva djupare i jorden med en brädstump. När det inte gick fort nog använde han sina smala händer. Pojken kastade iväg blasten på sidan om potatislandet med en anmärkningsvärd kraft. Eskil följde blastens båge genom luften och upptäckte något alldeles underbart där den landade. En sky av dillkronor och bara lite frostnupna. Han skuttade snabbt över fårorna och glädjeruset ökade ännu mera då han såg både gräslök, vanlig gul lök men även några morötter bland dillbeståndet.

Christoffer stannade upp med sitt rensande och såg spjuveraktigt på honom.

"Och hur har du tänkt nu?"

"Envishet jävlar anamma."

"Två säckar, massor med potatis kan ju gå men morötter och lök också?"

"Det finns lite kålrötter med."

"Vi ska ta med de här säckarna hem till dig, men hur då?"

"Visst blir det besvärligt men som du vet har jag bott här ute ett antal år. Vi bygger två släpkälkar och så lastar vi på utav helvete."

Deras resa hem skulle dröja. Det tog många timmar att fylla säckarna med rotsaker. Lök och dill, packade Eskil i Christoffers ränsel efter att ha tömt den på vattenflaska och kåsor som Eskil packade i sin ryggsäck. Men det tog tid att tillverka släpkälkarna av granstörar, videgrenar och granris. Grenarna var inte så smidiga som de är tidigt på våren men två timmar efter midnatt, hade de faktiskt två funktionella fraktfordon. De skulle inte klara av att dra dem uppöver de brantaste partierna så de måste ta den längre vägen hem.

De stannade en natt till vid berget, tände sin eld och försökte ta in på var sitt håll, vad de hade upplevt det senaste dygnet. De sade inte många ord till varandra men Christoffers fråga fick båda att ta upp en diskussion om en svår situation.

"Men om människor dog i lägret, varför övergav de efterlevande dem?"

"Jag gissar att många blev sjuka och ingen kunde hjälpa dem."

"Men de som överlevde måste ha vetat att deras vänner skulle dö"

"Så var det nog. Kanske det var en epidemi."

"Men de döda som vi fann i boden, kan ju inte ha dött redan i våras?"

Eskil visste inte vad han skulle svara på det. Gården blev övergiven för nästan ett halvår sedan men liken i boden dog långt senare. Om alla lämnade lägret i våras och människor blev sjuka på vägen bort, kanske de sjuka sökte sig tillbaka för att dö? Eller blev de tvingade tillbaka för att de hade en smittsam sjukdom? Människorna i boden dog i augusti eller september. Eskil undersökte aldrig närmare om vilka människorna var. Det var också omöjligt, då liken var oigenkännliga men tanken om vilka de var, fanns alltid i hans huvud. Han hade lärt känna flera och tyckt om några av dem.

Pojken hade somnat. Han måste sluta tänka på honom som pojken. Han hade ett namn, Christoffer och det var ett bra namn. Han var envis och stark. Visste vad han ville och vek inte från sin övertygelse om att de en dag skulle bli fria.

Innan de lämnade gården lade de några grankvistar utanför boden med de döda och läste en bön.

Vägen hem

De gav sig iväg tidigt. De gick utefter berget med sitt släp och vidare över en myr. De såg att myltan blommade och de nickade till varandra, memorerade och tänkte att dit ska vi gå när bären är mogna. Släpen fungerade bra när marken inte var alltför ojämn. De drog och ingen gnällde. De lyckades snara en hare som de sedan stekte över elden, den tredje dagen av återresan. Christoffer hjälpte Eskil med att hacka gräslök över finskurna råa småskurna morötter och servera harköttet med potatis och dill.

Christoffer talade inte många ord under måltiden. Inte heller Eskil. De satt i kanten av skogen som de hade suttit i, när stormen hade bemästrat dem för en vecka sedan. En hel del träd hade fallit för stormen och det vore inte ide att ta vägen genom skogen. Den skulle vara svårframkomlig och sinka vandringen tillbaka ytterliga. De gick runt skogspartiet och slog läger först när solen hade gått ner bakom närmaste fjällmassiv.

Denna kväll skulle de äta grönsakssoppa. De skar morötter, kålrötter och lök med glada kommentarer.

"Jag kan knappt vänta tills soppan har kokat färdigt."

"Håller med. Det är flera år sedan jag åt grönsakssoppa men då hade vi klimp i."

"Åt ni det på gården?"

"Jo, och husmor kunde göra delikatesser av enkla ingredienser."

"Berätta." Eskil satte sig ner för att passa grytan med grönsaker som puttrade över elden.

"Vi hade ett litet förråd kornmjöl som det ursprungliga gårdsfolket hade lämnat kvar. Det var guld värt för oss alla. Och husmor gjorde världens underbaraste klimp av mjölet."

"Vad är klimp?" Christoffer rörde om i soppan med en träslev.

"Man blandar mjöl och vatten med lite salt och rör till en tjock smet, sedan lägger man lagom stora klumpar med en sked, ner i en kokande soppa, sen är det klart att äta."

Grönsakssoppan var uppäten. De såg belåtet på varandra.

"Den hade blivit mer delikat om vi haft salt och peppar i."

"Den var delikat nog för mig." Christoffer sträckte ut sig i den mjuka mossan och mumlade för sig själv. Eskil förstod att det var ännu ett samtal som pojken höll med sig själv men Christoffer sov lugnare om nätterna och var mer verbal än tidigare. Eskil gissade att det hade att göra med honom själv. Pojken var inte ensam längre och Eskil litade på att pojken var en flykting som han, så de hade skapat ett förtroende dem emellan.

Innan de somnade för natten, frågade pojken hur han skulle kunna hålla dillen och löken fräsch.

"Det ska jag visa när vi kommer fram till mitt läger."

"Rotsakerna måste hållas svala men inte så svalt att de fryser sönder."

Då berättade Eskil om den lilla jordkällare han grävt ut.

"Du är duktig på så mycket och vet så mycket. Jag önskar att jag blir lika styv som du en dag."

Då tog Eskil upp sitt berättande igen om sina barndomssomrar hos sina morföräldrar som bodde på en bondgård utanför staden. Han döpte kalvar, får och griskultingar och lärde sig hur man tog hand om grödor och boskap."

"Det finns ingenting kvar av det."

Det var ett konstaterande som Christoffer prickade rätt. Ja, allt var borta, även hans morföräldrar.

På den elfte dagens eftermiddag av förflyttningen från kollektivgården, kom de fram till Eskils koja. De släppte ner de bärande stängerna på sina släpfordon framför den enkla boningen och stod tysta en lång stund. Kojan var intakt och Eskil såg inga tecken på att de hade haft besök under deras bortavaro. Vildrosen vid ingången hade fått röda frukter och hans skulle torka dem och använda dem till te. Inget klipulver här. Han log stort och såg ner på Christoffer.

"Nu är vi hemma men vi har många saker som vi måste ta itu med."

"Du menar foran som vi har släpat med oss." Christoffer knyckte på nacken mot de överbelastade släpen. Lasten hade de surrat fast med ett virrvarr med vidjor, för att inte tappa någonting på vägen hem.

De klev in i kojan och Eskil började med kvällsmaten. Han fick aldrig tillfälle att baka bröd när de var på gården men nu skulle det bli av. Eskil bakade två limpor i den vedeldade kaminen. Christoffer hämtade torkat renkött i skjulet vid älven och knappt en timme senare, satt de vid det lilla bordet i kojan med var sin tallrik mosad potatis, torkade lingon och strimlat renkött med nybakat bröd som de skar tjocka skivor av.

"Lapskojs."

"Jag vet." Christoffer tog om en tredje gång av anrättningen. Hans blonda hår började mörkna. Hans händer hade blivit senigare och hans röst vacklade från ljus till mörk, oftast till något gnälligt. Pojken var i målbrottet.

Christoffer somnade ovaggad och Eskil gick ut för att lägga några pinnar på sin eld. Fororna tronade framför honom. Idén var genomförbar teoretiskt men mycket vansklig praktiskt. Det var en stor last av mat som de skulle förflytta en lång sträcka, längre än vad han gjort tidigare med bitvis svårforcerad mark. Eskil visste att Christoffer skulle klara det De hade klarat många saker tillsammans. Om han varit ensam, skulle han aldrig tagit sig hem igen.

Natten var krispig, han kände doften av snö och såg mot den stjärnklara himlen. Stjärnan skulle inte visa sig ännu men när den gjorde det, såg han alltid upp till den och talade med Kristina. Den lyste stark och han hade lärt sig i skolan att den kallades Venus.

En stjärna som passade Kristina. En vacker kärleksgudinna.

"Kristina. Christoffer är en mycket speciell person och du skulle verkligen gillat honom. Han betyder mycket för mig och därför har jag bestämt mig för att leva vidare. Inte bara nu utan mycket länge. Vi ska göra någonting bra. tillsammans. Christoffer är revolutionär. Om några år är han en vuxen man och jag vill vara med när det smäller."

Eskil var tidigt uppe och stod redan i sin jordkällare och funderade över vart morötter och kålrötter skulle platsa bäst och var potatiskätten skulle må bäst.

Han hade redan hängt upp lökarna och dillen ovanför den egenhändigt murade eldstaden i kojan. När Christoffer vaknade och de åt bröd med gröt, hade Eskil redan fyllt jordkällaren med rotsaker och med råge.

"Vi måste hitta en sval plats i närheten för resten av rotsakerna. Inte för långt härifrån."

Christoffer nickade och svalde en tugga bröd.

"Vi kan göra det med en gång." Eskil reste sig, tog med den kantstötta porslinstallriken och tvättade den med mossa och vatten, lutade den mot en sten.

Han hade inte tid att tänka på annat än att genast ge sig ut för att hitta en plats som skulle duga som svalrum. De skulle ta sig igenom vintern och möta våren. De skulle inte behöva gå hungriga. Eskil hade lärt sig vad svält var de senaste vintrarna men klarat sig. Nu var de två men hade ett lager av föda som var tredubbelt större än vad han hade haft under de senaste två vintrarna. En hare, en ripa eller orre, skulle ge dem en välavvägdkost och sedan fanns det ju fin fisk i fjällsjöarna.

De snodde runt hundra meter från kojan i en cirkel men fick utöka sitt sökande efter en bra sval plats ytterligare femhundra meter. Efter tre timmar och två kilometer från kojan, hittade Eskil och Christoffer en bergsskreva intill en myr. Det växte granar, björk och sälj på toppen av berget. Bara det var lovande. Träd som behövde mer vatten än en tall och det fanns inga tallar i närheten. Christoffer pekade på ormbunkar och de sökte omsorgsfullare efter sin sval. Christoffer hittade den. En grotta, liten, mera en inbuktning i berget men han kunde krypa in, vända sig och komma ut med ansiktet först.

"Här är det! Svalt därinne och det finns plats!"

"Ser du om det är bebott?"

"Ha, här finns ingenting."

"Spillning, lort, skit av större sort?"

Det blev tyst en stund.

"Nä, och inga skelett. Inget björnide. Ingen varglya. Det är obebott."

"Bra. Då har vi en sval och inte alltför långt bort."

"Vi kan väl turas om och gå hit och hämta morötterna?"

"Absolut." Eskil hjälpte Christoffer ut genom hålan och de gick tillbaka till kojan med energiska steg, yviga gester och ostämd sång.

Många saker diskuteras denna höst. Hösten hade ännu inte kommit till landets sydliga delar. Visst så, men hösten visar sig på olika sätt i landet. I de norra delarna var det så gott som vinter och den skulle bli hård även detta år. I de södra delarna, var det svårt att överleva också. Inga åkrar plöjdes för att bereda vårsådden. Ingen såg utöver fälten längre och såg kommande grödor spira fram ur jorden. Ingen såg en framtid för nästkommande generation. De hade väntat för länge med att ta saker och ting i egna händer och litat på Styrkans löften om att ge alla invånare hjälp och stöd om de alla accepterade arméns ideologi om ett enat land. Men alla landsmän blev bittert svikna förutom den hop av kriminella som inte visste något annat sätt att överleva än bedra och mörda. Styrkan hade välkomnat dem med öppna armar och de laglösa fortlevde under bästa välgång. Det fanns föreskrifter om hur omhändertagandet av ogärningsmännen skulle gå till. Styrkan experimenterade med okända droger på alla, kvinnor som män med ett CV som brottsling. Kontrakt skrevs under där det framgick, att alla förmåner som bostad, mat och sprit, krävde gentjänster. Styrkan ville hitta ett elixir som skulle göra hela kåren uthållig och oövervinnelig. Dessvärre dog många av försökspersonerna. Huden runt nålens ingångspunkt föll sönder men testerna pågick år efter år.

Människor samlades i hemlighet i många delar av landet. Det fanns fortfarande röster därute som ville göra en förändring men de saknade en kraftfull ledare. En ledare som samlade ihop alla för att strida för sin sak. Styrkan hade blivit slapp och ouppmärksam om sina undersåtar.

De hemliga grupperna träffades allt oftare och sammankomsterna blev genomtänkta. Företeelsen spreds över länsgränserna och vidare uppöver landet.

Långt upp i norr fanns en man och en yngling som inte visste någonting om vad deras medmänniskor i de övriga delarna i landet planerade. De levde sitt liv och det var faktiskt riktigt bra. De var rustade inför vintern, kanske inte när det gällde att hålla sig varma men de hade detta i åtanke. De snarade harar för att göra en varm vintermössa till Christoffer och de hoppades på att fånga en älg eller ren i en av fångstgroparna som skulle bli en rock, också till Christoffer. De hade inte lyckats ännu men de var vid gott mod.

"Du, tänk om vi får en björn i gropen."

"Inte logiskt. De har gått i ide du vet."

Christoffer nickade. "Jo, de har väl det men det kanske finns en nalle där ute som inte har riktigt koll på läget."

Eskil skrattade och puffade till Christoffers axel.

"Du kan ha rätt och då jädrar får vi päls."

"Ståpäls också för hur bemästrar man en björn?"

"Skrämmer ihjäl den kanske." Båda skrattade som galningar.

Eskil antog att de skulle kunna skrämma en människa i alla fall. De måste vara två figurer som absolut inte passade in bland vanligt folk. Han hade låtit skägget växa och det nådde långt ner på bröstet nu, rödaktigt med svarta och vita strimmor. Hans hår var långt men tunt på skulten. För att hålla hårväxten på plats, hade han bundit läderremmar om håret i en svans och flätat skägget. Christoffer hade förslagit att han skulle ändra flättekniken varje vecka. En fläta, sedan två och den sjunde dagen sju men han hade hållit sig till två för enkelhetens skull.

Christoffer var en yngling med slängiga rörelser, snubblade ofta, kunde inte hålla reda på sina armar och ben i alla lägen. Hans hår var tovigt som svinto och de hade haft sina kontroverser när Eskil påtalade vikten av att hålla håret någorlunda rent. Visst kunde det vara obehagligt att tvätta kroppen i en kall jokk men man fick inte glömma håret och de behövde inte frukta för huvudlöss. Sådant förekom inte häruppe men för att klara sig genom alla årstider utan infektioner eller frysskador, måste man vara tiptop i kroppen.

De luktade förmodligen förfärligt. De tvättade hela kroppen en gång i veckan och gned tänderna med blad eller mossa, använde tunna stickor mellan tänderna men de var sällan sjuka. Men Eskil hade inte haft en enda förkylning sedan han kom upp hit. Några magåkommor men det berodde säkert på olämplig föda i början, när han hade provat rötter och växter som han inte haft någon som helst kunskap om men Christoffer verkade utomordentligt frisk och stark jämförelsevis med när han dök upp för snart två månader sedan. Eskil tyckte mycket om Christoffer och hoppades att han tyckte om honom.

De hade tittat till alla fångstgropar men de var tomma. Turen återvände när tre snaror gav en hare vardera och de tog med dem till kojan. En bra början till vintermössa och mat för flera dagar. Eskil gjorde en gryta med potatis, kålrötter och morötter. Ojäst bröd till och efterrätt.

"Rabarberkompott. Testsmakade och det verkar helt okej. Tyvärr kan jag inte servera grädde till."

Christoffer svalde och såg på Eskil med tårar i ögonen. Han reste sig från bordet och ställde sig framför Eskil.

"Du har gett mig hopp om att jag inte måste dö. Du har gett mig vad jag har saknat sedan mina föräldrar försvann. Du kommer alltid vara den som är den viktigaste personen i mitt liv."

Eskil reste sig från bordet, slog armarna om Christoffer och så stod de en lång stund. Eskil kramade hans axel och höll honom rakt framför sig, såg in i hans blå ögon.

"Du ska veta att du har gett mig mera. Du kom och jag fick en god vän."

Christoffer började gråta och Eskil grät och höll om honom.

När de ätit sin rabarberkompott utan grädde, satte de sig utanför kojan som de alltid gjorde och tittade på himlen. Just nu var den molnfri och de kunde se att månen var stor. Norra delen av jordklotet stod som närmast till månen just nu. Så hade det varit i långliga tider och det kändes tryggt att detta stora universum inte hade övertagits av makter från en främmande planet. Eskil hade alltid trott på att det fanns stjärnor där ute med intelligenta invånare. Långt därute, fanns det andra som undrade om det fanns liv på någon planet därute. Att han trodde att det fanns en tvillingplanet, var mest en önskan sedan Kristina dog. Då skulle hon och han leva tillsammans fortfarande, kanske. Det gjorde fortfarande ont när han tänkte på henne och det var en tröst att tänka henne på en stjärna däruppe och allting bara var bra med henne.

Början till en bekännelse

Morgonen började med gröt och en skiva bröd med mosad rabarber på. De gav sig iväg långt innan solen kommit upp över bergskammarna och skulle skicka sina strålar över deras koja. När solen nådde deras viste, var de redan ett gott stycke in i skogen och de hade hunnit med tre fångstgropar. De hade fyra kvar som låg längre bort, på andra sidan av en vidsträckt myr. Det var nollgradigt men inte minus, så när de gick utefter kanten på myren blev de fort blöta om fötterna. Det sämsta med att bo i vildmarken, var att bli blöt om fötterna. Det var svårt att gå torrskodd i naturen, om det inte var en torr sommar men det fanns alltid knep om man var bevandrad i hur att hålla fötter torra.

"Christoffer. Nu stannar vi och tar av oss skorna." Pojken nickade och satte sig ner på en tuva med starr och började dra av sina genomsura skor.

"Nu repar vi allt gräs vi hittar och stoppar i våra skor." Christoffer såg på alla tuvor som liknade skallar på mammutar som hade gått ner sig i myren.

Han satte fart tillsammans med Eskil och snart hade de fyllt sina skor med gräs.

"Nu måste vi gå barfota. Jag tar mina skor och du hänger dina skor på din ränsel." Christoffer gjorde så utan att fråga varför.

Och de kom så fram till de fyra sista fångstgroparna efter en halvtimme. Tre var tomma men i den fjärde låg en ren som förmodligen, kämpat i många timmar för att ta sig upp över den branta kanten. Den var inte död men väldigt medtagen.

De var överlyckliga men också ledsna.

"Jag önskar att jag hade ett gevär."

Christoffer nickade och såg ned på djuret i gropen. Han kunde inte släppa ögonen från renens ögon. De var vidöppna med vita fält och svarta irisar. Den låg på sidan med huvudet lyft och stirrande mot dem.

"Så, nu kliver jag ner i gropen och du håller i mig."

Christoffer stirrade fortfarande på renen.

"Hör du vad jag säger?"

Christoffer skakade och Eskil förstod att han inte skulle få någon hjälp från pojken.

"Sätt dig här." Eskil tog tag i hans arm och drog honom ifrån fångstgropen och satte honom mot en tallstam.

"Sitt här nu och gör ingenting. Det ordnar sig."

Eskil plockade fram sitt rep från sin ränsel och gjorde öglan. Renen var kraftlös och han fick öglan runt renens horn utan problem. Han siktade in sig på en kraftig tall alldeles vid fångstgropen och slängde änden av repet över en kraftig gren. Efter en halvtimma, hade han lyft upp renen till kanten av fångstgropen och han kunde dra in den på fast mark genom ett annat rep som han knöt om djurets bakben. Den levde fortfarande men när Eskil fått djuret från fångstgropens kant, tog han fram kniven och skar av halsen.

Han gick fram till Christoffer, satte sig bredvid honom och lade sin arm om hans axlar.

"Det är över. Renen lider inte längre. Det var en sarv så vi får ta hand om honom på rätt sätt."

"En hane. Då gäller det att inte sprätta pungkulor."

Eskil gapskrattade och Christoffer fnissade hysteriskt.

De slog läger och tände en makalös eld. Deras skor hängde över elden i en tallgren, minst tre meter ovanför lågorna. Eskil hade delat renen i portabla delar, tagit hand om skinnet och gjort en släpfora av björk och Christoffer hade hjälpt Eskil att snöra fast köttbitarna och renskinnet på ställningen.

Efter viltgryta med ren och rotsaker, satt de barfota vid elden med vargskinnet nogsamt lindat runt sina fötter. De gnabbades om vem som fick mest vargskinn om sina fötter men under fniss och gapskratt. Det var mycket avspänt emellan dem och ingen var bekymrad över någonting.

"Fryser du?"

"Nä, faktiskt inte. Idag blev det bra eller hur?"

"Jo, mycket bra. Mera mat och mera till kläder. Vi kan få till en bra rock till dig."

"Du ska sy den för hand eller?"

"Ja, inte mig emot kan man ju säga för jag har ingen symaskin."

Christoffer gapskrattade.

"Men du måste hjälpa till med det hela för vintern är snart här. Ja vilken minut som helst."

"Du menar konstruera mönster som vi kan klippa till renskinnet av?"

Nu skrattade Eskil och retades genom att försöka dra av vargskinnet från hans fötter men Christoffer kontrade genom att rycka med sig hela vargskinnet och springa bort med det till en stortall utanför deras eldstad. Eskil fick en känsla av lycka inom sig och väntade på vad pojken skulle göra härnäst. Christoffer kom tillbaka efter en kort stund och satte sig bredvid honom igen.

"Det var kallt. Jag tror att det blir vitt på marken imorgon."

Eskil nickade. Han hade lärt Christoffer allt om hur man läser av naturen och pojken hade tagit till sig lärdomen mycket bra. Ikväll kunde han känna doften av snö i luften. Han hade aldrig tagit fel, när det gällde doften av snö. Imorgon skulle det vara vitt, kanske bara ett tunt lager men det skulle fyllas på ganska snabbt.

Elden vid deras läger matades under natten. De delade på sysslan och Christoffer ifrågasatte inte nattschemat. Tidigt nästa morgon var landskapet täckt med pudrad snö. De åt en hastig frukost och gav sig iväg mot sin boplats med sitt byte. Efter fyra timmar, nådde de vistet och kunde ta hand om sin fora. Köttet till kylgropen och Eskil spände upp renskinnet på störar för att senare skära till en vinterrock i enklare modell till Christoffer. Harskinnet skrapade han med en sten med mjuka egg tills det blev mjukt följsamt.

När allt detta var klart var det dags för middag. De var hungriga då de inte hunnit med någon mat mitt på dagen.

"Får jag laga middagen denna gång?"

Eskil tittade på pojken som redan stod redo vid grytan.

"Ja men visst. Det är ju alltid trevligt att bli bjuden på mat."

Christoffer skuttade ut genom dörren. Eskil funderade vad det kunde bli. De hade ju en hel del av skafferier i skogen. Det här skulle bli spännande. Han plockade fram harskinnen som låg på en hylla ovanför det rangliga lilla matbordet och började sy ihop den första delen som förhoppningsvis skulle bli en vintermössa till Christoffer. Han sydde ihop två delar med en av hans käraste ägodelar, en nål från Kristinas kit. Det fanns även en urusel sax och en fingerborg i förpackningen. Eskil hade behållit alla saker som hon tagit med på tågresan till det okända. Det hade varit klokt av honom för han hade haft användning av alla saker som hans fru packat ner.

Han valde ut en ny bit av harskinnen och provade vart den skulle passa bäst. Christoffer var inte tillbaka. Skulle han bli orolig? Nä, inte än. Han drog ut en bit torkade ren senor från en trådrulle och sydde fast en bit till från harskinnet. När det var klart blev han orolig och gick ut ur kojan. Det var kolsvart ute och väldigt tyst. Han lade på några klabbar på elden. Han uppfattade inga rörelser och inga främmande ljud. Han såg upp mot himlen och förstod att det snart skulle komma ett häftigt snöfall. Var är Christoffer?

Så med ens kom pojken och Eskil kunde andas igen.

"Oj, här är jag! Jag gick alldeles fel när jag äntligen hade hittat allt som jag behövde till middagen." Christoffer viftade med sina två spånkorgar i vardera näven och nästintill ramlade in i Eskils famn. Eskil tog ett hårt tag om hans spensliga armar och tryckte sin panna hårt mot pojkens panna.

"Du är en jävel på att skrämmas!"

"Hade inte tänkt det men jag har i alla fall med mig allt som jag behöver till middagen. Kanske att den blir lite sen innan allt är tillagat."

"Vi hjälps åt. Säg bara vad jag ska bidra med."

"Nä, nu blir det fel. Jag ska laga allt. Du ska bara titta på."

Eskil tittade på, sydde vidare på harmössan och Christoffer ryckte i grytor och skålar. Eskil hörde inifrån kojan att det eldades på för fullt i eldstaden utanför. Efter en stund spreds en fantastisk doft genom hans näsa och han måste veta vad Christoffer höll på med.

"Vad blir det?"

"Sch. Nu är jag mycket koncentrerad."

Eskil iakttog det hela med stor glädje. Christoffer stekte tunna skivor renkött, tunt skivad potatis och hällde i enbär och lingon och rörde om utan avbrott. Eskil antog att det skulle bli en variant av Lapskojs men det skulle bli utan grädde men det fanns lök i och simmig sås. Han såg fram emot middagen.

De hade skrapat grytan ren och satt vid elden med nöjdhetens flin i ansiktet.

"Jag kunde inte komma på vad vi skulle ha till efterrätt."

"Vi kan ju inte äta efterrätt varje dag. Det gjorde de varje dag för hundra år sedan men det är inte vanligt i nutid. På söndagar kanske."

Christoffer slängde en bit björkved på elden och ett fång av gnistor steg upp från elden och upp mot mörkret ovanför dem.

"Eskil. Berätta om din Kristina."

Eskil var inte beredd på Christoffers fråga, att den skulle komma just nu men han hade förberett sig sedan en månad tillbaka. Pojken var enormt viktig för honom och han borde veta allt om sin mentor. De hade ju en ömsesidig passion för sin överlevnad och Christoffer hade full tillit till honom och Eskil hade förstått tyngden av den vetskapen.

"Vi träffades på en personalfest och blev kära med en gång. Vi flyttade ihop efter knappt fyra månader och gick till prästen elva månader efter vår första träff."

"Men sedan. Vad hände därefter. Vad hände när ni flydde och kom hit upp?"

"Vi packade med allt som vi trodde var viktigt för att kunna överleva i vildmarken.

Vi klev av tåget innan vi kom fram ändstationen och möttes upp av en grupp hjälpsamma människor. Med hjälp av dem, lyckades vi ta oss förbi den rigorösa kontrollerna till destinationen. Vem skulle få komma in på området? Det var en fredad zon för alla i landet och det var oerhört viktigt, att det inte kom in någon avfälling eller spion. Men vi släpptes in."

"Det var ju bra." Eskil såg på Christoffer. Pojken satt med knutna händer i knät och hängde med huvudet.

"Vad är det Christoffer?"

"Jag blev ju inte insläppt hur mycket jag än förklarade och berättade om min resa och att jag var föräldralös, så släppte de inte mig över linjen."

"Men hur tog du dig över? Bevisligen sitter ju du här. Tillsammans med mig."

"Jag gick tillbaka några kilometer och väntade tills det blev mörkt. Sedan följde jag en bäck som gick över gränsen flera kilometer från övergången. Jag vadade och ramlade i den länge och långt. När solen började gå upp, såg jag över dalen från en bergsknalle att posteringen låg långt bakom mig."

"Du klarade dig över gränsen."

"Jo men jag tyckte det blev en jädrans omväg."

Eskil skrattade och slängde på en pinne på elden.

"Men hur blev det när ni kom till kolonin?"

"En vägvisare följde oss hela vägen till ödebyn. Kristina och jag hade alldeles för mycket packning med oss. Vi slet mest med den men vi ville ha med oss allt och det visade sig vara en bra envishet. Vi kom fram till gården på natten. Alla sov men det brann flera eldar runt gården och vägvisaren visade oss in i huset och till ett rum på övervåningen, där vi kunde bo och sova. Två smala sängar med ett litet bord vid fönstret som vi skulle dela på. Vi flyttade ihop sängarna och bäddade med våra påslakan och lättviktiga filtar."

"Aha! Vad gjorde ni sen i dubbelsängen?"

Eskil kände att han blev varm om kinderna. Han mindes deras heta omfamning, deras första natt, början på resten av deras liv. Han harklade sig och fortsatte sin berättelse.

"Det var riktigt bra på kolonin i början. Det fanns ett trettiotal bosatta från alla delar av landet på platsen. Barnfamiljer, unga par, tonåringar och några pensionärer med vitt skilda yrken men det var ju bara bra. Det fanns en kvinnlig präst, två sjuksköterskor, en läkare och en advokat och många hantverkare och händiga människor."

"Och kokerskan."

"Ja den viktigaste i hela kolonin. Uppfinningsrik och glad i alla lägen."

Christoffer väntade på mera som han ville veta men skyndade inte på. Han var en klok pojke för resten av historien skulle bli svår att berätta. Eskil hade aldrig tagit orden i sin mun, bara haft dem i sitt huvud.

"Jag lärde mig att jaga av en kort gubbe med läderansikte. En seg same med krut. Jag sköt vargen som vi använder till allt möjligt."

"Vargskinnet och så jäkla snyggt som det är." Christoffer rykte till. "Men då hade ni ju bössor i kolonin. Vi hittade ingenting när vi kom till gården."

"Du har rätt. Vart har de tagit vägen?"

Nu tänkte de på var sitt håll om gevärens frånvaro och blev tysta en lång stund.

"Någon måste ha tagit med dem från kolonin." Christoffer såg på Eskil med glittrande ögon.

"Kan tänkas och om någon har gjort det, har de vandrat bort från gården med bössorna och kanske klarat sig från sjukdomen. Då kanske de också lever någonstans."

Christoffer nickade entusiastiskt.

Det var sent, mycket sent. De gick in i kojan, kom överens om vem som skulle lägga första vedpinnen på elden, för att hålla den levande under natten och lade sig i var sin bädd men samtalet fortsatte.

"Varför lämnade ni kolonin?"

Nu kom det svåra men pojken var en del av hans liv. Han var den ende familjemedlem han hade och den ende som kunde berätta en historia om honom när han var borta.

"Vi hade regelbundna möten i kolonin, men Kristina och jag hade svårt för att känna någon delaktighet i deras sammankomster som inte tog upp någonting alls om invasionen av vårt land. Bara diskussioner om regler och åtaganden på kolonin. Vem som skulle ingå i matlaget, vem som skulle vara med i jaktlaget och vem som skulle leta efter ätliga växter men ingen talade om anledningen till varför vi befann oss på denna plats. Jag blev ilsk och rabiat över att ingen tycktes ifrågasätta det som hade hänt vår nation men jag förstod också att den här gruppen av människor ville överleva. Vi hade ju hört tidigare om andra som hade försökt att attackera styrkan men misslyckats och arkebuserats. Kristina och jag lämnade gården. Vi fick råd från samen om vart vi kunde gå, så vi gick och efter flera dagars vandring, hittade vi den här platsen."

Christoffer låg på rygg med händerna knutna under nacken. Hans fötter var varma under täcket och han var mätt. Lite övermätt faktiskt men trygg med allting omkring sig. Eskil låg i sin bädd, knappt en meter från honom på andra sidan i kojan. Han hörde att Eskil var vaken. Hörde suckarna och hans ojämna andning. Vissa nätter fick han känslan av att Eskil slutade andas. Då gick han upp och såg på honom. Eskil låg alltid på vänster sida men ibland låg han på höger sida. Då snarkade han som det värsta monster men det verkade vara okej med andningen.

Bekännelsen

Ny dag och nya uppgifter för sin överlevnad.

När Christoffer vaknade, hade Eskil redan kornmjölsgröten klar och lagt en näve lingon ovanpå pojkens portion. Mjölk fanns ju inte men det gick bra ändå med örtte till. De åt under tystnad och betraktade landskapet framför sig. Det hade inte kommit någon mer snö under natten och det var inte tillräckligt kallt för att gårdagens snötäcke skulle ligga kvar. Fjällen var insvepta i moln men vissa skyar var tjockare och mörkare än andra.

"Det kommer att snöa mera idag."

Christoffer nickade och skrapade ur sin grötskål.

"Kanske redan före lunch."

Christoffer nickade igen och reste sig för att rengöra sin skål med fuktig mossa. Eskil iakttog hans bestyr nedanför eldstaden. Han är redan en stilig yngling. Visserligen skranglig i kroppen men vilken tonåring har inte dålig hållning?

Christoffer kom tillbaka och satte sig vid elden. Eskil såg att han hade någonting på hjärtat och han var beredd. Pojken ville veta resten av hans historia.

Om vad som hände när han och Kristina slog sig ner på denna plats.

"Jo, jag kan ju tro att det var länge sedan det fanns kalsonger i det här huset."

Det var ju en överraskande fundering som pojken ville ha svar på. Eskil hade svårt att hålla sig för skratt.

"Menar du att du skulle vilja ha nya kalsonger?"

"Ja, nu är det hål överallt. Jag kan se rakt igenom dem, tunna som spindelnät. Varje gång jag tvättat dem får jag vara noga med vart jag sticker ner foten så jag inte gör nya hål."

"Det är ju allvarligt. Du har ett par kalsonger som inte håller ihop."

Christoffer såg road ut även han, för han hörde hur full i skratt Eskil var.

"Det var länge sedan jag bar kalsonger. Det var nog det första plagg jag slet ut. Jag tog med några förpackade paket med tre i varje men i början förstod jag inte allvaret att ta hand om det man hade, här i vildmarken. Jag kasserade dom allteftersom de blev ofräscha så efter ett år var jag utan kalsonger."

Christoffer skrattade och knuffade till honom. "Du var en riktig snobb."

"Det kan jag hålla med om. Inga kalsonger så det blev långskjortor av påslakan som fanns kvar. Långskjortor som på sextonhundratalet men påslakan av bomull är ju användbart till mycket."

"Då behöver jag en långskjorta för jag slängde mina kalsonger i förrgår."

"Och en långskjorta ska det bli. Duger det med blommiga? Om jag inte minns fel finns det två dugliga påslakan kvar och fyra örngott."

"Det duger bra." Eskil gjorde samma procedur som pojken, rengjorde sin grötskål med fuktig mossa och satte den i pojkens skål på fotsteget vid dörren och väntade på nästa fundering från honom. Han hann inte sätta sig bredvid Christoffer vid elden när frågan kom.

"Men kaminen där inne. Du lagar ingen mat på den."

Eskil satte sig.

"Den är för värmen i stugan. Så länge som jag hade kaffe, kokade jag det över öppen eld för det är oslagbart gott men numera blir det örtte." Han lyfte muggen med te mot pojken och drack en klunk.

"Jag har aldrig smakat kaffe. Mina föräldrar tyckte jag var för ung och sen kom annat emellan."

Eskil uppfattade nyansen på Christoffers röst, att han bar en stor sorg inom sig, över att berövats sina föräldrar och inte fått känna sig som ett barn under barnaåren. Han skulle få bära smärtan av sina upplevelser resten av sitt liv men med tiden kunde han kanske hantera den rätt, om han fick rätt hjälp. Eskil hoppades det och ville vara den som skulle hjälpa honom att bli hel som människa.

"Kan du tänka dig att bo i denna koja livet ut?"

Christoffer såg noggrant på kojans alla detaljer under tystnad. Sedan såg han bort över fjällen med de mörka molnen som kom allt närmare. Sedan överraskade han Eskil med att ta tag i hans armar med ett hårt grepp och se rakt in i hans ögon utan att släppa honom.

"Jag skulle vilja stanna här med dig hur länge som helst. Jag skulle också vilja säga pappa till dig. Ingen bryr sig här ute och ingen vet ju någonting heller. Vi kanske är helt ensamma här ute och jag skulle vilja säga pappa till dig."

Eskil höll om honom hårt. Hans röst skulle inte hålla just nu så han höll tyst. De stod en lång stund med armarna om varandra. Eskil svalde gråten för detta ögonblick var ett livsviktigt ögonblick.

Han sköt försiktigt Christoffer ifrån sig och såg på honom. Pojken grät och Eskil brast i gråt med en gång.

De satt i kojan och delade på en portion rabarberpaj, lyssnade på snöovädret utanför.

"Ingen idé att hålla elden vid liv i natt.

"Nej, du har rätt Christoffer, ingen idé."

Eskil tog nu tag i berättelsen som fattades för pojken, när kaminen var fullmatad och det var varmt i kojan. Christoffer låg i sin bädd och Eskil låg i sin bädd mittemot.

"Vi kom hit i slutet av våren och under sommaren byggde vi upp vårt hem men jag märkte redan då, att hon inte orkade som tidigare. Hon var tröttare än vanligt och vi inbillade oss att hon var med barn. Vi blev så lyckliga över den möjligheten men också oroliga över hur vi skulle klara en födsel i vildmarken men vi var övertygade om att det skulle gå bra på alla sätt."

"Men hon blev bara sämre."

"Ja hon blev sämre. Tappade vikt, blev febrig och kunde inte behålla maten."

Eskil tystnade och Christoffer förstod att det var svårt för hans pappa just nu så han väntade.

"Jo, vi skulle ut och titta på våra fällor och se om vi fångat in något. Det var på hösten. Kristina orkade inte och jag ville inte lämna henne ensam kvar i kojan. Det var oförlåtligt av mig att dra med henne ut i skogen. Febern tog över. Du vet platsen där hon dog och där jag begravde henne?"

"Jo, och det är en fin plats att gå till."

Eskil fick en klump i halsen. Jag älskar den här pojken men kommer han att ha tillit till mig efter det som jag kommer att berätta för honom.

"Vi stannade på den platsen som jag har visat dig. Hon kunde inte längre stå på benen. Kristina hade hög feber och jag kunde inte hjälpa henne. Hon bad mig att göra någonting som har förföljt mig sedan dess. Hon hade redan hittat ett lämpligt verktyg på vägen, en spetsad påle."

Christoffer satte sig upp ur bädden och såg på Eskil med skräck.

"Jo, så var det. Hon hade bestämt sig. Smittan skulle inte ta mitt liv också men ingen av oss visste om det var för sent. Jag kunde redan bära smittan. Kristina var mycket sjuk men bestämd över hur hon ville avsluta sitt liv."

Christoffer störtade upp ur sin bädd och lade sig bredvid Eskil.

"Med pålen." Det var knappt en viskning men Eskil hörde den mycket väl. Han brast i gråt och Christoffer grät med honom. De somnade i samma bädd och snön föll utanför kojan hela natten och den fortsatte att falla under flera dagar.

Eskil var tacksam att han inte behövde berätta mera om hur han tagit livet av Kristina. Christoffer hade förstått och de talade aldrig mera om Kristinas död. Eskil var Christoffers pappa och det var en lycka för dem båda.

Landskapet täcktes med snö men kylan hade ännu inte kommit på allvar. Eskil och Christoffer gjorde sitt, naturen gjorde sitt och de levde i symbios. Däremot upptäckte Christoffer spår efter en varg, strax nedanför deras koja. Det både oroa dem och gladde dem. De bestämde sig för att gå på vargjakt. Varg betydde mat och varma kläder. Eskil fantiserade redan hur fint det skulle bli med ett vargskinn om pojkens axlar.

Tidigt nästa morgon, packade de sina ränslar med proviant för flera dagars jakt. Eskil bar den mesta jaktutrustningen, rep, pålar och ett fiskenät som Eskil använt under flera år och noga hållit helt och starkt. Han hade fångat både räv och järv med nätet, ja även fisk. Nu följde de en fjällbäck uppåt fjället. Spåren efter vargen gick längsmed det porlande vattnet och ledde dem vidare in i en smal passage mellan två fjälltoppar. Eskil stannade upp en stund, vände sig om och såg ner mot sin koja. Himlen var klarblå.

"Fint va. Vi behöver inte oroa oss för mera snö idag."

"Nä just det men du har lärt mig att det är snabba väderväxlingar här uppe, så ropa inte hej…"

"… förrän vi är över bäcken." De skrattade och gick vidare efter vargspåret. De rastade för en snabb lunch vid foten av en fjälltopp och gick vidare. Det var outforskad mark för dem båda men de var inte sysslolösa på sin vandring. Eskil satte fyra snarfällor och hoppades på hare eller ripa på hemvägen. Christoffer hade fångat tre öringar som skulle bli deras middagsmat. Det var redan mörkt när de åt sin middag, så de bestämde sig för att slå läger och sova, för att gå vidare nästa morgon. Temperaturen sjönk under natten men de låg tätt intill varandra och höll sig någorlunda varma. De vaknade från och till men var ganska utsövda när de åt frukost och gick vidare på sin jakt.

När solen stod som högst och de var på väg nerför en fjällsida, upptäckte de en tunn rökslinga i skogspartiet nedanför dem. De tvärstannade och såg på varandra.

"Det är knappt en mil bort. Ska vi undersöka det?"

Christoffer nickade energiskt. Vargjakten hade suddats ut ur deras minnen. Det här var någonting helt annat. Rök betydde eld och eld betydde människa.

Det blev en mödosam nedfärd. Det var brant och slipprigt bland snödrivorna. Stenar lossnade och rullade utefter bergssidan. Benen skakade av ansträngningen. Efter drygt en halvtimma, var de slutligen nere vid skogsbrynet. De satte sig på en stormfälld gran och pustade ut för ett ögonblick. De såg på varandra. Eskil grep tag i pojkens händer och såg allvarligt på honom.

"Det kan vara någon som vi absolut inte vill bli bekant med. Det kan också vara någon som vi blir glada över att få lära känna."

"Jo, men vi måste ta reda på vem det är ändå. Vi har ju inte så stor bekantskapskrets precis."

"Du har rätt. Nu går vi och kollar upp det här."

De gick in i skogen när de kom ner. Den blev tätare allteftersom samtidigt som solen började dala bakom fjälltopparna. De kom fram till en glänta, såg tre byggnader knappt tvåhundra meter framför sig. Ett djur rörde sig mot dem över det vitpudrade fältet. Det kom snabbt emot dem och Christoffer skrek till.

"Är det vargen?"

Eskil hann inte svara förrän djuret tog sats och hoppade på honom. Det landade tungt på honom och slickade honom i ansiktet med en blöt tunga. Han tog tag i djurets nacke och vräkte det åt sidan. Besten ylade, snurrade runt och ställde sig morrande framför dem.

"Det är en hund." Christoffer tog tag i hundens svans och skrattade.

Det var en schäfer med tjock päls och indignerad kroppsställning. Djuret var inte glad över bekantskapen.

"Släpp svansen."

Pojken gjorde så och hunden satte sig rakt ned på baken och såg surt på dem men sedan ryckte han till och backade några steg bakåt, trampade med tassarna i snön och började flåsa med tungan utanför käften.

"Han vill att vi ska hänga på."

"Eller hon."

Christoffer gick mot hunden och den tvärvände och sprang mot gården. De följde efter och stannade utanför den byggnad där det kom skorstensrök ifrån Dörren öppnades. En kvinna kom ut på farstutrappan. Hon såg på dem med stora ögon. Hunden skuttade uppför trappen och ställde sig bredvid henne och om en hund kan le så log den.

"Eskil." Ett enda ord och han föll ner på knä i snön. Christoffer gapade men stod kvar vid Eskil och såg på kvinnan. Sedan lade han sin hand på Eskils axel. "Eskil är min pappa men vem är du?"

Eftertanke

De satt i köket vid ett middagsbord med åtta stolar. De hade ätit älggryta med fyra vuxna kvinnor, två tonåringar, en pojke och en flicka. Eskil kände dem allihop. Kvinnan som mötte dem i dörren var Erika, sjuksystern. De övriga var advokaten Lina, Linas flicka Greta, kuratorn Riina, Rut fritidsledare med sonen Jakob och den polska läkaren Magda. Han såg på dem och förstod att de hade haft en svår tid tillsammans sedan de senast sågs.

"Vad hände i lägret?"

Det var Magda som talade först. Hon var i femtio årsåldern men hon var nätt och mörk utan gråa hårstrån.

"Vi fick smittan. Den kom och vi hade ingenting att sätta emot. Alvedon kunde dämpa feber och värk i början men därefter fanns det bara en väg."

"Vad hände med din fru, Eskil."

"Hon fick smittan. Hon dog."

Lina nickade. "Min man och min äldsta flicka dog men min yngsta, Greta överlevde"

Christoffer såg på alla samlade i köket. Han hade en fråga som han bara måste få ur sig. Han såg att Eskil var plågad och förstod att han inte borde ställa några obekväma frågor men han tog sats.

"Vi har varit i lägret där ni bodde och sett vad som finns i uthuset. Många kroppar där. Hur tänkte ni?"

Riina och Magda såg på pojken och båda satte sina händer över munnen.

Det skulle bli en obehaglig historia att berätta av de överlevande från lägret.

"Det var en epidemi. Så många dog, barn, mödrar, fäder och gamlingar. De närmaste i familjerna tog hand om de döende och vi som mirakulöst blev förskonade från smittan, höll oss undan men vad skulle vi göra när de alla var döda?" Riina tog vid när Magda tystnade.

"Sjukdomen löpte som en eld igenom kolonin och när en i familjen dog, var redan de andra i familjen mycket sjuka. Det fanns ingen som kunde begrava de döda. Dog en på natten, dog nästa på morgonen och så höll det på i veckor. Vi grävde inga gravar för att vi inte vågade röra vid kropparna men vi flyttade kropparna. När jag tänker på det ångrar jag det. Vi skulle lämnat dem och tänt på huset men vi drog de döda på lakan, mattor och täcken över gården och staplade dem i skjulet. Vi räknade dem och memorerade deras namn och lämnade kolonin. Det kan tyckas vara en brutal handling men vi ville överleva."

Eskil sade ingenting. Christoffer sade ingenting och ingen i köket sade någonting.

Magda visade dem till ett rum på övervåningen där de kunde övernatta. Christoffer och Eskil satte sig på var sin säng och såg på henne.

"Varför har ni nio stolar när ni är sju stycken runt matbordet?"

Magda såg på Christoffer. "Vi hedrar vår matmor som dog och den som ska befria vårt land."

"Hur många räknade ni in när ni släpade kropparna till skjulet?"

Magda såg sorgset på Christoffer, svalda och slog armarna i kors om sin späda kropp.

"Tjugotvå." Magda lämnade dem och Eskil funderade som vanligt i sängen men Christoffer var inte sämre. Han ville dryfta några tankar med Eskil.

"Vem ska befria vårt land? Jag tänker på extrastolarna vid matbordet."

"Bra tankegång. Antingen jag eller du. Det borde bli ett gemensamt beslut tycker jag."

Christoffer fnissade till men blev allvarlig.

"Det måste finnas flera än vi här uppe. Just nu är vi nio stycken med oss och två glin. Ska vi storma Styrkan?"

"Det måste finnas flera överlevare i landet som söker sig norrut."

"Men det är svårt att komma in i det här territoriet."

Eskil höll med. Hur skulle deras lilla grupp kunna förändra någonting för landet? Bara om de fick kontakt med några tusen människor, ja flera än det, som vill störta Styrkan. Hur upprättade man kontakter över landet när så många var isolerade? Telefonnätet var för länge sedan raserat, alla nyhetsstationer var styrda av styrkan. Fanns det radioamatörer där ute som kunde meddela sig med varandra?

"Din fru dog i samma smitta som alla på gården."

Ett konstaterande från Christoffer och Eskil rös till i sin bädd.

"Jo, så var det nog."

Innan de somnade frågade Christoffer om vargen var schäfern. Eskil log inombords.

"Jo, vi har jagat spår efter en hund men vi ska hitta en varg med tiden. Du behöver vargpäls inför vintern."

Alla i huset var vakna när de kom ner till köket. De satte sig ner vid bordet på två stolar vid spisen. Det var skönt för ryggarna med värmen från spisen. Frukosten bestod av gröt och en skiva hårt mörkt bröd. Christoffer tuggade och tänkte att Eskil gjorde bättre bröd. Han såg på människorna runt bordet som satt tysta och koncentrerade vid frukosten. De tuggade och tuggade. De två glinen sölade och smaskade med öppen mun. Äsch, de kanske var på sin höjd tre år, bebisar smaskade som gamla människor men bebisarna var ju nästa generations framtid. Christoffer slutade tugga. Två stycken, bara två stycken! Det räcker inte för ett sunt nästkommande släkte. Släkter kommer och släkter går. Det hade han läst i bibeln. Är sanningen den att vi är de sista i det här landet? Att vi dör ut? Han fick en klump i halsen som inte kunde sväljas ner med vattnet som han hade i sitt glas.

När frukosten var avklarad, satt alla kvar vid bordet, utom de två telningarna som kläddes på för att få frisk luft och fritidsledaren Rut tog hand om dem. De slamrade ut genom dörren och sju satt kvar vid matbordet med två tomma stolar.

"Ni kan stanna här om ni vill."

Eskil var inte säker på om han ville bli kvar här. Han hade sitt hem och Christoffer trivdes där. Han måste höra med honom först.

"Tack för erbjudandet. Vi ska fundera på det."

Riina såg på honom. "Vi tänkte att det skulle bli bättre här för er. Ni bor i en koja och vi bor på en gård."

"Det är en bra koja och nära till allt som vi behöver." Christoffer hade korsat sina armar över bröstet och såg förnärmat på Riina.

"Jo, ni har bott där länge men vi kan hjälpas åt på ett bra sätt om ni kommer hit."

"Ja och vi behöver någon som är fysiskt stark. Hur det än är med jämställdhet så är det tungsamt för fruntimmer att fälla skog och gräva diken."

Eskil log och nickade mot Magda men Christoffer satt som ett spätt i sin stol. Flickan såg på Christoffer med förgrymmad min. Hon hade det långa ljusa håret hopknutet med en tygremsa och hennes ögon skickade hårda blickar mot Christoffer. Eskil såg det och vände sig till flickan.

"Vad tycker du om förslaget om att vi ska flytta in på gården?"

Hon stirrade på honom och slog sig för pannan med knytnäven.

"Du menar att det är befängt?"

Nu såg alla som satt runt bordet på Eskil och flickan. Christoffer såg ner på sina händer.

"Vem är du? Hur kom du hit?"

Flickan såg på pojken som satt bredvid. De var i samma ålder, och då förstod Eskil att de inte hade någon familj.

"Är ni syskon?"

Båda skakade på huvudet.

"Vi är inte släkt. Våra föräldrar var redan döda när vi kom till kolonin. Det var Riina som tog oss hit." Det var pojken som hade talat. Flickan nickade.

"Och vad heter ni?" Flickan svarade. "Magdalena och David."

Christoffer hade ändrat sin kroppsställning i stolen. Han satt med händerna i knät och såg på Magdalena under lugg.

Magdalena såg argt på honom och såg sedan ut genom fönstret där Rut sprang med barnen i cirklar på gården. Kurragömma eller en fantasifull ringdans?

Magda och Riina visade Eskil förråden på gården och anförtrodde honom de tankegångar de hade inför vintern. De trodde att de skulle överleva och att det skulle gå bra. Erika och Lina gick också med och kommenterade med att många lösningar var vettiga och att andra var mindre bra. När de gick tillbaka mot boningshuset, såg han Rut leka med barnen på gårdsplanen och Christoffer satt och tittade på. Rut var yngst av kvinnorna förutom Magdalena som fortfarande var ett barn i Eskils ögon. Han följde med in i köket och hjälpte till med att bereda lunchen. Det skulle bli kokt fisk med bröd. Och Eskil saknade sin potatis och sina rotsaker.

"Kan du hämta fisken som vi har i källaren?" Eskil nickade jakande mot Magda som dukade bordet och han gick nerför trappen från farstun till den svala källaren under huset. Det skulle finnas plats för många rotsaker här men kätten var tom. På hyllorna fanns en del burkar lingon men annars var det skralt. Eskil hämtade öringen som låg i en hink, rensad och klar. Kokt öring! Han skulle erbjuda sig att grilla den, eller åtminstone steka. De hade en riktig vedspis med ugn och tre plattor. När han gick tillbaka mot trappen såg han rakt på en bössa som stod lutad mot väggen i ett hörn. Är det sant? Är det vargbössan? Han grep tag i den och tog med den upp i köket.

"Har ni bössan som jag sköt vargen med?" Kvinnorna glodde på honom. Eskil satte hinken med fisk på diskbänken och visade på bössan i hans hand.

"Den här. Nog är det vargbössan eller hur."

Riina nickade. "Jovisst är det den. Vi tog med den för vi tänkte att den kunde vara bra att ha."

"Finns det ammunition till den?"

"Jo det gör det." Så gick Magda in i kammaren innanför köket och kom tillbaka efter en stund med en sönderskavd papplåda under den ena armen och en älgstudsare i den andra handen.

Eskil gapade med öppen mun, sansade sig och tog hand om Magdas bördor. Han synade älgstudsaren först innan han tittade ner i lådan som var fylld med ammunition till både vargbössan och studsaren.

Han satte sig vid matbordet och såg på dem alla. Rut och Christoffer var fortfarande ute och lekte med barnen. Tonåringarna såg han inte till.

"Har ni skjutit vilt med bössorna?" Alla skakade på huvudet.

"Men varför inte? Ni skulle ju få ett bättre kosthåll. Bättre än fisk och bröd som är alltför ensidigt. Ni har inga rotsaker i källaren." Nu ilsknade Magda till.

"Det är ingen mening att du kommer hit och talar om vad vi ska göra. Vi har överlevt och ingen av oss har dött hitintills."

Eskil skämdes för hon hade rätt men han ville hjälpa dem till något bättre. Han var beredd att ta med Christoffer till stugan redan nästa morgon och vända tillbaka med rotsaker och torkat renkött. Han kände en hand på sin skuldra. Det var Riina.

"Vi tog med bössorna för att försvara oss mot fiender men ingen har stört oss under de här åren och du har rätt. Det är en ensidig kost som vi äter om det blir år ut och år in."

Eskil fick tillreda öringen på sitt sätt. Han halstrade den över öppen eld ute på gården och Christoffer hade gett sig ut med Magdalena och David runt ängarna och bidragit till salladen. Det var glammigt runt bordet vid måltiden men det mörka brödet höll dem tysta mellan varven men Christoffer njöt i fulla drag av den halstrade fisken men hade svårt för brödet. Han måste bara fråga vad de bakade det av och på vilket sätt.

"Vi hade tur som hittade en säck havre på loftet och vi har blandat i vilda örter och annat ätbart. Rut kan allt om ätliga gräs och rötter." Magda nickade och Rut log generat.

"Hur lagar ni till brödet", frågade Eskil.

"I ugnen naturligtvis." Riina nickade mot spisen och log.

"Baka bröd varje dag, inte en gång i veckan för efter några dagar blir det torrt och hårt. Använd en stekpanna i stället och baka i den varje dag så blir det mjukare."

Rut nickade men undrade om det behövdes fett i pannan. Eskil lugnade henne. Torr stekpanna var okej.

Christoffer och Eskil promenerade bort från gården på eftermiddagen. De hade båda en del att dryfta och de måste ta en del obekväma beslut.

"De vill att vi ska bli kvar här. Vad tycker du om det Christoffer?"

"Jag vill tillbaka. Det är mitt hem och vi saknar ingenting. Vi har mat och värme och det är fint på alla sätt i vår koja."

Pojken hade rätt och Eskil fick utan vidare tårar i ögonen. Han längtade också hem till vistet men de måste hjälpa kvinnorna därför att de som levde i ödemarken måste samarbeta när det fanns sannolikheter om överlevnad.

"Vi måste föra släktet vidare."

"Vad menar du?"

"Om det bara finns en handfull människor här uppe så måste vi reproducera oss."

Christoffer antog att Eskil hade rätt. Vem visste hur det skulle se ut om tio eller tjugo år på den här platsen? Tre åldringar och inga barn?

Eskil lade sin arm om pojkens magra axlar och kramade till. De stod på en höjd och såg på gården nedanför. Den var gedigen med flera uthus och kunde försvaras med en hagelbössa och en vargbössa mot främmande figurer.

"Så vi ska göra resan tillbaka, hämta allt som vi orkar ta med oss och flytta hit till gården därnere för att reproducera oss?"

Christoffer nickade eftertänksamt.

"Rut blir din kvinna. Hon är ung, stark och glad. Du kanske kan göra som Mormonerna och gänga ihop dig med Erika med. Hon är snygg och en syrra är praktiskt i familjen."

Eskil brast i skratt och Christoffer fnissade med.

"Men du då? Kan du charma Magdalena?"

"Jag är på god väg. I tanken. Tror att det blir långsamt att vänta på att lilltjejen ska växa upp. Bebisen menar jag."

Eskil och Christoffer meddelade sitt beslut efter middagen. De skulle återvända till sitt viste tidigt nästa morgon och vända tillbaka med allt som behövdes för att bosätta sig på gården. David och Magdalena skulle följa med för att det var en avsevärd fora som skulle förflyttas i många mil innan vintern kom på allvar. Eskil fick vargbössan. Det var ett samfällt beslut från kvinnorna. När de lämnade gården, vinkade Rut mer entusiastiskt än de övriga. Christoffer gjorde miner. Eskil begrep och de busade med varandra en lång stund därefter. David och Magdalena följde deras vandring utan många ord. De slog läger på kvällen och satt vid Eskils eld med var sin mugg örtte och åt torkat renkött med en bit mörkt bröd som de fått med från gården. Det mättade och alla somnade ovaggade.

Eskil var först upp på morgonen men Christoffer var inte långt efter. De åt sin frukost och vandrade vidare. Vädret var stadigt och milt med enstaka snöfall. De nådde vistet efter fyra dagar och Christoffer öppnade dörren för Magdalena och David. De inspekterade, gjorde diverse utrop och satte sig på var sin bädd i kojan.

"Det är ju jättefint. Ni har ju allt som behövs."

Eskil höll med David. "Vi tänder alltid en eld utanför kojan och sedan sover vi gott" Han satte sig bredvid David och klappade på bädden. "Här ligger jag och Christoffer ligger där." Han pekade på Magdalena och hon studsade genast upp.

Christoffer stod i ingången med ett skevt leende. "Det finns två bäddar här inne men vid ovälkommet besök, finns det ett gästrum." Magdalena log och följde med Christoffer för att titta på gäststugan.

David såg försiktigt på Eskil. "Ni har ett fint liv härute. Varför överge platsen?"

Ja, varför överge denna plats för en annan oprövad plats, tänkte Eskil, reste sig och ställde sig mitt på det jordtrampade golvet. Han hade dörren i ryggen och eldstaden till vänster och mittemot honom satt David.

"Det beror dels på Christoffers klokskap och sedan vår undran om det finns andra än oss här uppe. Vi träffade ju er."

David nickade instämmande. "Tror ni att det finns flera grupper?"

"Vi hoppas. Det fanns många passagerare på tåget när Kristina och jag åkte upp till obygden. Christoffer och jag funderar mycket på vart de andra har tagit vägen. Vi har regelbundet gått på långa vandringar för att se tecken på andra människor här ute."

"Men ni har inte träffat på några mer än oss." Eskil skakade på huvudet och satte sig bredvid David.

"Vi är en liten grupp överlevare, bara kända för oss själva men vi vet inte om det finns andra som kanske just nu, söker sig hit."

David nickade med nedböjt huvud. De samtalade inte på en lång stund, satt på bädden bredvid varandra och begrundade på var sitt håll, sin situation med egna värderingar och med egna bekymmer. David bröt tystnaden och frågade hur han blivit bekant med Christoffer.

"Han dök upp på en ödegård som jag inspekterade för snart flera månader sedan. Han var uselt klädd och skrämmande mager." Eskil tänkte inte berätta om det misstroende han hade haft mot pojken i början och misstanken om att han var kopplad till Styrkan, att han var en spion. Han skämdes över sina misstankar fortfarande.

"Christoffer berättade hårresande saker om vad som hände efter att Styrkan invaderade vårt land. Han blev föräldralös med en gång. Hans trygghet försvann och han förstod att de inte skulle komma tillbaka så han lämnade hemmet och följde strömmen av människor som gick mot hamnen och gick med dem över bron till vårt grannland."

"Hur klarade han det? Han måste ju bara ha varit ett litet barn!"

"Ja, jag tror han knappt hann börja första klass men han klarade sig hela vägen men det blev inte bra dit han kom. Folk blev sjuka i lägret och många dog."

"Var det smittan"?

"Ja, jag antar att den kom söderifrån och spred sig vidare upp till vårt land."

"Men Christoffer hade inte smittan?"

"Vissa får den inte och varför vet väl ingen. Jag klarade mig och du och alla i din grupp har klarat sig." Eskil funderade en stund innan han tog vid igen med sin berättelse.

"Efter några år därborta, bestämde han sig för att ta sig tillbaka över bron igen. Så han vandrade uppåt landet, fick hjälp av godhjärtad människor på vägen med husrum, kläder och mat men jag antar att han mest frös och hungrade under sin vandring hit och han har inte berättat allt för mig så han har fortfarande en hel del att bearbeta men han vill tydligen göra det ensam." Eskil grep försiktigt i Davids arm och såg honom rakt i ögonen.

"Christoffer är på väg in i tonåren och jag minns själv att vissa saker pratade man inte om med vuxna. Kan du försöka bli hans kompis, få honom att lätta sitt hjärta för dig, så att han kan läka sina sår efter de upplevelser som han haft i så många år?"

David drog handen genom sitt hår. Det var inte rent men en typisk gest från en ung man som fått en viktig fråga att fundera över.

"Hur gammal är du David?"

"Sexton i februari."

"Magdalena?"

"Sjutton i april tror jag."

"Jag förstår om du tycker att min önskan är svår men Christoffer vaknar ofta på nätterna och behöver en trygg person bredvid sig. Det har blivit bättre de senaste veckorna men han har upplevt traumatiska händelser under flera år. Jag tar hand om honom på nätterna men Christoffer behöver någon som han kan prata med i sin egen ålder. Någon som han har förtroende för."

David nickade efter en stund och Eskil förstod att han hade funderat klart.

"Absolut, för jag gillar Christoffer. Jag hoppas bara att han får förtroende för mig."

"Det går säkert bra men jag vill inte att du berättar för mig om någonting, när han har fått tilltro till dig. Det är helt mellan dig och honom. Jag vill bara att han ska må bra."

De tog varandra i hand och dörren ryktes upp. Magdalena och Christoffer stormade in.

Inför livet

Nu kom kylan, förberedelsen inför det tjocka snötäcke som skulle täcka denna del av landet. Att kylan kom först var det bästa för markens växter som varje bonde och trädgårdsmästare visste. Efter tre veckor kom vintern och den kom med besked. Det snöade utan uppehåll i sex dagar och temperaturen sjönk än mer. Eskil och Christoffer hade funnit sig till rätta på gården men båda hade inte lämnat tankarna på det hem de lämnat. Eskil hade bott i kojan i flera år och njutit av varje stund. Christoffer hade varit utan hemvist i många år och ville inte släppa tryggheten han hade fått uppleva med Eskil i kojan. Alltemellanåt pratade de om platsen de hade lämnat. Eskil hade föreslagit att bara de två skulle vandra dit varje sommar för att fiska och jaga. Christoffer tyckte att det var en förträfflig idé så de kom att samtala regelbundet under vintern om nästkommande sommar.

Eskils och Christoffers rotsaksförråd och torkade viltkött kom väl till pass. De två lagade alltid dagens middag. De kunde alltid åstadkomma näringsrika och välsmakande middagar. Eskil bakade sitt bröd varje morgon och ingen saknade det svarta, hårdtuggade brödet. Eskil hade också märkt att Christoffer ofta hängde med David. De hjälptes åt med att hålla gårdsplanen gångbar med skottning och de gav sig ut tillsammans för att snara ripor. Ibland fick de ta med bössan och sköt en tjäder eller en hare. Vargbössan var för kraftig för sådant vilt men de var nog så skickliga så att inte djuren blev alltför massakrerade för att duga som föda.

När snöstormarna ven utanför huset, satt alla samlade i köket där det var varmast. På vedspisen stod alltid en kastrull med hett vatten och de spruckna porslinsmuggarna fylldes med Eskils örtteer. Allt möjligt och även omöjligt språkades runt köksbordet. Om vädret, om vad de skulle göra de nästkommande dagarna men när de minsta barnen, Greta och Jakob sov i kammaren, talade de om hur de skulle klara vinterns kyla och om matförrådet skulle räcka fram till midsommar.

"Jag tror inte att vi behöver bekymra oss om det." Eskil försökte lugna dem. Han hade haft betydligt tuffare vintrar att ta sig igenom, då viltet varit svårt att fånga och kylan nästan ätit honom in på märgen.

"Vi klarar oss. Vi har tak över huvudet, en vedeldad spis och ett bra matförråd som vi kan fylla på med småvilt."

Magda satt mittemot Eskil. Hon var äldst i gruppen och läkare. Hon log mot Eskil.

"Vi har fått det mycket bättre sedan ni kom hit. Ni, du och pojken, har lärt oss vad vi kan förädla från naturens skafferi." Hon skrattade till. "Jag är läkare, utbildad i Polen men har bara arbetat med Alzheimers patienter i ert land de senaste trettio åren men efter invasionen har jag praktiserat som allmänläkare. Det har faktiskt varit mitt mest utmanande arbete. Vi har ett stort ansvar för vår kommande generation." Erika nickade, Riina nickade och de övriga höll med.

"Så, vad är Styrkan?"

Eskil borde inte tala om detta med andra människor med tanke på vad som hänt många andra som anförtrott sig till fel personer. Visste han säkert att han kunde lita på kvinnorna? Eskil hade inte träffat dem på flera år och vad som helst kan ha hänt under den tiden. Kanske en överlöpare eller en medlem av Styrkan har haft kontakt med överlevande från kolonin och lovat dem bättre levnadsvillkor? Nej, nu drog hans förmåga att hitta på, iväg med honom men när Christoffer och han dök upp på gården, var det ett under att de överlevt på sin undermåliga kost. Om Styrkan hade lovat dem extra ransoner för angivande av människor som gömde sig i vildmarken så var det inte konstigt om kvinnorna och barnen levde på svältgränsen, för Styrkan höll aldrig sina löften. De köpte människor med ord och sket fullständigt i dem när då hade fått vad de ville ha.

Vilka som ingick i ockupationsmakten och varför kaoset bröt ut, hade han bara teorier om.

Människorna blev besvikna på landets regering, och var otillfredsställda med sina liv. När individer med stor retorik och en enkel sådan som alla ta till sig, lyssnar människor och är de besvikna på sin tillvaro, lägger de sin röst i valurnan på den som motsvarar deras ideologi, men vid voteringen för sex år sedan, hade de utan att förstå, gett sitt stöd till fel falang.

Ganska snart fick de erfara, att fraktionen inte gav sin röst för människorna i landet. De ville göra sig själva hörda och förändra enligt deras föreställning om vad som var bäst för landet men mest vad som var bäst för dem själva. Det fanns sympatister för Styrkans ståndpunkter i hans hemstad redan för femton år sedan, långt innan tiden då invånarna i landet måste ta beslut om att stanna kvar och duka under eller lämna hemmet för att på alla sätt, överleva som flykting i sitt eget land. Nu såg han på kvinnorna runt köksbordet som hoppades på att han hade svaret på Magdas fråga. Han hade inte svaret men han kunde ge dem en bit av sanningen. En sanning som han trodde på. Han tog en klunk av sitt örtte och såg på Magda.

”Jag har bara teorier om det hela. Jag och Kristina flydde innan vår stad blev tömd på människor. Idag är jag säker på att det är en spökstad som många andra städer och i större orter i landet. Men det verkar som att byar och mindre samhällen håller ut.” Kvinnorna nickade.

”Styrkan är en grupp av människor som för tjugo år sedan, skapade kaos på gatorna i Europas största städer. De satte Paris, Berlin och London i brand och många byggnader förstördes, Harrods och den säregna kvarnen i Paris. Moulin Rouge.”

Lina masserade sina tinningar med starka fingrar och uppspärrade ögon.

”Ja och hur gick det till i Berlin? Där brann det på gatorna som det gjorde under andra världskriget och många hus blev förstörda i centrum men de förstörde ingenting i Danmark

Eskil höll med Riina. "De hade bestämt sig för att operera i Skandinavien så de ville inte ställa länderna i ruiner."

"Men nu är vårt land i ruiner i alla fall." Christoffer hade suttit tyst länge men hans replik var en sanning som inte kunde förnekas av någon.

"Så vad är det för sorts människor som är Styrkan?" Rut såg på Eskil.

"Nazister och Fascister och ett mellanting som inte har något namn."

"Självklart. Osnutna ungdomar på drift." sa Magda.

"Inte ungdomar. De flesta är medelålders och i övre medelåldern, men glöm inte att det är min teori. Jag har ingen insyn i regeringens agenda."

En högljudd och utdragen diskussion följde efter Eskils resonerande om Styrkans roll i landet, vilket betydde att han kunde glömma sina misstankar om att kvinnorna kanske hade ett samarbete med Styrkan. Överläggningen skulle ta sin tid så han reste sig från bordet och ställde sig vid träsoffan och såg ut genom köksfönstret på den yrande snön utanför. Eskil mindes alla protester mot invandrare i början på 2011 och att opinionsyttringarna eskalerade för varje år. Förståeligt vid den tiden. Arbetslösheten och bostadsbristen bland svenska ungdomar var mycket stor i hela landet. Många ville att pengarna skulle läggas på kommunens inhemska invånare. På dem som var utan arbete och bostad men vid den tiden var det många oroshärdar och krig i världen så intaget för invandrare utökades.

Flyktingar slussades ut över hela landet och bodde på hastigt påkomna läger. Det ena sämre än det andra. När de fick klartecken om att de fick stanna kvar i landet och bostad på annan ort, tycktes det som problemet var löst men de flesta som fick sin vistelseort tilldelad, fick inget arbete och försörjdes med kommunernas bidragssystem år efter år och med tiden tog pengarna slut.

Alla låg i sina sängar, de minsta sov men de vuxna lyssnade på ovädret utanför. Christoffer stirrade oseende upp mot taket i mörkret och hade tankar om Magdalena. Eskil tänkte på Rut som var den behagligaste bland kvinnorna och hade energi för två. Det knakade till i taknocken och båda ryckte till i sina sängar.

"Usch vad det tar i. Man kan tro att taket ska flyga iväg."

"Tur att byggnader i den här delen av landet är gediget konstruerade med tanke på ovädret som pågår där ute just nu." Christoffer hummade till svar.

Eskil oroade sig en stund över pojkens introduktion i vuxenlivet, om hur den skulle utvecklas och om den överhuvudtaget skulle kunna bli till någonting bra. Han hade sett Christoffers blickar på Magdalena och sett hans rodnande kinder, när hon vid några få tillfällen, talat direkt till honom. Christoffer var förälskad. En riktigt fin upplevelse för en av de få ungdomar som finns i den norra delen av landet men skulle det bli något av det? Magdalena var flera år äldre än pojken och hade en jämnårig kille, David, i hasorna hela dagarna.

Eskil vände sig i sängen mot väggen och suckade. Han själv då? Vem skulle han reproducera sig med för att föra släktet vidare?

Fest

Stormar hade kommit och stormar hade gått, med snö och is som packat in huset i en skyddande vit kapsel. Det hade varit ett slitsamt göra, att skotta vägar till uthus och vattenhål. Det fanns ett flöde från en kallkälla som rann ner till en större tjärn, knappt tre kilometer från gården men varje gång de hämtade vattnet därifrån, fick de hugga hål i isen. Kylan släppte aldrig sitt grepp och hålet frös snabbt ihop igen.

De bestämde sig för att hämta så mycket vatten de kunde bära på en vända, så varje onsdag, om vädret tillät, gick alla för att hämta vatten, utom de minsta barnen och en vuxen, som alltid måste stanna kvar på gården och vakta territoriet. Vattenhämtningen hade blivit till en trevlig utflykt med många skratt och tokigheter. Christoffer hade försiktigt närmat sig Magdalena mer och mer under vintern. Nu vågade han sig på att dra dåliga vitsar, som hon skrattade ohejdat åt. Eskil gladdes men såg också att David inte var road. Han släntrade några steg bakom dem i tystnad då Christoffer och Magdalena ofta gick tillsammans. Med tiden blev avståndet mellan David och paret längre.

När alla hade fyllt sina hinkar och zinkbaljor med vatten, tände de en eld och satte sig ner för att äta sin matsäck. Under tiden sattes snaror för kanin och ripa och dagen efter skodde David, Magdalena och Christoffer på sig snöskor som Eskil tillverkat och ungdomarna kom som oftast hem med fina middagar.

Nu var de inne i mars och livsgnistan fanns kvar hos alla i den lilla kolonin men vintern, skulle hålla dem i sitt grepp, minst en månad till med okynnigt väder och bakslag.

Eskil hade tagit undan sättpotatis och hoppades på att de frön han samlat in från dill, rädisor och andra grönsaker som han tagit med till gården, inte blivit fuktiga och ruttnat under vintern. Han plockade med papperspåsarna på bordet i köket när Magda kom in.

"Tänk, jag har varit ute med barnen och Rut och jag har åkt nerför backen på en skiva masonit och det var verkligen roligt." Hon drog av sig sin vita stickade luva med rosiga kinder. Håret låg fuktigt mot pannan. "Det är en välsignelse att vi har barn hos oss. Vuxna leker för lite. Jag har inte lekt på över trettio år." Hon tystnade men såg på honom med ett varmt leende.

"Vuxna har väl i allmänhet, alltid varit tråkiga."

Hon skrattade och ställde sig vid bordet och undrade vad han höll på med.

"Det är lösningen till vår försörjning ett år framåt."

Magda plockade upp en papperspåse och öppnade den försiktigt.

"Det är torkade rädisfrön."

Magda nickade och gav honom en innerlig kram som Eskil generat tog emot.

"Du är en mycket klok man som vi alla ser upp till. Du ska veta vad det dryftas mellan kvinnorna här i huset. Dessutom är du attraktiv. Har du märkt någonting av detta?"

Vad skulle han märka? Hade någon stött på honom som man sa på den tiden det begav sig? Han skakade på huvudet.

"Kan inte säga att jag märkt någonting speciellt."

Magda klappade honom på axeln som en äldre person gör med en yngre men därefter lade hon sina händer om hans ansikte och såg rakt in i hans ögon.

"Jag får sparka igång fruntimren. Jag skulle gärna sätta igång en flirt med dig men jag har passerat det angelägnaste loppet för bra länge sedan."

"Men jag är smickrad."

"Det tycker jag att du ska vara för jag är kräsen när det gäller män."

Det droppade från tak, det droppade från träd och gårdsplanen var fri från snö. Fåglarna kvittrade som de hade fått fnatt och ett av barnen sprang in i köket med en outslagen tussilago med ett glädjetjut. Våren hade kommit.

Christoffer skulle fylla tretton, om han minns rätt, den 20 april, och det skulle bli kalas. Han själv gick runt på stigarna i skogen denna förmiddag och funderade. När han stod på sin favoritplats, berget, hade han gården rakt nedanför sig och det högsta fjället till höger. Berget var fortfarande täckt med snö men nere i dalen, där gården låg, var det barmark.

Han såg att Eskil synade marken där han skulle ploga fåror för att sätta sin potatis. Han hade nog en del bekymmer om hur han skulle lösa det för det fanns inga plogar på gården. Eskil kom säkert på hur det skulle göras och när han hade tänkt ut hur det skulle göras, engagerade han alla i arbetet och alla skulle vara med på det.

Magdalena. Den mest fantastiska människa han hade träffat, förutom Eskil naturligtvis. Magdalena och han pratades vid många gånger varje dag och han trodde att hon gillade hans sällskap. Men vad visste han om det? Tyckte hon att han var en kul kompis eller? Han uppmärksammade allt hos henne. Hur hon rörde sig, hur hon rörde sin mun när hon talade, hur hon doftade och hur hon såg på honom. Ögonen. De skiftade. Ibland blå, ibland gröna. Kanske turkosa men när hon satt med solen i ansiktet, fanns det även stråk av brunt i irisarna.

David var ett problem men om Magdalena tyckte att David var mer vuxen än honom, fanns det ju ingenting att hoppas på men älskade David Magdalena som han älskade henne? Fy fasiken vad svårt det här är.

Christoffer gick ner från skogen och kom in på gården. Han möttes av Rut och de två barnen som drog med honom till baksidan av mangårdsbyggnaden. När de kom runt hörnet, stod alla runt ett bord som var dukat för fest. En eld var tänd i slänten och en minut senare kom Eskil runt hörnet med ett fång av hemligheter i famnen. Han synade eldstaden och släppte ner sin börda på ett fallfärdigt bord och log mot alla.

”Glöden är perfekt. Om en timma ska ni få en middag som ni inte ätit på år och dag och måltiden tillägnas Christoffer som idag blir tonåring. Ta väl hand om varandra, mingla runt tills allt är klart och vi kan sätta oss till bords."

"Vad ska vi sitta på? Finns ju inga stolar." Rut sa det med ett strålande leende men alla såg fundersamt på Eskil.

"Ni måste ha lite fantasi. Det finns sittplatser överallt i naturen."

"Eller vi kanske ska gå in och hämta var sin stol?" Erika var redan på väg, när Magda och Riina, satte sig i slänten och de två barnen kastade sig skrattande i kvinnornas famn.

Erika kom ut med sin stol men hon satte sig aldrig i den för alla kvinnorna satt i slänten med ungdomarna och barnen, så hon slog sig ner i gräset där det fanns plats. Nedanför skaran, grillade Eskil tre ripor och två harar och en väl tilltagen hög av tunt skivade rotsaker i ett stort fat, han hade knackat till av en skev snöspade under vintern.

"Vi saknar mjölk och ost", gastade Lina ner till Eskil.

"Tänk om vi hade en ko eller några getter. Mjölk och ost. Ren lyx!" Rut tog en klunk av sitt örtte och kramade om sin son Jacob, som tuggade på en bit torkat älgkött.

Eskil vände på hararna och konstaterade att de var färdiggrillade. Han lade riporna och hararna på en stor plåtbricka och klev uppför slänten med läckerheterna och ställde brickan på bordet.

"Kan någon hämta rotsakerna?" David gled nerför slänten och ställde sig rådvill vid det heta fatet.

"Använd grytlapparna som ligger i gräset", hojtade Eskil från serveringsbordet.

David hittade två handsydda jeanslappar och kom upp med grönsakerna och alla grep tag i en tallrik, många kantstötta och inga i par men det blev en sagolik fest och huvudnumret Christoffer, hade Magdalena vid sin sida under hela måltiden.

Eskil gnagde på ett lårben från en hare. Kunde ha varit saftigare men olja eller smör, var någonting som ingen i detta sällskap, hade smakat på många år. Han tog en näve grillade rotsaker och såg på alla som satt samlade i slänten. Stolen som Erika hämtat från huset fungerade som sideboard. Där stod en korg nybakat bröd och en burk rönnbärsmarmelad. Den sista han hade kvar och sur som bara den. Sockret tog slut för mer än fyra år sedan men han samlade in björksav varje vår och den sirapsliknande vätskan, hade fungerat bra som sötningsmedel men han hade snålat när han kokade ihop rönnbären. Det fanns björkar också här i trakten, visserligen inte många och de var småväxta för nu bodde de i ett område som låg betydligt högre upp i landskapet än där hans gamla boning låg. Han var villig att vandra tillbaka och hämta det han behövde från sitt tidigare naturskafferi. Så var det Linas önskan om en ko och några getter. Skulle det duga med älgmjölk?

Linas dotter Greta, satt med Jacob strax intill. De hade fullt upp med sitt språk. Greta var en knubbig treåring med stort register, både kroppsligen och verbalt men Ruts son Jacob, var en försynt ung man på fyra år och accepterade vad som helst från Greta, om det inte var för våldsamt. Just nu satt de med ett fat grillade rotsaker mellan sig och Greta stoppade en morot i Jacobs mun. Han gapade och log mot henne men när hon plockade upp en bit potatis och satte sina fingrar i hans mun för att få honom att gapa stort igen, slog han undan hennes hand. Greta vrålade. Lina studsade upp och lyfte upp sin dotter och satte sig med henne i famnen. Eskil såg på Jacob och blinkade. Jacob blinkade tillbaka, reste sig och telningen kröp upp i hans famn. Han doftade svett och rök. Eskil sökte efter Rut i gruppen. Så med ens, satt hon bredvid honom och pussade sin son på kinden och strök sin hand efter Eskils kind och log.

"Om ni vill ha mjölk, kan vi försöka fånga en älg. När de är dräktiga och ska föda en kalv, har de en mycket näringsrik mjölk.

"Har du druckit älgmjölk?" Eskil skrattade och erkände efter Christoffers fråga, att det hade han inte.

"Renmjölk?" Det var Rut som undrade men Eskil skakade på huvudet.

"Har inte lyckats fånga en ren med kalv."

"Finns det renar i området över huvud taget?" Det var Magda som undrade och Eskil skakade på huvudet igen.

"Är inte säker men ibland har jag lyckats fånga strörenar, förmodligen renar som skingrats från flocken när renägarna drev dem till grannlandet för flera år sedan. Det vet ju du Christoffer." Han nickade. "Förvildade renar men en ren är en ren."

Först långt efter midnatt var det tyst på gården. Eskil var sist i säng vid halv två men låg en lång stund och tittade i taket och summerade kvällens fest. Alla hade hjälpts åt att städa och att ta vara på matresterna. Precis som man gjorde när det var gårdsfest i en bostadsrätt.

På den tiden då människor var bekymmerslösa i vardag och fest.

Christoffer hade försvunnit en lång stund med Magdalena vid midnatt men han kom tillbaka och sov djupt med öppen mun i sängen bredvid.

Pojkens andning var lugn. Inga snarkningar, inga andningsuppehåll. Hans slemhinnor var friska trots de umbäranden han gått igenom. Först vid medelåldern, skulle hans organ slappa till och näsväggarna vibrera. Eskil snarkade i alla lägen och han vaknade varje natt med igentäppt svalg och torra näsborrar. Han hade alltid ett ekande ljud i huvudet när han vaknade till. Det lät som hrrrtjtsch.

Rut. En fin, glad och positiv kvinna. Hennes son Jakob, var en solstråle med egen vilja. Rut var snygg. Eskil slöt ögonen och somnade slutligen när solen lyste in genom det enda fönstret och gav taket ovanför hans säng strimmor av guld.

Mord

Morgonen efter festen gick i slöhetens tecken. Barnen vaknade först av alla. De drog i mödrarna som var lite tröttare än vanligt men Magda var redan uppe och stökade i köket, så hon tog hand om dem. Greta och Jacob fick var sin tallrik med Eskils bröd toppade med sallad och strimlat ripkött. Hon följde med dem ut genom ytterdörren, de tumlade ut på gården och skrattade när hunden kom ut från kojan och sprang runt dem med tungan utanför munnen. Hon tänkte, att barnen hade roligt, de hade det bra och hon tänkte sätta sig på trappen och titta på dem.

Det var ett perfekt skott. Rakt i pannan och Magda dog ögonblickligen. Barnen stannade upp i sin lek med hunden, även den, och de såg alla mot farstubron.

Eskil vaknade med ett ryck. Ett skott. Inget tvivel om det. Han kastade sig upp ur sängen och sprang nerför trappan och ut genom husets dörr. Magda låg framstupa med ansiktet ner på översta trappsteget. Han vände på henne och såg kulhålet i hennes panna. Magda var död. Greta och Jacob stod på gården nedanför honom med en hund som stressat sprang runt deras korta ben. Han gick ner till dem och tog upp barnen i famnen. Hunden snurrade runt hans ben och gnällde högljutt. Eskil tog med barnen och hunden in i huset, stängde dörren mot hotet utanför.

Nu hade alla i huset vaknat och gått ner till köket. Ingen kommenterade att Eskil stod mitt på köksgolvet i kalsonger med barnen hårt tryckta mot sitt bröst. Hunden låg flämtande på golvet framför hans fötter. Christoffer gick fram till Eskil och lyfte försiktigt barnen ur hans famn. Då kom Lina och Rut fram och tog hand om sina barn. Christoffer lyckades sätta Eskil på en köksstol men hunden morrade och högg efter Christoffers ben.

"Still din byracka", skrek Erika. Eskil såg på alla som samlats i köket.

"Ingen får gå utanför dörren! Ingen!"

"Men vad är det? Vi hörde ett skott men vad har hänt?" Det var David och hans ögon var lika stora och frågande som de andras ögon.

"Magda är död. Det ligger en prickskytt därute." Reaktionen kom omedelbart, på sekunden. Gruppen hukade sig för den osynliga faran, satte sig tysta runt köksbordet. Sedan kom gråten och skräcken.

"Magda. Var är hon?" Det var Riina som viskade orden. "Vi måste ta hand om henne."

"Inte just nu. Det är precis vad skytten väntar på."

"Åh, herregud. Ska hon bara ligga där ute?"

"Ja, Lina. Magda ligger alldeles utanför dörren men vi ska ta hand om henne. Inte nu men sedan."

"Du räddade barnen." Rut grep tag i hans arm över bordet.

Eskil svarade inte. Ja, han räddade barnen men än så länge var ingen utom fara. Han reste sig och genast hoppade hunden upp och ställde sig vid hans ben. Eskil böjde sig ner och klappade hunden på huvudet och han fick ett ivrigt slickande på handen som tack. "Christoffer och David. Kom med här." Eskil försvann in i kammaren och ynglingarna kom efter. Kvinnorna satt vid köksbordet i närmare en timme innan Eskil kom ut med pojkarna igen. Eskil såg att alla hade gråtit och var oroliga och rädd över vad som väntade dem.

"Vi ska bara vänta här tills det blir mörkt och sedan går vi ut och tar prickskytten."

Rut skakade på huvudet. "Det kommer inte att bli mörkt förrän i augusti."

"Jo, men det kan vara skumt ibland", sa Christoffer och ingen sade emot honom. Han tittade mot Magdalena som satt mellan Erika och Riina. Hon såg rakt in i hans ögon och han såg glittret men också att hon var rädd.

Magdalena visste inte om Eskils plan om hur de skulle ta ner fanskapet. Eskil var säker på att det var en av alla aktivister inom Styrkan som skickades ut i landet för att eliminera människor som inte följde Styrkans ideologi. Magda hade skjutits med ett enda skott i pannan, så de letade efter en kallblodig mördare med ett gevär med kikarsikte. De skulle också ta hand om Magda, dra in henne i huset så att hennes vänner skulle få möjligheten att ta avsked på bästa sätt.

Vid midnatt sov de små barnen i familjen. Kvinnorna satt i köket, drack örtte i mörkret och väntade. De väntade på att Eskil, David och Christoffer skulle smyga ut i den ljusa natten. Eskil och ynglingarna satt fortfarande kvar vid köksbordet, tysta och sammanbitna och ingen av kvinnorna talade. Alla väntade.

När Eskil reste sig från bordet och bad Riina att hålla hunden inne, var det dags. David och Christoffer reste sig från bordet och tog med packningen som de hade gjort i ordning.

Eskil stod vid dörren till källaren med vargbössan i rem över axeln och med två exalterade ynglingar bredvid sig. En rörelse vid bordet. Magdalena hade rest sig och gick fram till Christoffer och gav honom en kyss. Därefter vände hon sig mot David och gav honom en kyss. Skit, tänkte Eskil men kom av sig när han plötsligen fick en kyss av Rut och hon stod kvar en lång stund med händerna i ett fast grepp om hans nacke.

"Kom tillbaka."

Han kysste henne tillbaka. "Jag kommer tillbaka."

Eskil försvann med pojkarna nerför källartrappan. De tänkte ta sig ut genom ett av fönstren som vette mot baksidan och skogen. Han hade övertygat sig själv om att det bara var en ensam skytt och han ville ha uppsikt över gården och farstutrappan. Han hoppades att han hade rätt i den saken. Christoffer och David kröp ut genom fönstret först och utan problem. Fönstret var inte stort men Eskil lyckades ändå åla sig ut men skrapade höger sida mot fönsterkarmen. Det sved till men han var ute. De sprang in i skogen, stannade en stund för att hämta andan och begav sig iväg för att eliminera mördaren.

Det var för ljust om nätterna vid den här tiden på året, ingen bra förutsättning för att ta itu med en svår uppgift som krävde de överraskande händelsernas uppfinningsrikedom men de måste stoppa skytten. Om de inte gjorde det, befarade Eskil, att flera i gruppen skulle få en kula i pannan som Magda. Eskil hade en teori om var skytten fanns. Han måste finnas på höjden mitt emot gården med tanke på den exakthet han satte kulan i Magda. Det växte unga björkar på höjden och några enstaka tallar. Det var över det berget som Christoffer, Magdalena, David och han hade vandrat över när de gick tillbaka till hans tidigare boplats för att hämta provianten till kvinnorna och barnen på gården.

"Nu stannar vi här en stund." Pojkarna kröp ihop vid tallstammen där Eskil satt sig ner i blåbärsriset. "Jag menar att vi sitter här en stund och samlar oss. Det är ingen lätt sak vi har framför oss." Pojkarna nickade och satte sig bredvid Eskil som nu satt lutad med ryggen mot en trädstam

Det här var inte riktigt klokt. Sanslöst, tänkte Eskil. Han var ute på jakt med två ynglingar men denna gång var det inte jakt efter mat. De skulle döda en människa för att bosättningen inte skulle bli förintad. Eskil hade lagt fram sin syn på saken om att eliminera prickskytten och alla hade tyckt detsamma som honom men hur tänkte David och Christoffer om att han tagit med dem på jakten? Vad hade de att sätta emot honom som var den ende vuxne mannen i sällskapet? De hade följt med honom men vad var deras tankar om detta? Christoffer kanske var den som förstod handlingen bäst. Han hade vandrat genom landet under flera år och hade fått många erfarenheter om våld och falskhet. Vad visste han om David? Inte mycket. Bara att Magda och Riina tagit hand om honom och Magdalena när de lämnat sina hem då föräldrarna förflyttats till okänd ort.

Pojkarna satt tätt tillsammans, knuffade på varandra ibland men såg hela tiden på Eskil som satt med ryggen mot trädstammen med slutna ögon. Han hade inte rört sig på en lång stund och Christoffer visste varför men inte David. David var nervös och stötte till honom i sidan med handen igen. Christoffer började bli irriterad. Han grep tag i Davids hand och höll den hårt för ett ögonblick och såg strängt på David. I samma ögonblick ställde Eskil sig upp.

"Nu måste vi gå vidare. Att jag tog med er, betyder inte att ni ska göra någonting som ni absolut inte vill. Det är jag som gör det som måste göras."

"Men vi blir medskyldiga."

Christoffer himlade med ögonen.

"Du. Vi vill gärna leva ett tag till!"

David nickade.

"Bra. Nu går vi. Jag först och ni minst fem meter efter."

Solen var redan uppe men det hade kommit in moln över fjällkammen, ljuset var inte alltför exponerande. Vegetationen var också tät på vägen upp, rikligt krokiga björkar med lummiga grenar och det fanns många aspruggar. Strax var de framme vid sitt mål, vid kanten av den plats som Eskil hade räknat ut som prickskyttens gömställe. Eskil satte handflatorna i luften och sänkte dem genast med handflatan mot marken flera gånger. Pojkarna förstod. Tystnad och platt mot marken.

Christoffer hann se en ripa som pickade fyra meter från honom, David tampades med myrorna i stacken bredvid, innan Eskil kramade deras händer och lämnade dem.

Eskil hade aldrig dödat en människa men det var ljug. Han hade dödat sin fru Kristina men det hade varit en överenskommelse mellan dem båda. Skulle han kunna döda en okänd människa? Han visste ingenting om personen som han måste ta i tag med men den okände hade skjutit Magda och skulle ligga på sitt pass och fortsätta skjuta tills han eller hon hade slutfört sin uppgift. Att utplåna alla som inte vill acceptera styrkans ideologi.

Det började försiktigt, några droppar på hans händer som höll i geväret. Han vände ansiktet mot himlen men såg att regnmolnen var på väg bort. Regn var alltid tacksamt om man skulle smyga för det studsade på trädens och buskarnas löv, dolde andra ljud, som smygande vettvillingar. Eskil närmade sig skyttens gömställe och knappt hundra meter framför honom, såg han någon ligga i en bergsskreva med tät vegetation omkring sig åt alla håll. Eskil närmade sig försiktigt och laddade geväret.

En hop av sädesärlor for runt i luften, några solstrålar bröt igenom molntäcket och skickade sitt ljus över berget. Eskil sänkte geväret.

En främling

Eskil sänkte geväret när han såg det långa ljusa håret under den lortiga kepsen.

Människan satte sig upp, såg upp mot himlen då solen bröt fram helt ur molnen och sträckte sina armar över sitt huvud med en grace som bara en kvinna behärskade. En rörelse bredvid kvinnan och en gestalt med ett gevär blev synlig. Definitivt en man och Eskil satte geväret mot sin axel och sköt. Skottet ekade mellan fjälltopparna.

Pojkarna som befann sig knappt trehundra meter ifrån, rykte till och såg på varandra. Kvinnorna på gården, knappt femhundra meter därifrån, hörde skottet men ingen mer än Eskil såg att mannen på berget föll omkull. Kvinnan skrek utdraget men gjorde inga ansatser att hjälpa mannen bredvid sig. Hon såg inte på honom, bara skrek rakt ut. Eskil stod fortfarande på knä med sitt rykande gevär och iakttog kvinnan. Mannen låg framstupa bredvid henne och hade inte rört sig på en lång stund. Han hoppades att pojkarna var kvar på den plats han hade lämnat dem för han ville inte ha dem här ännu. Eskil måste bestämma sig om vad som skulle ske härnäst. Ladda om vargbössan och skjuta kvinnan eller ge sig tillkänna. Hon var obeväpnad men chockad. Eskil väntade i tio minuter. Kvinnan hade slutat skrika och satt på huk med sitt blonda hår som en skärm över ansiktet. Hennes axlar skakade fortfarande men han trodde inte att hon grät. Han säkrade geväret, reste sig och närmade sig platsen.

Hon såg inte upp på honom förrän han stod alldeles framför den livlöse mannen på marken. Eskil böjde sig ner och lade två fingrar på hans hals. Ingen puls. Han hade dödat honom med ett skott. Eskil såg på kvinnan och hon såg tillbaka med mörkbruna mandelformade ögon. Ett asiatiskt särdrag men blont hår. Han tänkte: Hur kan det komma sig?

Hon grep tag i hans arm med en förvånansvärd styrka och släppte inte taget. Eskil lät henne hållas. De satt på huk mittemot varandra en lång stund men så släppte hon taget om hans arm lika plötsligt.

"Han var ond. Lika bra att du dödade honom." Kvinnan reste sig upp och såg ner mot gården. "Han tänkte döda er allihop."

"Hur kommer det sig att du har slagit följe med honom om han var ond?"

Hon skakade upprepade gånger på huvudet men svarade inte.

De klättrade nerför bergssidan. Pojkarna fanns kvar där han hade lämnat dem. De sade ingenting men han såg på deras ansiktsuttryck, att de inte gillade den främmande kvinnan.

De kom fram till gården och alla väntade på farstutrappan med bistra ansiktsuttryck. Ingen sade någonting. Kvinnan stannade nedanför nedersta trappsteget och såg på den tysta skaran ovanför.

"Hon är obeväpnad" sa Eskil.

"Säkert?" undrade Lina. Christoffer höjde geväret över sitt huvud som Eskil tagit från den döde skytten, "Fanns bara ett men ett fint sådant med kikarsikte."

"Det ser inte ut som ett jaktgevär. Inget för storvilt eller småvilt."

"Det är för prickskytte Riina. På lång distans."

Riina nickade och gick nerför trappen och ställde sig framför den blonda kvinnan med det egendomliga utseendet.

"Vem är du?"

"Jag vet inte säkert men jag heter Oni. Han är död nu och jag är fri från honom."

Det serverades rotsaksgryta och nybakat bröd till lunch. Oni satt mellan Riina och Eskil vid bordet. Hon ryggade tillbaka när järngrytan gick runt och alla tog en rejäl skopa med rykande het mat och öste i sina djuptallrikar.

"Du kanske inte äter sådan mat, försökte Riina.

Oni skakade på huvudet. "Nej, det är inte det. Jag har inte sett så mycket mat på flera år! Hur har ni lyckats ni med det?"

"Vi har Eskil och Christoffer att tacka för det. Innan de kom svalt vi mest. Är det länge sedan du åt?" Vänliga frågor men alla var misstänksamma och på sin vakt.

Oni svalde. "Jo, flera dagar sedan. Han åt det mesta i ryggsäcken vi hade med oss. Han menade att det var han som behövde äta ordentligt för att klara av sitt uppdrag."

"Så ditt sällskap hade en uppgift att utföra."

"Kalla honom inte mitt sällskap. Han var hjärtlös men jag upptäckte det för sent. Jag trodde han var god som tog hand om mig. Jag hade ingenstans att ta vägen och jag visste inte om min familj levde eller inte. Han bodde flott, i ett av de finare husen." Nu gick inte Oni att hejda. Hon måste berätta.

"Han gav mig mat, kläder och husrum. Han hade ett arbete att gå till och han ordnade ett till mig men jag tyckte inte om det."

"Vad för sorts arbete gjorde du?" Magdalenas försiktiga röst från andra sidan av bordet. Nu svarade inte Oni med en gång för hon hade fått en tallrik grönsaksgryta framför sig och en bit av Eskils nybakade bröd vid skeden. Hon började försiktigt att äta och alla såg på henne men hon märkte inte deras intresse för hennes måltid. Med stor koncentration och under absolut tystnad, åt hon upp all mat och allt bröd. Därefter drack hon upp vattnet.

Oni log och såg på alla samlade vid bordet, satte samman sina handflator under sin haka och böjde huvudet i en kort nick.

"Tack. Ni är goda. Tack."

Vem var nu Oni och vart kom hon ifrån? Hon hade en historia att berätta men den måste komma allteftersom. Eskil var ganska säker på att hon inte var ett hot för gruppen, snarare en tillgång. Magdalenas fråga om vilket arbete Oni haft, hängde fortfarande i luften och Eskil ville fråga var skytten hade haft sin bostad.

De dukade av och diskade bort tillsammans. Det fanns fortfarande sysslor som borde göras innan kvällen kom men allt hade stannat av på gården. De samlades alla vid slänten där de hade firat Christoffers trettonårsdag. De satt i gräset och drack örtte och förundrades över Onis mandelögon och blonda hår.

Men nu ville Magdalena veta svaret på sin fråga och satte sig bredvid den främmande kvinnan som höll koppen med örtte i båda händerna. Hon blåste på vätskan med liten mun, och smuttade då och då.

"Mycket gott te. Er Eskil är duktig på mycket. Ni litar på honom fullt ut."

"Absolut. Vi är mest fruntimmer på gården men sedan Eskil och Christoffer kom hit, har det blivit mycket bättre."

"Men det finns en kille till här. Daniel?"

"David. Jo, han har växt på sig sedan Eskil och Christoffer kom. Han blir bra med tiden."

"Men inte så bra som Christoffer."

Magdalena log spjuveraktigt och nickade. Det öppnade upp samtalet mellan dem.

"Vad måste du göra för att kompensera att skytten tog hand om dig?"

Oni gick rakt på sak. Hon satt bredvid en tonåring och Oni var minst tjugo år äldre än Magdalena men flickan ville veta och kanske hon kunde lära sig någonting av Onis historia.

"Jag skulle vara hålldam till männen i Styrkan."

Magdalena drog efter andan. Så Oni hade varit mitt i smeten.

"Du säger skulle vara. Vägrade du?"

"Nej, kunde inte det i början för jag hade inte någonting att sätta emot men efter två månader kände jag mig väldigt skitig."

"Du blev någonting annat. Inte hålldam. Du blev ett fnask."

"Fnask är någon som bara knullar killar ibland. Jag gjorde saker som jag inte ens kunde tänka mig göra med någon jag är kär i. "Kär har jag aldrig varit. Inte ens förälskad."

Magdalena kände empati för att Oni inte hade upplevt några kärleksrysningar. Hon var ju så mycket äldre än henne. Det var så sorgligt. Magdalena blev tyst en stund innan hon ställde nästa fråga.

"Hur tog du dig ur helvetet."

"Tony gav mig ett ultimatum om jag skulle få lämna förnedringen med männen, det var många män. Jag måste följa med honom på de uppdrag han måste göra för att behålla sin status. Jag följde med."

Oni drack upp det sista i koppen och lade sig ner i gräset. Magdalena följde samma exempel och såg upp mot en klarblå himmel med svirrande svalor. De flög högt så hon visste att det skulle bli lika fint väder i morgon.

"Vi visste att platser i landet nedanför centrumet var säkrade men allt ovanför var en grå zon. Vi hade egen bil och betade av orter och byar som ligger norr om huvudorten. Städerna tog militärförbanden hand om. Det var en egendomlig resa som jag gjorde med Tony. Han gjorde konstiga val, godtyckliga enligt min mening. Han hade en förkärlek för de minsta byarna med få invånare. Det brukade ta högst en timme för honom att leta reda på alla som tryckte i stugorna och skjuta dem. Det var gamlingar som vägrade att lämna sina hem men det fanns också barnfamiljer som gömde sig i öde hus. Tony sköt alla. Jag kräktes och hade mig många gånger och fick stryk hela tiden."

Magdalena hade blundat hela tiden då Oni berättade om sin resa uppför landet. Hon frös i solvärmen. Frös så att hon skakade. Oni satte sig upp och såg på henne.

"Förlåt. Jag ville inte det här. Ibland tänker jag att det hade varit bättre om jag hade stannat kvar med männen. Då visste jag vad jag skulle användas till. Med Tony var det bara fruktansvärt, så fruktansvärt."

Magdalena satte sig upp och torkade ilsket sina tårar.

"Den jäveln mördade Magda. Magda var vår läkare! Mördade du också på vägen hit?"

Oni skakade på sitt blonda huvud. "Nej, absolut inte. Tony, bara Tony. Jag satt alltid kvar i bilen. Jag kunde inte för mitt liv kliva ur den när han gick runt med sitt gevär och sköt. När han var klar, fick jag stryk. Varför vet jag inte. Han bara avreagerade alla sina känslor på mig."

Oni vände Magdalena ryggen och försvann snabbt runt husknuten. Magdalena förstod att hon ville vara ensam för en stund. Det kunde bli för mycket ibland med alla på gården. Hon gick själv ut på egna strövtåg med sina tankar och de var många. Om framtiden, om hon överhuvudtaget hade någon. Oni hade upplevt förnedring och terror i flera år. Magdalena var förskonad och oskadad men vad tänkte Oni om sin framtid?

Christoffer hade plockat in det sista av måltiden och kom ut från stugan och satte sig bredvid Magdalena. Han hade iakttagit dem en lång stund från köksfönstret och förstått att någonting inte stod rätt till mellan Magdalena och Oni.

"Hur är det här?"

Han fick bara tystnad till svar. Han försökte igen.

"Vill ni kampera ihop i natt eller ska någon av er sova i uthuset?"

"Vi har inte pratat om någonting sådant. Oni är inte här."

"Okey. Ska vi leta efter henne?"

Magdalena tog hans hand. "Ja, för jag tror att hon är mycket ledsen."

De hittade Oni vid Eskils favoritplats. På stora stenen, där Eskil ofta satt och såg mot gården och de inhägnade odlingarna som snart skulle vara fulla av växtlighet.

"Jag kan sova ute. Är van vid det." Onis svar var ett godtagande från sig själv om att hon inte hörde hemma i gruppen och Christoffer blev bekymrad. Oni kunde bli en tillgång i gruppen men just nu var det många som inte litade ett ögonblick på Oni förutom Eskil, som alltid var öppen och dömde ingen innan han lärt känna personen. Eskil hade fostrat honom väl för han tänkte på samma sätt.

Magdalena satt tyst bredvid Christoffer och förstod att hon inte skulle vara behjälplig på något sätt. Christoffer kunde allt om svåra saker. Han var en diplomat.

Magdalena lämnade sällskapet och försvann in i huset. Hon skulle gå uppför trappen till sitt rum högst upp i huset och ha en hel del att tänka på. Christoffer satt kvar med Oni bredvid sig.

"Jag kan bara gå härifrån."

"Inte någon bra ide. Du kommer inte att klara dig själv härute."

"Spelar det någon roll? Jag är bara en brud som ingen vill vara bästa vän med. Jag är lätt att föra bakom ljuset och med tiden har jag fått dåliga nerver. Du är en kille med vettet i behåll."

"Nja, jag vet inte det. När jag var mindre trodde jag att jag blivit tokig. Jag hade ingen vuxen förebild som jag kunde lita på förrän jag träffade Eskil."

"Men då har du ett annat intellekt och en annan uppväxt än jag."

Det kunde Christoffer hålla med om. Han hade haft en bra barndom men nu mindes han knappt hur föräldrarna såg ut. Det var sju år sedan som han skiljdes från dem.

"Jag ångrar inte att jag lämnade mitt hem när jag var fjorton. Mina föräldrar var aldrig sams i någonting och jag blev trött på det. De kunde inte ge mig någon trygghet för de hade fullt upp med sig själva."

"Är du också ensambarn?"

"Du pratar så gammalmodigt men jag gillar dig. Från det ena till det andra. Kommer du någonstans med Magdalena?"

Christoffers kinder hettade till. Var det så tydligt för alla, att han älskade Magdalena?

"Vi är goda vänner."

"Ha, det kan du banka in i skallen på någon annan för jag tror inte på det. Du visar alla tecken på en störtkär kille. Hur du ser på henne och hur du pratar med henne. Ditt kroppsspråk säger allt." Oni log ett gnistrande leende mot honom.

"Men se upp med David. Han har känslor för henne också, kanske inte lika starka som dina men ändå. Se upp."

Christoffer hämtade filtar och kudde från huset och försökte göra det så bekvämt som det kunde bli för Oni i ett av uthusen. Han hade även hittat en tjänlig madrass att lägga på trägolvet i den forna tvättstugan.

"Hoppas att du kan sova nu. Det är ju inte den bästa sovplatsen du fått."

"Och inte den sämsta. Du skulle bara veta om alla de nätter som jag har hållit till på men du har ju själv erfarenhet av konstiga och skrämmande nattlogin."

Christoffer nickade och backade ut ur huset. "Jo, men god natt då."

Oni log och önskade honom god natt.

Sorg och glädje

Morgonen bjöd på sol och värme men två personer skulle begravas denna dag. En älskad och en som berövat Magda från dem. Gruppen hade med svag majoritet kommit överens om att de båda skulle begravas i utkanten av gården. Christoffer och Eskil hade grävt gravarna efter att de tidigt på morgonen, hämtat ner Tony. Riina och Erika, hade hittat några uttjänta lakan som kunde användas som svepning.

Alla samlades vid foten av fjället, kropparna placerades i gravarna och jorden skyfflades över.

"Är det någon som vill säga några ord?" Alla såg på Eskil men ingen sade någonting. Eskil hade väntat sig detta, hade memorerat det han ville säga.

"Magda. Vi behöver dig fortfarande ibland oss. Du hade förmågan att lyssna på oss när vi hade bekymmer och funderingar. Du lyssnade alltid och gav oss råd, när det var möjligt. Vi kommer att alltid minnas dig."

"Och maskarna kan kalasa på Tony och ingen kommer att sakna dig." Onis ord chockerade ingen. De kände detsamma som Oni för Magdas mördare.

Ett provisoriskt kyrkkaffe i köket, sedan tog alla itu med sina sysslor. Den mesta tiden gick åt för rensning i kökslandet. Det fanns redan späda plantor av morot, lök och kålrot och alla gick försiktigt fram så att de inte rensades bort som ogräs. Potatislandet var imponerande med raka rader av grönskande blast. Det var pojkarnas revir. Eskil hjälpte dem att kupa jorden i fårorna och han var mycket nöjd. Han hoppades att järnnätterna som alltid kom i juni, inte skulle frysa sönder hela odlingen. Han funderade som bäst på om det fanns tillräckligt många uttjänta lakan kvar på vinden, som de kunde lägga över plantorna när temperaturen sjönk, då Oni ställde sig vid hans sida.

"Så fint det är att kunna odla och skörda. Jag gillar det här med att leva med naturen."

"Ja, vi gillar det allihop men det är många saker som saknas för att få den ultimata näring som vi behöver för att hålla oss friska."

"Som vaddå?"

"Mjölk, ost, smör och hårdbröd."

"Varför just hårdbröd?"

"Jag saknar det infernaliskt. Tänk dig en bit hårdbröd med smör på. Att bita i brödet, att få tugga och uppleva kraset mellan tänderna."

"Hm, jag förstår precis. Men du pratade om att det var möjligt att få mjölk från en älgko. Är det tjänligt att dricka?"

"Det är inget fel på den mjölken, lite sträv kanske men jag har inte druckit älgmjölk ännu. Problemet är att hitta en ko med diande kalv."

"Ja, och sen komma kon nära och mjölka den." De föll in i ett gemensamt skratt och fortsatte rensa mellan jordfårorna.

När kvällen kom och alla hade satt sig på slänten bakom huset efter middagsmålet, överraskade Oni dem alla, med att ta upp en gammal schlagerdänga. Hon hade en stark och vacker röst och snart sjöng alla med som kom ihåg sången. Det blev många sånger sjungna den kvällen. Christoffer kände av den harmoni som fanns mellan människorna i denna stund. Han lade försiktigt sin arm runt Magdalenas axlar. Hon lutade sitt huvud mot hans halsgrop och suckade om vilken fin kväll det var. David satt på flanken, långt ifrån dem men han såg vad som pågick och förstod att han inte någonsin, skulle få en chans med Magdalena. David hade ändå haft ögonen på Oni den senaste tiden. Hon var betydligt äldre än honom och kanske hon skulle slå sig ihop med Eskil. Så vem skulle han föra släktet vidare med? Kanske det skulle komma någon fler vandrare till deras boställe?

"Nej, nu är det dags att koja in." Riina reste sig och alla följde hennes exempel och gick in i huset. Christoffer och Magdalena satt kvar. En bris drog över de krumma björkarna nedanför dem. Ljuset låg fortfarande kvar över fjällkedjan men skuggorna från fjället, svepte över landskapet i dalen och snart skulle alla ting bli dolda. Det var drygt en månad till midsommar och nätterna skulle bli kortare.

Christoffer gav Magdalena en kyss och hon besvarade den. Enkelt och hur naturligt som helst men hans hjärta bankade som en hammare i bröstet och han blev orolig över att hon skulle känna av det. De satt tätt ihop, obekvämt vridna mot varandra. Magdalena lade sig ner i gräset och tog samtidigt med Christoffer i ett famntag.

"Du och jag" sa Magdalena och log med glittrande ögon."

"Ja, du och jag."

Eskil låg i sin säng och tittade i taket som alltid. Han summerade dagen. Begravning, trädgårdsarbete och Onis fantastiska öppning med allsång. Det hade blivit en magisk kväll. Oni är främlingen med många talanger men långt ifrån den kvinna han skulle välja som partner. Han vände sig på vänster sida och såg mot dörren. Christoffer var fortfarande ute med gott sällskap. Eskil hade sett att det unga paret suttit kvar på grässlänten när övriga gick in för att sova några timmar. Det var långt efter midnatt, Christoffer och Magdalena sov inte och han låg här, klarvaken, med många tankar i sitt huvud. Han var riktigt förtjust i Rut som hade så god hand om barnen, utbildad fritidsledare. Hm, han måste komma till skott ganska snart, om kolonin skulle fortleva. Fyra kvinnor och en vuxen man. Två tonårsgrabbar och en flicka, Greta och Jakob var barn men skulle om tretton, fjorton år, kanske fatta tycke för varandra. Eskil vände sig mot väggen och kom snart till ro. Han sov när Christoffer smög in genom dörren, klädde av sig och kröp ner i sängen men Christoffer sov inte en blund.

Eskil tog med Christoffer och David tidigt nästa morgon på mete. De sökte upp de ystra bäckarna i närområdet och hoppades på öring, röding och harr. När de satte sig ner för att ta en bit mat mitt i dagen, hade de fått fyra öringar, tre rödingar och åtta harrar så de var mer än nöjda.

"Ska vi grilla eller koka fisken?" David tuggade på sitt bröd, bet av en bit renkött och drack vatten till.

"Harren kokar vi direkt när vi kommer hem. Den är knepig. Vi får bära den försiktigt, för annars blir den lös i köttet. Rödfisken tänker jag röka med enris. Det blir inte nypotatis till. Den är långt ifrån klar men vi plockar örter och blad på vägen hem. Det blir sallad och bröd till fisken."

"Fast jag inte är någon grönsaksnörd, hörs det jädrigt gott alltihop." David lutade sig tillbaka i mossan och såg ut att vara färdig för en tupplur. Christoffer hade inte sagt mycket under fisketuren men Eskil var säker på att han mådde väldigt bra. Med mungipan uppe vid öronen och glansig blick, förklarade detta på att någonting hade hänt under föregående natt. Hans pojke var förälskad.

På vägen hem till gården passerade de en byggnad som pojkarna undrade över. Den var underlig. En högre tornliknande byggnad hopbyggt med ett lägre hus med flera dörrar men det mesta hade rasat samman.

"Surfstationer för fjällturister som gick på tur. Ni vet när mobiltelefonerna fungerade så kunde folk som vistades i fjällen, ladda sina mobiler på flera stationer i fjällvärlden. Förträffligt anser jag."

"Och nu är det bara förfallet och skrot."

"Ja, nu är allt bara skrot David."

"Men vindkraftsverken som finns på flera ställen, kan man inte på något sätt ta vara på den?"

Nu var det Christoffer som hade funderat. Det fanns flera vindkraftsparker i närheten. Bara några kilometer ifrån gården fanns det fyra resliga monument. Två av dem fungerade inte men rätt som det var, hade han sett att de andra två snurrade. Eskil hettade till. Var det möjligt att de kunde tjuva till sig elektricitet till gården?

Efter en superb middag kom Eskil till skott. Rut och Riina stod i köket och diskade efter middagen. Han torkade disken med en linneduk och satte in porslinet i skåpen ovanför diskbänken. De flesta satt utanför huset, njöt av den milda försommarkvällen. Christoffer och Magdalena hade inte synts till sedan sista öringen blev uppäten. När kökstöket var färdigt, lade Eskil sin hand på Ruts axel och bad henne följa med ut på tunet. De promenerade bort mot odlingarna och kommenterade jordfårorna med de dyrbara plantorna.

"Titta här! Det kanske blir en hel del kålrötter. Och här ser det fint ut. Löken kommer väl klara sig? Jag är orolig för järnnätterna."

"Om vi är noga med att lägga på lakanen varje kväll, ska alla plantor klara sig."

Eskil var lite nervös nu. Hur skulle han framföra sin fråga om en tänkbar relation dem emellan? Han var rostig när det gällde att uppvakta en kvinna.

De gick runt den inhägnade odlingen men han hade ännu inte kommit till skott. Rut såg upp mot huset. Riina roade de minsta barnen med en tafattlek utanför huset. Jacob var inte riktigt med på leken men Greta rasade runt, ramlade ofta och skrattade hela tiden.

"Vi är lyckligt lottade. Jag tror att vi kommer att klara oss allihop. Jag kan se framåt. Vi har en framtid eller hur?"

"Jag tror också på en framtid. Rut, jag undrar om du kan tänka dig att..."

"Att dela den med dig?"

Eskil grep hennes hand och nickade. "Ja, är det möjligt att du kan..."

"Absolut. Vi har diskuterat i gruppen, fram och tillbaka, ända sedan du kom hit med Christoffer. När du övertygade oss om att du var en rekorderlig man, lovade vi varandra att vänta på en invit från dig. Vi lovade att vi inte skulle påverka dig med flirt eller frestelse. Vi hade även tankar om att du kanske inte var intresserad alls av fruntimren överhuvudtaget, men vi hoppades, gud vad vi hoppades på, att du gillar någon av oss på gården."

Eskil kände hur rodnaden spred sig över kinderna och ner på halsen. "Det var värst. Ni har redan bestämt vem jag ska rikta in mig på."

Han drog henne intill sig. Kyssen var försiktig från bådas sida men utvecklades snabbt till något som kunde betecknas som passionerad. Bägge hade inte hållit armarna om någon av motsatt kön på många år, ännu mer uttalat, kysst någon. Rut mumlade i hans öra.

"Vad sa du?"

"Romantiken har kommit till vår ensliga gård."

"Jo det har den men vi är inte ensamma."

"Vi har alla sett Magdalena och Christoffer. De passar bra ihop."

"Tror du att vi passar bra för varandra?"

"Absolut."

David satt håglöst på soffan i köket och tittade ute genom fönstret. Riina lekte med barnen ute på gården. De flamsade runt som hönor. Han lyfte blicken mot odlingarna och såg Eskil och Rut omslingrade och hånglande. Han visste inte var Magdalena och Christoffer höll hus. Förmodligen hånglade de också. Lina och Erika kom in i köket och såg på honom men sa ingenting. Det skulle lagas middag och de skramlades med grytor och kastruller på diskbänken och de kanske trodde att han hade lust att hjälpa till. Han reste sig och gick ut genom dörren och gick mot vedlidret. Han ville vara för sig själv just nu.

Alla tycks ha hittat sitt, hittat det som gjorde dem nöjda med att bo isolerade i vildmarken och utan kontakt med övriga invånare i landet. David förstod tanken om att hålla sig utanför för det hade ju visats sig vara klokt. De var alla sårbara och Eskil hade skjutit Magdas lönnmördare. David saknade Magda. Hon hade varit kraftfull i sin klokhet och gav trygghet i gruppen. Dessutom hade hon varit deras läkare. Erika var sjuksköterska och assisterat Magda när någon i gruppen skadat sig eller haft långvarig feber.

David gick vidare i sina tankar, gick genom sly och krumma björkdungar utan att se vad som fanns i hans närhet. Han gick fram till det forsande vattnet där han hade fångat fisk med Eskil och Christoffer på flera lyckade fiskafängen. Han satte sig i blåbärsriset. Det var en varm eftermiddag så knotten och myggen hittade raskt Davids alla oskyddade delar men han var van vid insektsattacker.

David hade levt med kvinnorna i många år, så länge, att han knappt mindes sina föräldrar, hur deras röster hade låtit eller hur deras ansikten eller kroppar sett ut. De var borta sedan länge. David satt djupt inne i sina tankar, så han märkte inte att Oni satt knappt fyra meter ifrån honom.

Hon hade sett honom komma och sätta sig vid bäcken och känt hans hopplöshet. Hon visste inte varifrån hon fått denna förmåga att känna andra människors tankar och känslor, kanske från sina okända föräldrar men förmågan hade mattats av med åren. Kanske det berodde på det självdestruktiva liv som hon lagt sig till med. Hon brydde sig inte mycket om vad som skulle hända med henne. Hon lyssnade inte på sina tankar. Om hon hade gjort det, kanske inte hennes dagar och nätter, skulle vara fyllda med ångest över de människor som Tony mördade på vägen hit. Men nu var hon här bland goda människor och hennes förmåga att lyssna till människors hjärtan var tillbaka.

"Hej David!" Han ryckte till och var på väg att resa sig.

"Nej, sitt kvar. Jag sätter mig bredvid. Visst är det fint här med vattnet som porlar och barrskogen som doftar." Hon smällde med handflatan på sitt bara ben. "Fast myggen är ju ett gissel."

David smålog och mumlade att han knappt märkte dem.

"Det menar du inte. Kan förstå att du som bott här uppe i flera år är van vid odjuren men att acceptera dem, är en annan sak. Jag gör det inte."

"Vi har lärt oss att leva med dem men vi har också metoder för att hålla dem borta."

David berättade om öppna eldar, smörja in sig med tjära och röja träd med blad runt gården. Oni lyssnade girigt på Davids kunskaper om att hålla mygg och knott borta.

"För några år sedan, stapplade en renkalv in på gården. Den var hårt ansatt av knott och mygg, mager och sårig."

"Men ni förbarmade er och avlivade den?"

"Ja, precis och då fick vi mat på bordet i mer än en vecka."

David svepte med handen över vattnet som rann nedanför dem. "Här finns det fisk, kan jag lova. Eskil, Christoffer och jag, har fångat många fina fiskar i det här. Inte långt att gå. Bara nästgårds."

"Människorna på gården är fantastiska. Jag är så tacksam över att jag har fått stanna hos er. Jag är en främmande fågel och ni har diskuterat min närvaro många gånger. Jag vet och jag förstår att det är nödvändigt för er men också att du har bekymmer."

David knep ihop munnen och såg stint på den forsande älven. Nu måste Oni gå varligt fram. Hon berättade sin historia.

"Jag är adopterad och vet ingenting om mina föräldrar. Bara att de är kineser. Jag har aldrig haft en tanke om att söka efter dem, kanske när jag var i tidiga tonåren, för föräldrarna som tog hand om mig, bråkade, bråkade och bråkade, dygnet runt. Jag lämnade dem för att jag ville ha någonting som var bättre. Men det blev bara sämre. Det förstår du antar jag."

David nickade.

"Jag hoppade av skolan och liftade till närmaste största stad. Jag försörjde mig med saker som inte en tonåring borde. Jag behövde mat i magen och tak över huvudet."

"Du horade."

"Precis. Lyssna på mig nu. Jag var oskuld men måste ta beslutet att sälja min kropp för en bit mat när jag var tretton. Du har säkert gått hungrig och vet hur det känns. Måste man göra någonting för mat så gör man det. Det jag gjorde var lågt men långt ifrån vad jag måste göra när jag rekryterades av Styrkan. De är pest och kolera för vårt land. Vi måste slå tillbaka. Vi måste sätta punkt. Vi kan inte längre fly till avbefolkade regioner och hoppas på att vi överlever och att vi kan föra släkten vidare. Vi måste ta rodret och mycket snart."

"Tack för ditt engagemang men vad kan vi göra? Vi har en vargbössa en älgstudsare, en massa fruntimmer och vet ingenting om vad som händer i vårt land. Vi är isolerade! Du vet vad det betyder?"

"Jag vet, jag vet men vi kan skicka spioner till huvudkvarteret och..."

David reste sig och vände henne ryggen och gick mot gården. Oni skyndade efter.

"Vi måste göra något. Vi kan inte låta det fortsätta." David tvärstannade, vände sig om och såg på henne med rodnande kinder. Han var arg och hade inte långt till gråt.

"Som du vet så har vi ingen kontakt med någon annan i det här landet. Vi är ett några stycken som bor på en ödegård långt bort från huvudkvarteret och vi försöker alla överleva. Innan Eskil och Christoffer kom var vi på gränsen att dö allihop. Av svält. Jag vet hur det känns att inte få mat. Vi kunde inte spara mat för att äta veckan därpå för mat ruttnar. Tack vare Eskil, har vi lärt oss hur man överlever i obygden med hjälp av obygdens skafferi. Jag riskerar ingenting nu. Vi kan överleva här."

David vände ryggen till Oni och fortsatte mot gården. Hon traskade efter honom och insåg att David inte var rätt person att ta upp revolutionerande idéer med. Syvende och sist, Eskil och Christoffer men det skulle säkert bli en svår uppgift för henne.

Isak såg ungdomarna försvinna bort, in bland de småväxta lövträden. Och de verkade inte alls vara överens. Kanske kärleksgnabb?

Han hade sett en hel del från sin utsiktsplats. Han hade sett mannen på gården, skjuta prickskytten och att han tog hand om kvinnan i prickskyttens sällskap. Han hade sett begravningen och att två ungdomar hade romantiska möten sent på kvällarna. Det fanns mest fruntimmer på gården. Isak var ensam och skulle gärna vilja ha ett fruntimmer.

Inte mycket att göra här just nu. Han lämnade platsen för sin vidare vandring till sin bostad knappt en timme bort.

Påhälsning

Åskvädret drog vidare över fjälltopparna men en del förödelse hade skett med odlingarna. En kallfront hade mött varma temperaturer, visserligen högt ovanför dem men hagelskuren hade slagit sönder den späda salladen och det mesta hade dränkts av det ihållande regnet som kom därefter. Alla på gården stod i grönsakslandet som hade förvandlats till lervälling. Kvinnorna var fullt sysselsatta med att rädda det som kunde räddas. Eskil, Christoffer och David jobbade hårt för att leds bort vattnet. De hade grävt kanaler försiktigt så att de överdränkta sådderna inte skulle skadas än mera. Eskil var förtvivlad. Han hade inte tänkt fullt ut när de planerade såddplatsen. De befann sig i en dal och marken var platt. Det fanns ingen avrinning. Det här borde han förutsett. Det borde han ha gjort. Fan också!

Sent på kvällen var de klara med sitt arbete. Eskil stod i köket och berättade hur man kunde torka örter, rädisor och rotfrukter, så att de kunde använda dem senare under året. Riina och Erika hade eldat i järnspisen och det kom fram alla möjliga galler och plåtar som skulle sättas in i ugnen och grönsaker skulle torkas i minst ett dygn, helst längre. David fick hjälp att hänga upp lökar som egentligen inte var skördedugliga, på ett snöre ovanför spisen.

"Lyft upp mig så jag når."

David lyfte upp Greta så hon kunde hänga ett knippe lök på snöret ovanför spisen. Det kändes fel, för lök hänger man på tork tidigast i augusti.

Så småningom hade alla fått en bit mat. Christoffer och David lovade att hålla liv i spisen med så pass mycket värme att den tidiga skörden, skulle torka långsamt och länge. Eskil såg att Christoffer inte var så vidare förtjust i uppgiften. Han ville nog hellre spankulera med Magdalena runt gården, istället för att sitta i köket med David och hålla vedspisen vid liv. Visst, det behövdes bara en person till den sysslan men Eskil ville att pojkarna skulle komma sams.

Vid midnatt hade alla gått till sig för att sova, inte Christoffer och David som satt i köket och utväxlade inga ord sinsemellan. De satt tysta vid köksbordet och tänkte på sitt.

Christoffer tänkte på Magdalena som delade rum med Erika. David tänkte på Oni som låg i uthuset. Han var förbannad över att hon hade förpassats dit och tyckte att hon också skulle bo i huset. Oni var det vackraste han hade sett. Var det därför som hon inte fick sova i huset? David trodde inte att Eskil skulle slå några lovar runt henne för han hade intresse för Rut. Så då var han själv kvar, övertalig på något vis men Oni var inte intresserad av honom men han ville ha henne, trots att hon var minst femton år äldre än honom. En erfaren kvinna som tar min oskuld skulle bli perfekt! David såg ut genom köksfönstret och konstaterade, att det var hur ljust som helst där ute. Christoffer satt på en pall vid spisen och såg ut som han fått all jävelskap på den här sidan av jorden över sig.

"Ska vi spela kort?"

Christoffer blinkade och såg på David.

"Kort? Finns det en kortlek här?"

David reste sig från köksbordet och drog ut en låda vid köksbänken.

"Den är sliten, flottig och luktar fan men alla kort finns med."

Innan David hann dela ut korten, knackade det på ytterdörren. De reste sig samtidigt från köksbordet, gick ut i farstun och Christoffer öppnade ytterdörren. Båda backade några meter in i hallen. På nedersta trappsteget satt en man. Han såg på dem, höjde sin vänstra arm till hälsning.

"Isak heter jag och har mitt hem mer än två dagars vandring härifrån. Vid gränsen."

"Jaha, sa Christoffer. Vad kunde han mer säga? En främling hade satt sig på deras trapp mitt i den ljusa natten. Han vände främlingen och David ryggen och sprang uppför trappen till övervåningen, öppnade dörren till Eskils och Christoffers sovkammare och grep tag i Eskils sovande kropp.

"Vakna. Det sitter en okänd man på trappan till vårt hus!"

Eskil var snabbt upp ur sängen.

"Hotfull?"

"Nej, inte alls. Han sitter bara där."

Mitt i natten, då solen fortfarande spred sina strålar från sin korta slummer, när landskapet var upplyst som det vore mitt på dagen, rusade Eskil och Christoffer nerför trapporna, för att möta en främling som inte tillhörde deras koloni. David stod vid dörren och väntade på dem och Christoffer hade rätt. Det satt en man på trappen och gårdens hund, låg intill hans ben. Eskil gick ner till honom och satte sig. Mannen sträckte fram sin hand och Eskil tog den. De hälsade.

"Isak. Kommer från en plats drygt ett dygns vandring härifrån. Vid gränsen."

"Eskil." Han kunde inte komma på något annat att säga så de två männen satt en lång stund i tystnaden. Pojkarna hade satt sig på översta trappsteget och glodde ner på dem.

"Jag har bott på andra sidan gränsen de senaste sex åren men så återvände jag förra våren, ville se till min mark. Mina renar är kvar på andra sidan. Dem tar min sons familj hand om. Jag har tänkt mig att återvända till familjen senare i år men så upptäckte jag i våras, att ödegården var bebodd."

"Jag och Christoffer kom hit för snart ett år sedan." Christoffer höjde handen och vinkade ner mot samen.

"En kavat ung man. Vart höll ni hus förut? Jag förstår att ni har bott i vildmarken ett bra tag. Ni är duktiga på att nyttja av naturens skafferi."

Eskil berättade sin historia och strax satt alla fyra på nedersta trappsteget.

Rut var först ut genom dörren vid halv sex. Eskil såg att hon grep hårt i dörrens handtag men han nickade lugnt och hon förstod att mannen på trappan inte var ett hot. Hon stängde dörren bakom sig och klev nerför trappan. Hunden kom fram till henne med viftande svans och hon kliade honom runt öronen men schäfern tappade strax intresset och lade sig nedanför Isaks fötter.

Isak fick en rejäl frukost och enligt honom den bästa på mycket länge och alla såg på honom, följde varje intag av föda som försvann med en blink i hans hungriga gap. Att de stirrade på honom, bekom honom inte ett dugg. Roade det dem, kom ju ingen till skada. Men alla som satt runt bordet och glodde på honom, ville veta hur det var på andra sidan gränsen och de ville veta hur han hade lyckats ta med hela sin renhjord till andra sidan.

"In`t det lättaste. De första åren fick jag gå över och hämta rymlingarna. De är ju vanedjur men sen tänkte jag att om en eller två av mina renar söker sig tillbaka, skulle det vara en god gärning för de människor som lyckats fly från Styrkan. När jag räknade in renarna för fem år sedan saknade jag tre. Därefter har det försvunnit ungefär tre, eller två varje år. Ett år blev det ingen. I alla fall så tror jag att du Eskil har fångat någon ren från min hjord men det ska du inte vara brydd över. Jag känner mig nöjd för då har jag bidragit med att hålla dig vid liv."

"Mig med." erkände Christoffer. Han hade suttit tyst på kanten av köksbordet och inte gjort mycket väsen av sig. Christoffer hade brottats i flera timmar med sina tankar om att lämna boplatsen och följa med Isak. Samen skulle inte bli kvar någon längre tid hos dem. Han skulle ge sig av och gå över gränsen till sin hemvist men Christoffer vågade inte tala med Eskil om hur han tänkte. Han vågade inte heller tala med

Magdalena om sina funderingar om att lämna landet. Skulle hon följa med honom eller stanna kvar med David? Han ryste till. Magdalena skulle väl inte bli glad i David på den här sidan av seklet. Magdalena. Han var kär i henne och han ville mera, det som förde ett förälskat par närmare varandra. Det måste han ta upp med Eskil. Hur gör man?

Alla hade skrapat av sina tallrikar och nu pratades allmän skit. Oni reste sig från bordet och började duka av. Plock med disk och att stå vid diskhon med uppvärmt vatten från vedspisen, var tillfället som gav henne ro. Hon erbjöd sig alltid att diska, så nu var hon första diskerska på gården. Vattnet var lagom varmt, hon grep disktvagan av spretiga enkvistar, doppade den i vattenhon och tog en klick av Eskils grönslemmiga blandning från glasburken på bänken i handen och vispade sedan runt i vattnet. Alla lämnade köket, gick ut och satte sig i slänten. Alla utom Isak och Oni.

"Och vart kommer du ifrån?"

Oni vände sig om och såg rakt in i ett par ljusbruna glittrande ögon med många rynkor omkring. Han är nyfiken, tänkte hon.

"Jag kommer från intet. Alla kommer från ingenting nuförtiden."

"Nej, det gör vi inte. Vi kan hitta en plats och fly från våra hot och mardrömmar. Om vi kommer från intet har vi ingenting men alla har någonting med sig i bagaget som kan vara till nytta för andra människor. Av ingenting kan det bli någonting om vi håller ihop."

"Så du menar att om vi håller ihop, blir vi en jävla bra makt?"

"Det är inte en fråga om makt. Det handlar om att vara klok och att ta hand om sin familj och överleva." Isak harklade sig, gjorde en sväng till köksfönstret och tittade ut och såg gårdens potential. Det mesta av trädgårdens skörd hade gått förlorad under ett våldsamt oväder med hällregn och temperaturfall men kolonins envetna bosättare, hade räddat största delen av grödan. Eskil hade varit drivande men det fanns flera här som var starka. Oni var en av dem.

"Vart sover du i natt?"

"Jag sover i uthuset. Det bestämdes nästan med en gång när jag kom hit. Jag ansågs som ett fall under utredning men jag gillar uthuset. Jag är för mig själv. Rena paradiset jämfört med varifrån jag kommer. Dessutom har jag en tonåring som är förälskad i mig. Tycket du att jag ska göra någonting åt det? Jag menar pojken."

"Gillar du honom?"

"Han är ung och enveten." Oni ställde upp de sista tallrikana i disksället och torkade av sina händer på en grov linneduk, sliten men fortfarande användbar.

"Och du Isak, är här på tillfälligt besök och drar bort vilken dag som helst."

"Är du inte här på tillfälligt besök också? Visst har du tankar i ditt lilla vackra huvud om att hitta en ännu bättre plats, ett bättre paradis."

Oni log. Gubben kan läsa tankar också. Hon gick förbi honom, öppnade ytterdörren och ställde sig på farstubron. Han kom strax efter och ställde sig bredvid henne. De såg på de två barnen, Greta och Jacob, som lekte med schäfern som inte hade något namn.

"Den hunden har alltid haft stort tålamod med små barn."

Oni tittade på Isak. "Hur vet du det?"

Isak log så stort att Oni såg att han saknade två hörntänder i överkäken.

"Klart jag vet. Det är min grannes gårdvar Rambo. Hunden vägrade att följa med Thure, när vi gick över gränsen. Rambo verkar trivas med er på gården så nu kan jag lugna Thure när jag kommer tillbaka."

Oni skrattade och gav Isak en spontan kyss på hans väderbitna kind. Han lade sin arm om hennes midja och kramade till.

"Ska du inte följa med mig när jag ger mig av? Det finns några ungkarlar som jag inte vill ha in i min familj."

"Va? Är de inte fina nog?"

"Jo, de är fina men de är för nära i släkten. Kusiner till mina två döttrar."

Oni såg ut över gårdsplanen och upptäckte gårdens invånare vid odlingarna. Eskil, Christoffer, Magdalena, Erika, Lina, Rut och David som just vände sig om och såg på henne. Skulle hon lämna denna plats med dessa människor som hon höll av, trots att hon inte fick sova i samma hus som dem? Skulle det vara bättre att följa med Isak och bli värderad av några ungsamer som hon inte hade en aning om? David såg bra ut och hon visste det mesta om honom. Hon drog sig ur Isaks famn.

"Nej, jag stannar kvar här. Med tiden kommer de att lita på mig och jag får sova i boningshuset."

"Jag accepterar ditt beslut."

Oni fnissade till. Isak hade faktiskt ett korrekt avtal på gång som hon inte var intresserad av och han godtog hennes svar. Hon sprang nerför trappan, Rambo sprang emot henne och hon hann klappa honom på huvudet, innan hon fortsatte mot odlingarna med blicken riktad mot David som nu stod böjd över grönsakslandet och rensade ogräs.

"Behöver du hjälp?"

David vände sig mot henne. Såg länge på henne. Sedan log han och kysste henne på munnen. Den var lite tafatt men den var en början. Både för David och Oni.

"Jag är lovlig", mumlade han.

"Jag vet. Och du vill ha barn med mig."

Han nickade ivrigt.

"Då så. Du och jag hädanefter."

Isak delade Onis uthus de nätter han blev kvar på gården. Varje natt talade de om sina livserfarenheter och varje morgon vaknade de, energiska och nyfikna om vad dagen skulle bjuda på.

Isak lyssnade på Onis historia. Det var en liten kvinna med en ofantlig styrka inom sig. Efter alla kränkningar och svårigheter i så unga år, var hon fortfarande intakt. Han grät tyst flera gånger när hon berättade om sin uppväxt och om rekryteringen till den innersta kretsen i Styrkan. Oni blev utnyttjad och betraktad som en ägodel och kasserad som en sekund vara, när hon blev trist för männen. Isak önskade att hon skulle få komma in i huset, att få ingå i gemenskapen.

Efter sista natten samlades alla vid frukosten som var mer generös än tidigare. Isak skulle ha näringsrik mat på sin färd tillbaka över gränsen. Riina hade redan packat en tygsäck med färdkost som stod på pinnsoffan under köksfönstret.

"Innan jag ger mig härifrån, ska jag berätta lite om smittan ni drabbats av."

Nu slutade alla äta av gröten och brödet och såg på Isak som fortfarande tuggade maten noggrant med stängd mun. Visste han något som ingen annan visste? Eskil sköt ifrån sig sin tallrik. Han var orolig över vad Isak skulle berätta. Var smittan omöjlig att hejda? Skulle alla dö av den så att deras planer om en ny frisk koloni inför framtiden, bara vara en dröm?

Isak svalde sista tuggan och torkade sig om munnen med sin slitna kolt ärm.

"Jo, i och med att vi blev invaderade av Styrkan, som jag tycker är en hop gangsters, så fallerade vårt lands säkerhet och trygghet, raskt. Skrämmande med tanke på det säkerhetssystem som vi hade tidigare för alla medborgare." Isak tog en klunk vatten.

"Utan fungerande sjukvård och utan basal hygien hos de flyende massorna, sprids en hel del virus och bakterier. Det är enkelt alltihop. Det var minst trettiofem år sedan som det varnades om resistenta bakterier men då hade vi ordning här i landet men grejen var att det gick förbannat långsamt. Idag är vi där och har ingen fungerande sjukvård och en främmande makt som regerar som inte bryr sig ett skit om detta." Isak reste sig och grep påsen med färdkost.

"Styrkan kommer att bli varse att landet de har invaderat, slutligen inte är någonting att ha. Invånarna dör allteftersom och invationsslöddret dör också."

"Men vilken smitta fick vi?"

"Jag är ingen expert men Ebola kanske eller böldpest."

"Kanske scharlakansfeber och TBC."

Isak nickade mot Erika. "Ja, det också."

"Men hur är det hos dig på andra sidan? Finns det smitta där?" Det var Christoffer som hade ställt frågan som alla ville ha svaret på.

"Nej, vi har ingenting men gränsen är stängd för inkommande. Jag kanske inte kommer igenom, eftersom jag varit hos er. Och kanske jag aldrig ser er igen."

Då Isak vandrade iväg mot närmaste fjäll, höjde han handen för en sista hälsning till människorna på gården, men då hade Eskil redan sökt sig ut bland den lågväxta lövskogen och satt vid bäcken som var deras närmaste vattenreservoar. Han försökte förstå att Kristina dukat under av en sjukdom som inte hade varit något problem om allt varit som vanligt. Sedan tänkte han att Kristina inte över huvud taget fått smittan om allt varit som vanligt. Hade hon fått scharlakansfeber eller Ebola? Han blev aldrig sjuk och fick inga symtom som liknade hennes. Isak hade försökt att förklara vad smittan berodde på men det förklarade inte vad Kristina hade dött av. Hon dog på grund av Styrkans invasion. Allt startade där.

Eskil hörde att någon var på väg till hans plats vid bäcken. Han rörde sig inte, inväntade personen som ogenerat satte sig bredvid honom.

"Tänk inte en massa nu. Kristina är borta."

"Jag tänker på om vi alla kan bli smittade och dö allteftersom."

"Du tänker inte på det just nu. Du tänker på Kristina och om du kunde ha räddat henne."

Eskil grep Christoffers hand. Pojken var hans bästa vän och Christoffer var en klok tonåring med erfarenheter som få vuxna män upplevt.

"Du måste släppa Kristina om det ska bli bra med Rut. Jag gillar henne."

"Jag tycker om henne. Jag är förälskad i henne."

"Bra, då blir du kär på riktigt om ett tag"

Eskil log och tog chansen att fråga om Magdalena.

"Du som vet. Hur är det att vara kär?"

"Himmelskt och oroligt."

"Har ni… jag menar, kommit till skott?" Eskil såg på Christoffer men där fanns ingen blygsel. Han log stort och rev upp en hög av stenar med mossa och kastade ut allt i bäcken.

"Svårt att beskriva men när stenarna sjunker i bäcken, är jag lycklig. När mossan singlar ner genom vattnet mot botten, är jag fortfarande lycklig. Men det är gruvsamt att vara kär och oroligt att ta beslut. De måste vara rätt."

Eskil förstod inte riktigt vad Christoffer menade med sin metafor. Pojken var i alla fall full av lycka.

Isak hade lämnat gården. Christoffer kom aldrig så långt att han talade med Eskil och Magdalena, om sina funderingar, att följa med Isak över gränsen. Det var ju bra på den här platsen och vad han förstod, ville Magdalena bo här och då ville han bo här. Eskil var tillsammans med Rut och det hade hänt någonting mellan David och Oni.

Inför vintern

Det var en lång bit in i november. Snön hade lagt sig redan andra veckan i oktober men livet på gården var under kontroll. De hade skydd, de hade mat och det var rofyllt bland invånarna. Inga oförutsedda händelser hade skett sedan Isak överraskat dem och nu kändes hans besök väldigt länge sedan för alla. Oni flyttade strax in i huset som betrodd medlem. Hon skulle dela rum med Erika och Magdalena, men först måste hon få en säng. Eskil och Christoffer hittade en kvarlämnad innerdörr i ett förråd och David snickrade funktionella sängben, av träkubbar som han hittat. Virket var bitvis angripet av röta men han tog de bästa delarna. Det blev kvinnornas uppgift att tillverka ett bolster. De hade samlat gräs och starr innan snötäcket brett ut sig över markerna som de gjorde på högsommaren för det kom alltid till användning. Starr kunde man ha också ha i skorna, när strumporna blivit till trasor. Två överkast offrades för ändamålet och som Rut hade sagt, var det rena lyxvaran. Oni var överlycklig då hon satt med kvinnorna i rummet innanför köket med en hög av gräs på golvet och överkast utbredda på bordet. De sydde för hand och Oni som aldrig gjort detta, fick lära sig av Rut som tålmodigt visade hur det gick till. Arbetet med madrassen pågick varje kväll men Rut förstod att innanmätet inte skulle räcka. Det måste till mera. Mossa?

Hon satte Christoffer, David och Magdalena i arbete men med restriktioner. Ta inte mossa i närheten av gården. I nöd, ger de fukt och bränsle och i vissa fall, kunde de användas som tillskott i maten. Det fanns ätliga mossor. Det var inte ett lätt uppdrag för ungdomarna men de gjorde sitt jobb så gott de kunde och levererade de mossor som behövdes för att fylla Onis madrass. Rut hoppades att mängden fyllnadsmaterial var tillräcklig men det skulle inte bli någon Luxmadrass.

Oni hade delat rum med Erika och Magdalena ett bra tag. Det kändes fortfarande märkligt att inte sova ensam. Till vänster om fönstret låg Erika. Hon rörde sig knappt i sängen och andades ljudlöst. En lycklig människa. Däremot var det aktiviteter varje natt på andra sidan av fönstret.

Magdalena gick nerför trappan minst en gång per natt. Oni visste att Christoffer var kärestan men han delade rum med Eskil. Han kunde inte smita ut på nätterna, utan att Eskil märkte det, så det var någonting annat som fick Magdalena att smyga ut varje natt. Oni tänkte ta reda på vad det var. Det var kolsvart i rummet men hon hörde tydligt, att Magdalena klivit upp och var på väg ut genom dörren.

Oni hade sin säng vid dörren, hon reste sig upp och grep efter flickan i mörkret.

"Mår du dåligt?"

Oni fick inget svar men när hon fick tag på Magdalenas arm, kände hon genast hettan som kom från hennes kropp.

"Jag följer med dig ut."

Det gick snabbt nerför trappan och när de kom ut, hann inte Magdalena längre än till husgaveln då hon släppte hämningarna.

Oni höll om Magdalena när hon kräktes. När hon var klar, strök Oni Magdalena över håret.

"Berätta om när du och Christoffer gjorde det."

"Vi gjorde det efter midsommar."

"Men därefter har ni gjort det flera gånger?" Magdalena satte sig på nedersta trappsteget.

"Jag vet vad du menar. Jag är inte dum."

"Bra. När slutade din mens?"

"Ja, i augusti kanske."

"Du måste berätta för Christoffer." Magdalena nickade tyst.

"När Christoffer vet måste vi berätta för de andra också."

"Måste vi?" Oni hörde oron i hennes röst.

"Men det kommer att synas med tiden så det är bättre att berätta. Då är alla förberedda på vad som kommer att hända. Det blir ett vårbarn. April eller i början på maj."

"Vad du vet mycket om barn och födslar."

Oni var tyst en lång stund, hon huttrade till, det var kallt utomhus.

"Kom. Vi sätter oss i köket så ska jag berätta."

De satte sig på var sin stol vid vedspisen som alltjämt spred värme från middagen, en arom av en mustig grönsakssoppa låg kvar som på en bästa restaurang, i köket.

"Jag födde ett barn, en flicka, när jag var mycket ung. Hon togs ifrån mig och jag har aldrig sett henne igen. Jag vet inte var hon finns och jag vet inte om hon lever. Några år senare, fick jag en pojke som dog dagen efter. Jag tänker ofta på dem, mest när jag vill tycka synd om mig själv men Eva och Adam finns alltid hos mig."

"Eva och Adam. Varför de namnen?"

"De första människorna på jorden.

"Är du religiös?"

Oni fnissade och lade armen om Magdalena.

"Har aldrig varit religiös men jag tror på att människan kan uträtta under. Tänk bara vilka under som människorna här på gården åstadkommit. Vi kämpar för att överleva och det viktigaste, är att vi kommer att skapa ett nytt Eden tillsammans. Du och Christoffer är Adam och Eva."

Det brast för Magdalena. De satt en lång stund och grät i varandras armar. Spisen gav ifrån sig knäppande ljud när den svalnade. Det var hemtrevligt och lugnt i köket.

På våningen ovanför, låg Christoffer klarvaken. Eskil snarkade högljutt men det var inte oljudet från hans bästa vän, som höll honom vaken. Någon satt i köket. Han var inte säker på vem men han visste från vilket rum, någon hade lämnat det mitt i natten. Erika,

Magdalena eller Oni. Christoffer hade märkt att Magdalena hade haft tankarna på annat håll när de sågs sist men han var övertygad om att hon så småningom skulle berätta. Nu hörde han steg i trappen. Två var på väg tillbaka till sitt rum. Han gissade att det var både Magdalena och Oni.

"Så du tror att vi klarar oss över vintern?"

"Visst Christoffer, om vi inte har för många kalas framöver."

Det var en gnistrande decembermorgon och Eskil och Christoffer hade fullt upp, med att skotta snögångar från boningshuset till bodarna.

Alla visste nu att Magdalena väntade barn. Christoffer var förväntansfull i övermått och ville veta allt om hur det skulle bli, när han blev en pappa. Det var Eskil som fick svara på alla frågor så gott han kunde.

"Du måste prata med Rut eller Lina, för jag vet ju inte ett dyft."

"Du vet mycket. Du fostrade ju mig!"

"Christoffer. Du var halvvuxen när jag träffade dig och hade egna erfarenheter."

"Men ändå. Det var du som blev min första trygghet någonsin för jag har bara glimtar i huvudet efter mina föräldrar."

"Men nu handlar det om spädbarn. Prata med Rut och Lina. Punkt och slut."

Nu hade de skottat sig igenom det meterhöga snötäcket och ställde ifrån sig skovlarna vid lidret.

"Jamen hur länge ska Magdalena spy kors och tvärs?"

"Ett tips. Prata med Rut och Lina."

De klev ur scooteroverallerna, hängde upp dem på krokarna i hallen, lämnade kängorna på ett utbrett tidningspapper på golvet och gick i strumplästen in i köket. Alla var samlade inför middagen. Eskil hade kontroll på veckodagar och högtider. Det var första advent, inga vaxljus men Eskil visste vad han kunde göra istället. Han tände en brasa på baksidan av huset och alla kom ut med var sin kopp örtte. Det var bitande kallt men inte ett alltför djupt snötäcke så han bad alla att kliva ut i snön och se mot himlen.

"Ingenting förändras på himlen. Ser likadant ut som det alltid gjort. Vi ser Karlavagnen, Björnen och Venus som vi alltid har gjort och för dem som tror på att konstellationerna påverkar oss människor, fortsätt att tro på dem." Han drog efter andan.

"Så har vi det unga paret som väntar tillskott till våren." Han höjde koppen mot Christoffer och Magdalena och alla gjorde detsamma.

"All lycka till det unga paret."

"All lycka till Magdalena och Christoffer" kom enstämmigt från alla.

Eskil hade sina egna tankar om hur det skulle gå för en trettonåring, visserligen fjorton i april och en ljuvlig tjej i övre tonåren. Rut var inte bekymrad ett ögonblick så han fick lita på hennes initiation.

Veckan innan julhelgen, kom busvädret, utan försköning och lamslog allt som hade fungerat på gården. Först på nyårsafton, kunde alla andas ut. Gården var täckt med flera meter snö och ingen visste vad som var helt eller massakrerat.

Eskil tog med ynglingarna tidigt på morgonen för en skottningsrunda. Det skulle visa sig bli den tyngsta skottningen någonsin. Solen gick ner redan vid ettiden men gångarna gick spikraka till varje uthus. På ett av dem hade halva taket blåst bort men Eskil var inte orolig. Det var lämpligt att ta itu med i mars. Eller i april om det skulle bli bakslag på väderfronten.

De var genomsvettiga med rosiga kinder när de kom in i köket. Oni stod vid spisen och rörde i grytan. Dagens lunch var rödbetssoppa med lök. I ugnen gräddades tre bröd enligt Eskils recept.

"Härligt! En rysk soppa men tyvärr ingen yoghurt till antar jag."

David stod tätt intill Oni med handen på hennes höft. Han vände sig bekymrat mot Eskil.

"Undrar hur det ser ut på den sidan av Bottenviken. Hur är det med Finland, Ryssland och länderna nedanför Danmark? Är det samma som här? Har styrkan tagit över där också?"

David kysste ogenerat Oni på munnen och satte sig vid köksbordet. Eskil satte sig på stolen bredvid.

"Jag förstår att alla funderar om vad som pågår långt härifrån men vi lever här och vi vet ingenting om vad som händer i vårt land och ännu mindre om våra grannländer. Isak kunde ge oss nyheter när han var här men sedan dess har det gått fyra månader. Vi vet inte hur det är på andra sidan av gränsen. Det vi kan göra, är att lita på varandra. Vi finns här och nu och vi hoppas på att finnas därefter."

Eskil flyttade in hos Rut i början av januari. Jakob, hennes son, hade inte protesterat en sekund. Tvärtom. Han låg i deras säng varje natt men det hade inte hindrat Ruts och Eskils längtan efter varandra. De älskade tyst med knappa rörelser och Rut bet honom i örat varje gång hon kom och han tog ett stadigt tag om hennes stjärt när han kom. Därefter låg de stilla bredvid varandra.

"Jag tycker mycket om dig Rut."

Hon puttade undan Jacob, så hon kunde lägga armarna om Eskil, slingrade sina ben om hans och suckade.

"Det är en bra början. Det gillar jag."

"Äsch, det är nog allvarligare. Jag är kär i dig."

"Då är jag kär i dig också."

Vintern bjöd på många strapatser. Christoffer pysslade om Magdalena alla timmar av dygnet. Först i början av februari, kunde hon äta av den mat som de övriga åt. Dessförinnan hade Eskil utformat en diet som skulle ge henne tillräckligt med näring, för både Magdalena och barnets välbefinnande. Det hade fungerat från och till och sakta men säkert fick hon igen sina krafter och magen växte som den skulle.

I början på mars, fick Eskil och pojkarna syn på en ren några kilometer från gården. De tog upp jakten och Eskil kunde fälla den med vargbössan efter en tung språngmarsch genom djupsnön. Han fick för sig att det var Isaks ren och gjorde en gest mot väster med handen för att tacka den gamle samen. De hjälptes åt att tillverka en provisorisk släpkälke av unga sälgkvistar och drog renen hem till gården. Förbaskat att han behövde bössan. Ammunitionen var på upphällningen. Om den tog slut så var geväret oanvändbart. Han skrattade till.

"Men nu har vi mat för lång tid framöver grabbar. Nu måste ni lära er att stycka en ren på bästa sätt så att ingenting förfars."

"Jag vägrar äta balle" Christoffer flinade mot David.

"Nä, Eskil och jag vägrar med."

Dramatik

Takdropp och milda vindar. Greta och Jakob hade hittat tussilago vid ett av uthusen. Snöskottningen var nu enbart ett minne. Solen värmde husväggarna och markens tjäle blev till fuktig jord. Det var i mitten av april och snart skulle Christoffer bli fjorton. Dessutom skulle han bli far vilken dag som helst. Magdalena lämnades inte ur sikte för en enda sekund. Eskil hade ofta sett någon av kvinnorna i hennes närhet. Stackars flicka.. Tack och lov tog Christoffer över bevakningen när det var sängdags.

Eskil gick mot odlingarna och synade rabatterna. För tidigt ännu att sätta potatis men det kliade i fingrarna för att sätta igång förberedelserna inför detta års skörd. Han satte stöveln i potatislandet, sparkade runt, böjde sig ner och grep en näve jord, kände på den och log. Nå, vi kan snart gräva och förbereda. I år skulle de utöka potatislandet med minst fem fåror. Absolut. Sättpotatisen i jordkällaren såg bra ut. Ja, så får det bli. Sedan blir det rovorna, morötterna och löken.

Christoffer och David kom över gården med var sin ränsel mot Eskil.

"Vi ska se om vi kan fånga fisk i bäcken. Hänger du med?"

Ja varför inte. En sväng med pojkarna var alltid trevligt men han trodde inte att det skulle bli någon fiskelycka.

Christoffer och David slängde ut sina revar i den ystra bäcken. Det var en smal bäck som rann ut från en större fors som kom från ett av fjällpassen tre mil från gården. Bäcken hade hittat sin fåra för länge sedan och det hade fångats många fjällöringar i den sedan urminnes tid. Det fanns fortfarande is på vattenytan vid kanterna men där de hade satt sig, var det fritt flöde. Eskil lutade sig tillbaka i mossan. Lyssnade sporadiskt på pojkarnas prat och såg upp mot den ljusblå himlen. Glömmer dig inte Kristina. Jag vet att du förstår mig. Jag förstod dig. Rut är min partner i mitt nya liv. Du vet, vad jag menar.

"Fan hade den nästan! Jäklar också!"

Eskil myste. David och Christoffer fångar öring och jag ligger här och pratar med Kristina. Så hände någonting som jag aldrig trodde skulle hända igen. Jag är kär i Rut.

"Tjopp! Här kommer det en fisk!"

Eskil skyndade på sitt inre samtal med Kristina och kastade sig genast in i pojkarnas hysteri.

De levererade tre större öringar till middagen. Magdalena åt den minsta fisken på egen hand. Stämningen runt matbordet var ystert och alla berättade dåliga historier. Lina hade en lång historia att berätta men när hon skulle komma till poängen, hade hon glömt den. Alla skrattade ändå men Lina satt resten av kvällen och tänkte. "Vad är poängen med att berätta en historia när jag trasslar till det och glömmer poängen?"

Alla låg i sina sängar. Några hade somnat, de som delade rum, pratade sinsemellan, eller de som delade säng men David och Oni, delade inte säng officiellt men de ordnade den petitessen utmärkt på egen hand. Denna natt knackade David på dörren till kammaren och Onis rumskompisar sov så han kröp ner i hennes säng och de älskade så tyst, att inte en vägglus, skulle ha märkt någonting. Om det funnits löss i huset. Att älska återhållet och i smyg, kan göra själva älskogen så intensiv att de älskande inte önskar älska på annat sätt.

Hos Christoffer och Magdalena var det lugnt. Han höll sina armar om henne. Hon sov djupt men Christoffer var klarvaken. Tänkte och tänkte, på barnet som skulle komma och på tiden efteråt. Han lyfte försiktigt ena armen om Magdalena och kliade sig i örat. Hon mumlade lite och vände sig på rygg. Att sova på rygg, hade han aldrig fixat. Han fick panik efter en liten stund, kände att han inte kunde andas men Magdalena hade sin mage. Låg hon på sidan, fanns det inte plats för honom i sängen. Dessutom fick hon ont i höften eller vad det var hon hade sagt.

Nu kunde han inte hålla om henne som han hade tänkt och det blev ju svettigt att hålla om. Magdalena stönade och vände sig på sidan, det blev trångt, men så vaknade hon och grep efter honom.

"Jag har ont. Som mens men värre."

Just det! Precis som Rut hade sagt att det skulle börja. Okej. Han satte sig upp i sängen.

"Känns det som det blir värre eller är det som att det kommer och går?"

"Mera att det kommer och går."

"Då sticker jag en snabbis till Rut och berättar det här."

"Men kom tillbaka fort."

Christoffer stod vid dörren i sina lappade kalsonger och nickade upprepade gånger.

"Kommer som ett spjut!" Han kastade sig ut genom dörren och rusade fram till Ruts och Eskils dörr. Inte långt. Han knackade och rykte upp dörren. Halvskumt därinne men han såg dem i full galopp.

"Förlåt, förlåt, men jag tror att Magdalena har värkar!"

Eskil hoppade av och Rut kastade sig ur sängen och Christoffer hann se att hon var snygg. Han visste hur Eskil såg ut men inte på det här sättet. Han tittade ner i golvet.

De var snabbt på plats i rummet bredvid. Magdalena sträckte armarna mot Christoffer när de kom in i rummet men Rut beordrade honom att väcka Erika, sjuksystern och han vände i dörren och bankade på nästa dörr.

Det blev en utdragen förlossning. Barnet låg rätt men Magdalena blev trött, mycket trött och efter två timmar, ville hon ge upp. Christoffer satt med hela vägen, höll om henne och pratade med henne.

En ny pojke kom till världen tidigt den morgonen och ingen intresserade sig för dagens frukost just då.

Christoffer satt vid Magdalenas säng med gossen i famnen, hade sin hand kupad om sonens huvud och flinade stort.

"Det var attan så mycket hår han har på skallen!"

"Och mörkt", sa Magdalena stolt.

Christoffer var inte ensam. Alla på gården stod runt förstföderskan, trångt, gemytligt och full gemenskap i rummet.

"Ja, och farsan är mera blond än mörk", raljerade David.

"Kan vara min farfars gener som dykt upp", högg Magdalena. "Han var Italienare."

De blev sen frukost på gården, brunch, men den var rejält tilltagen. Kvinnorna hängde upp en svensk flagga över räcket på bron som de hade tillverkat av tygstuvar för många år sedan. Det hade varit viktigt för dem att hålla traditionerna i gång. Just denna dag kändes det extra angeläget. Släktet fördes vidare. Det ingav hopp för framtiden.

Fanan plockades fram igen en vecka senare då Christoffer blev fjorton år. Det var inte längre behagliga vårdagar. Vädret hade slagit om och det hade snöat rejält i flera dagar med minusgrader på nätterna. Dagsmejan hade kommit av sig och det blåste rejält på fjället. Eskil tittade till sättpotatisen och de förgrodda späda plantorna varje dag. Rut och Jacob följde alltid med och lärde sig allt om hur det skulle gå till för att få en bra grönsaksodling och fina blommor. Rut var mest intresserad av blomplantorna.

"Jag saknar luktärter. De är så fina och en del luktar så himmelskt."

"Jo, håller med men det är inte dumt att ha Aster och Ringblommor i höst. Hoppas att vi får fina Pelargoner i år." De hade tolv krukor med Pelargoner i finrummets fönster. Där var det svalt och tillräckligt ljust. Magda hade tagit hand om alla växter, satt ut dem på sommaren, tagit in dem på hösten och förvarat dem i fönstren i källaren. Proceduren med blommorna fortlevde och växterna blev fler för varje år. Det var Magdas blommor.

Livet på gården var behaglig men sommaren stannade upp andra veckan i juni, med låg nattemperatur och kyliga dagar. Värmen i maj, som fått all växtlighet att explodera, hade lurat dem totalt. Barnen sprang barfota hela dagarna och de vuxna hade lättat betydligt på klädseln. För mycket visade det sig. Erika och Riina hade vågat sig på solbadning när det fanns stunder av frihet från arbete. De åkte båda på en rejäl förkylning som Eskil lindrade med örter och salvor under näsorna för att släppa nästäpporna.

På Midsommarafton, satt de inomhus och Eskil eldade sin grill fullt ut. Alla hämtade renkött och röding till det dukade bordet i köket. Värmen kom tillbaka först andra veckan i juli och då blev varje människa en lycklig människa och alla ting i naturen, fröjdade sig. Som en poet som satt vid en stilla bäck eller å skulle beskriva. Greppa pennan och författa en strof som skulle ge människorna en tanke om någonting som de aldrig tidigare funderat över. Naturen har sina lagar och människorna har sina men naturen är härskande. Ingen kan bemästra henne. Inte ens Eskil.

En tidig morgon i slutet av juli, klev Eskil ur sin säng, gick ner till köket och tog en mugg örtte, kallt, som han bryggde varje dag, när vedspisen var igång. I den här sommarvärmen behövde de aldrig använde spisen mer än då det skulle tillredas mat. Han tänkte att en termos vore fint att ha, för varma och kalla drycker men just nu dög en stor porslinskanna med en linneduk över öppningen, hur bra som helst. Varma drycker var en annan femma.

Han tog med sig muggen och gick ut genom dörren. På nedersta trappsteget satt Isak och kliade Rambo bakom öronen. Samen kisade upp mot honom och nickade.

"Vilken trevlig överraskning! Vill du ha en kopp örtte?"

Isak nickade igen och Rambo grinade glatt mot den gamle samen. Eskil gick in igen. Visst sjutton log schäfern! Är det möjligt? Han kom ut igen med en mugg te och satte sig bredvid Isak.

"Tack!"

"Nå, vad har fört dig hit igen? Vi trodde att vi aldrig skulle få se dig igen."

Isak smuttade på drycken. Nickade och tog en större klunk.

"Jo, jag tror att ni ganska snart måst lämna gården. Bra snart."

Eskil höll hårt i muggen och såg på den väderbitne mannen. Han såg en man med väderbitet ansikte, som läder, av ett helt liv med naturen men ögonen gnistrade som från svarta opaler. Han insåg att Eskil aldrig skulle komma tillbaka till gården om det inte var allvarligt. Det var alltså mycket kritiskt.

"Berätta. Vad har du fått veta?"

Isak drack upp det sista av örtteet och grep Rambo runt huvudet med händerna och såg rakt in i ögonen på hunden. Schäfern lade sig platt på marken och blev helt stilla.

"Jo, vi vet hur styrkan rör sig. Vi vet att de är på väg uppåt. Vi vet också att människor som gömmer sig blir hittade. Vi gissar och jag tror att vi gissar rätt. De tvingas in i armén med hugg och slag. Vägrar de elimineras de."

"Men hur kan ni veta att de förflyttar sig uppåt?"

"Jo, vi har våra spioner men vi har även en samlad stark styrka på andra sidan. Vi kan försvara oss om de tränger sig över gränsen. De kommer aldrig att ta sig över. Det kommer att bli stor blodspillan. För dem."

Eskil lyckades dricka upp det sista ur muggen men handen darrade. Han hörde att det rörde sig i huset. De flesta hade vaknat och just nu fanns Erika, Riina och Lina i köket för att förbereda frukosten. Christoffer och Magdalena segade på morgonen men de var trötta varje morgon. Pojken höll dem vakna. David och Oni hade sina egna rutiner.

"Så du råder oss att lämna gården?"

"Jo, i alla fall de unga men också du för att du är den du är."

"Vem är jag?"

"En man med kvalifikationer."

Dörren öppnades och Lina kom ut. Hon såg på dem, gick ner till sista trappsteget och hälsade på Isak. Isak lade sina armar om hennes späda kropp, kramade hårt och såg henne rakt i ögonen.

"Ta hand om Eskil. Han är livsviktig för dig men också för många andra."

Lina log och pussade Isak på kinden.

"Det vet jag väl. Så är det."

"Då har ni en del att prata om." Isak reste sig och lämnade över en ränsel till Eskil.

"Lite matnyttigt. Det var kallt för er ett tag. Vi har det bättre. Golfströmmen. Fisket fint och mina renar skjuter till. Du vet att det är okej om du behöver en bortsprungen ren?"

Isak fick åter en utomordentlig frukost, som de övriga på gården njöt av, alltsedan Eskil och Christoffer bosatt sig med kvinnorna. Därefter satt Eskil med Isak i många timmar ute på två rangliga trädgårdsstolar vid husgaveln med trädgårdslandet framför sig. Först diskuterades jordmån, växelodling och vädrets makter. Därefter kom de till den ultimata anledningen till att Isaks besök.

"Vi har ju tänkt att vi ska stanna på gården, bruka jorden och klara oss med självförsörjning. Vi är duktiga på det."

"Jo, det vet jag. Du är duktig på så många saker. Du får gården att överleva och det är därför vi behöver dig. På andra sidan."

Eskil betraktade odlingen, grön och grann. Potatisblasten, de späda morötterna, lökstänglarna, dill och persilja, lyx, och Linas blomsterrabatt. Det fanns både torkad ren och älgkött, det fanns fisk i älvarna. Pinfärsk mat. Han saknade kojan till och från fortfarande. Då var allting enkelt. Varför kunde det inte fortsätta att vara enkelt? Christoffer som kom med sin trasiga själ, pojken berättade sin historia och Eskil berättade sin. Det kändes som en evighet sedan. Alla samtal vid elden utanför kojan, pojken som hittade sin trygghet genom vildmarkens skönhet och alla strapatser de hade uthärdat tillsammans. Idag var han en yngling men långt gången i vuxenlivet, pappa och med stort ansvar. Så många diskussioner som de haft med alla på gården. Om hur viktigt det var att stanna kvar så att deras moderland inte skulle utarmas. Att nya generationer skulle växa upp på hemliga platser och att folket skulle växa sig stark allteftersom för att en dag segra över Styrkan. Utan vapen? Ja, hur skulle det vara möjligt?

"Vi är sex vuxna med tre tonåringar och tre barn. Jo, Christoffer blev pappa till en pojke tidigare i vår."

"Gratulerar. Magdalena är modern förstår jag."

Eskil nickade.

"Jo, på något vis är jag farfar. Inte dumt."

"Inte dumt." Isak tystnade. Sa inte många ord den närmaste timmen. Inte Eskil heller. Rambo kom springande från gården med Jakob och Greta efter sig. Efter en tvärnit framför Isaks ben, inväntade han en klapp på huvudet som han fick, därefter vände han sig om för att se hur det gick med barnens ankomst. De kom närmare men de var inte lika snabba som honom. Han sträckte ut sig på rygg och blottade magen, fick ögonkontakt med Isak med grinande käft och hängande tunga. Isak böjde sig ner och kliade honom på magen länge. Rambo slöt ögonen och njöt.

"Hur gammal är Rambo?"

"Egentligen alldeles för gammal men han har alltid varit energisk. Jag tror att han inte själv förstår att han är för gammal för dylika rusningar och diverse attacker."

"Attacker? Människor?"

"Verkligen. Han var en vakthund utan dess like. Bet av fingret på en objuden gäst när han inte var året. Ja, vi var trygga med Rambo, då när det var en annan tid, innan Styrkan."

Barnen hade kommit fram till Eskil, Isak och Rambo. De kastade sig ner bredvid hunden och skrattade med armarna om Rambos hals. Han lät dem hållas så länge som Isak gned hans mage med sina seniga fingrar.

Innan uppbrottet

Isak lämnade en gåva till den nyfödde pojken. Christoffer förstod inte vad det var. En torkad rot som påminde om en gubbe i helfigur. Isak hade bett om att hålla pojken en stund och Magdalena hade lämnat över honom. Hon litade fullt ut på den gamle samen. De hade lett mot varandra och Isak hade vant lagt det lilla barnet på sin ena arm med sin stora hand kupad under det lilla huvudet. Därefter hade han gått fram till fönstret, lagt den konstiga roten på dess bröst och mumlat obegripliga saker. Christoffer hade senare tagit upp saken med Eskil som berättade att samen hade gett hans son en talisman, en alruna, och sedan läst de ord som skulle passa bäst.

"Han höll en ceremoni över grabben. Det var bara om lycka, god hälsa och skydd mot onda makter.

Annars finns det ord som lägger elände och även ond bråd död över personen i fråga." Christoffer ifrågasatte inte underligheten. Han hade förstått att Isak besatte vissa förmågor, ockulta sådana och han var visst en sorts shaman. Hädanefter skulle alrunan alltid finnas i hans sons närhet. Magdalena var även noga med detta. Hon virkade ett band av tunna tygremsor och knöt fast "den lille mannen" som hon kallade alrunan, i pojkens blus som hon tråcklat ihop av bomullsgardiner som de inte behövde. Lyx med gardiner i detta hus. Så många fönster!

Isak lämnade dem efter tre dagar. Nu var det upp till Eskil vad han skulle göra härnäst. Han måste samla alla och förmedla vad Isak hade berättat för honom. Att Styrkan var på väg uppöver landet och att de måste bestämma sig för att stanna kvar och bemästra dem eller gå över gränsen till grannlandet innan de nådde deras gård. Han visste att de aldrig skulle kunna få något övertag mot Styrkan. Det fanns även stor problematik med att ta sig till gränsen. Eskil hade berättat att det fanns bara en väg att gå och att den var mycket svår. Det var mestadels öppet landskap, inte mycket vegetation, mest öppen mark och höga fjäll. För att få ett godkännande vid gränsen, måste det finnas kriterier och Isak trodde att Eskil hade vad som krävdes. Hade han papper på detta, skulle allting bli enklare. I och med detta, borde de övriga på gården bli godtagna som flyktingar men allting var osäkert.

Papper på mina kriterier. Han kunde bara le. De är säkert för länge sedan fragment, kolrester som förvandlats till atomer. Nåja, olja ditt munläder så kunde det gå vägen.

Morötter, sallader och några späda rädisor, skördade på förmidagen och dagens middag skulle tillfredsställa alla gommar. Eskil skulle bjuda på grillad öring och Rut bidrog med kråkbärssaft men utan socker. Han hade smakat ett glas blandat med källvatten och den var inte dum. Lite tvär men drickbart.

Christoffers och Magdalenas son skulle få ett namn. Namngivning utan präst var inga egenheter sedan lång tid tillbaka. Föräldrarna bar det betydelsefulla ansvaret vid ceremonin. Efter middagsmåltiden reste Magdalena och Christoffer sig från bordet, Magdalena med barnet i sin famn och Christoffer såg på alla som samlats i köket men särskilt på den tomma stolen där Magda borde sitta. Han lade sin arm om Magdalena och kramade henne ömt. Eskil såg på dem med glädje och hade svårt att hålla tillbaka tårarna.

"Synd att det är så tråkigt med vädret". Alla höll med. Det var i slutet på juli och det hade regnat och blåst i snart en vecka. "Vore fint att kunna namngiva klimpen ute i naturen, han är ju en produkt skapad av naturen." Spridda fniss i församlingen och Rut grep tag i Eskils hand och tryckte till.

"I så fall. För att göra det enkelt, inga krusiduller, så ska han heta Eskil efter min pappa och Isak efter den som vet allt och Adam efter den som var först sägs det. Han ska kallas Adam."

Eskil släppte Ruts hand, reste sig och kramade om sin fosterson. De stod en lång stund i omfamningen, Christoffer lät sina tårar flöda och Eskil var inte sämre.

"Vi skulle ha haft champagne att bjuda laget runt, eller whisky eller fulsprit."

Christoffer skrattade. "Jo och blivit full på kuppen!"

Eskil såg på sitt "barnbarn" som såg tillbaka med gåtfull blick. Han kysste Adams panna och mumlade: Så det här är Adam. Då behöver vi en Eva."

Så låg han i sängen med Rut på sin arm. Hon hade somnat men inte han. De var snart inne i september och han kunde inte vänta längre. Isaks förmaningar om att lämna gården, måste han ta tag i. Han kunde inte vänta längre med att berätta för dem alla. Vad visste man om när vintern fick sitt grepp om dem detta år? Vad visste man om då Styrkan hittade dem? Styrkan skulle förmodligen inte ge sig ut mitt i vintern men vad visste han om det? De kunde komma när som helst. Om en vecka eller i morgon. Eskil sov inte så bra denna natt. När han slumrade till vid fyra, hade han bestämt sig för att ta tag i problemet, ett stort problem för dem alla. Efter frukosten.

Alla hade ätit upp sin frukost, Eskil höll Adam i sin famn efter att Magdalena gett honom bröstet. Adam sov, Eskil såg noggrant på det sovande barnet. Ett vackert barn. Just nu var det mest likt Magdalena men det fanns drag från Christoffer med. Speciellt över munnen. Spjuveraktigt. Han lämnade över Adam till Christoffer och harklade sig.

"Det vore bra om alla stannar kvar och inte försvinner till diverse sysslor. De kan vänta för jag har någonting mycket viktigt att berätta. Det är livsviktigt kan jag säga."

Nu satte sig alla på sina platser igen och såg uppmärksamt på Eskil. Han såg att de var oroliga och det gjorde ont i honom. Han måste gå rakt på sak. Kanske han hade väntat alltför länge med detta. Kanske det redan var för sent.

"När Isak var här, berättade samen att Styrkan avancerar uppåt landet. Han ville att vi inte ska vara övermaga och invänta dem. Isak vill att vi ska lämna gården och gå över gränsen där hans folk tar emot oss."

Det var knäpptyst i köket. Ingen rörde på sig. De satt som stela pinnar runt bordet och ingen hade släppt hans blick. De stirrade på honom.

"Jag förstår att det verkar omöjligt det här. Vi trivs på gården och vår självförsörjning fungerar fullt ut. Det är svårt att lämna en plats som vi stångats med i flera år och att vi lyckats hålla oss vid liv med gemensamma krafter. Svett och tårar, jag vet. Tårar av glädje oftast hoppas jag." De flesta nickade, speciellt Oni men Rut satt stum.

"Isak beskrev vägen vi måste gå för att ta oss obemärkta till gränsen. Jag önskar att vi kan göra vandringen så fort som möjligt. Innan kylan sätter in." Eskil tystnade för ett ögonblick. "Nu måste vi göra en gemensam planering som alla kan godkänna." Han tystnade igen och satte sig på sin stol vid bordet. Han kände en försiktig hand som sökte hans hand.

"Jag stöder dig fullt ut Eskil." Rut lutade sig tätt mot honom och viskade så att ingen annan i rummet kunde höra.

"Vill bara att du ska veta att du blir pappa nästa vår och jag är lite orolig om det blir en tuff vandring för mig. Jag vill inte förlora barnet."

Eskil såg storögt på henne, lade sin arm om henne och kysste henne väl och länge. Han viskade tillbaka.

"Vi får hoppas att det blir en Eva."

"Ja, men vad spelar det för roll om vi ska lämna vårt land och fly till ett annat? Ingen ny generation kommer ta över efter oss i det gamla landet."

Rut hade rätt. Hemlandet var visst vid det här laget förlorat, men så lycklig han var med vetskapen om att han skulle bli pappa för första gången i sitt liv. Överlycklig! Han älskade Rut och hon älskade honom. De hade en framtid tillsammans, inte på denna plats men någon annanstans.

Avfärden

Andra september lämnade gruppen gården och vandrade mot norr. De hade försökt få med sig allt nödvändigt från huset och allt de kunde skörda från grönsakslandet. Alla hade var sitt släp, två stänger att hålla i och en sinnrik "mage" att förflytta lasten i. Allt var till verkade av sälg och björk, någon hade stänger av unga tallar som inte var alltför krokiga. Alla hade hjälpts åt att bygga släpen med hjälp av Eskil och Christoffer. Rut var den enda som inte släpade en last men ingen i gruppen grunnade på om varför hon inte drog sitt lass. Hon tog hand om barnen mestadels, Jacob och Greta, inte Adam som Magdalena bar i ett klädestyg på magen. Christoffer fanns hela tiden i sin familjs närhet, pussade på Magdalena och pussade på sin son. Han hade också betydelsefulla föremål på sitt släp. Kastruller, stekpannor, porslin och glas. Inget skulle gå sönder hade han bestämt men stekpannor tillsammans med porslin och glas. Hur tänkte dom då?

Rambo blev kvar på gården. Hunden började bli ålderstigen. De ville inte bli röjda av hans hundskall.

Ett gemensamt beslut av alla i gruppen. Han fick ett kors och begravdes med utsikt över gården och fjället bakom.

Eskil gick bland de främsta, Oni, David och Lina fanns vid hans sida. Lina vände sig ofta bakåt för att titta efter Greta som Rut höll ögonen på. Jakob och Greta satt i Erikas släp men de ville ofta lämna "magsäcken" som Jakob kallade den, och utforska marken som de färdades på. Rut fångade upp dem och berättade om växter och kryp, istället för påhittade sagor som kom till under läggdags, om prinsessor och prinsar som bodde i gnistrande slott och var synnerligen bekväma med detta.

Det fanns fortfarande en gnista om skillnader mellan en arbetare och en glock inom henne. En glock har allt, obekymrad och med ett förbannat bra liv. De tjänar pengar men producerar inte så mycket. Pengarna kommer oftast på outgrundliga vägar och oftast utanför lagliga premisser. Så hade det alltid varit. De som har pengar, mörkar hela vägen. De som inga pengar har, följer lagen fullt ut. En glock är en pistol. Passar jäkligt bra som beskrivning på dem som finner vissa saker viktiga i livet jämfört med hur en vanlig knegare tänker. En glock kan döda och det görs gärna i de här kretsarna. Bokstavligen eller med andra grymma metoder som kan få medtävlarna på fall. Rut hade många tankar i sitt huvud men idag skulle de bli medborgare i ett annat land. Hur stod det till med glockarna i det nya landet?

Hon hade full kontroll på barnen men Lina gick ofta bakåt i ledet för att krama om sin dotter, kittla henne lite och pussa henne. Eskil gjorde det samma. Grep tag i Rut och kysste henne intensivt.

"Du, om det var möjligt, skulle jag vilja älska med dig på direkten"

"Du vet väl att ingenting är omöjligt vid det här laget."

Eskil tittade runt på naturen där de nu befann sig. Inte någon vegetation att tala om. De hade ett massivt fjäll framför sig och vida vidder men om en timme, skulle de stanna och slå läger vid fjällets fot.

"Vi får vänta med älskandet tills vi slagit läger ."

Vid midnatt sov de flesta i nattlägret utom Adam som höll sina föräldrar, Erika och Riina vakna. Oni och David hade hittat en egen plats lite i skymundan, även Rut och Eskil men på motsatta sidan. Lina sov utan problem med Greta i famnen, mitt i Adams och hans föräldrars sömnlösa natt.

Oni höll hårt om David som hade somnat med en suck. Hon var glad över den vändning som skett i det miserabla liv som hon hade levt sedan tolv års ålder. Hon respekterade alla i gruppen, älskade dem alla men vad skulle hon göra med sitt eget liv? Skulle hon bli med i gruppen som gav henne all trygghet eller skulle hon gå sin egen väg när de passerat gränsen? Vad kunde hon ge tillbaka till dessa fina människor? Åh, den här pojken! Vad gör hon med honom? Hon är inte värd den kärlek som han öser över henne! Hon vill inte såra, hon vill inte vara den som slår omkull hans drömmar om att de ska leva tillsammans. Det är en snygg gosse, även läraktig.

Oni släppte försiktigt taget om David och såg upp mot himlen. Kolsvart med några slöa tindrande stjärnor. Hon hade hört talas om fenomenet som alla borde se sedan hon var liten. Norrskenet, som tog över mörkret och skimrade i alla färger som vågor över himlavalvet. Det skulle hon se innan hon lämnade den här världen. Då kanske hon kunde känna sig nöjd med vad hon hade upplevt av världens underligheter. Men ändå. Hon ville vara nöjd med att ha gjort någonting bra för sina medmänniskor också som nu var kaotisk för så många.

Eskil hörde Adams ihållande skrik som aldrig tycktes avta men visste att han inte kunde var behjälplig så han vände sig mot Rut och de låg omslingrade ansikte mot ansikte.

"Så vi ska bli föräldrar."

"Jo just det."

"Ska vi gifta oss då."

"Det hoppas jag. Jakob skulle uppskatta det."

"Skulle du uppskatta det?"

Eskil fick en hård smäll i axeln.

"Du är ju som du är men jag tolererar dina egenheter då vi väntar barn tillsammans. Jag vill att det ska vara på riktigt mellan oss. Dessutom är vi kära i varandra, eller?"

"Jo, vi är kära i varandra."

"Ja men då så. Jag kommer att byta efternamn. Vad kommer det att bli?

"Simonsson."

"Fint. Det gillar jag. Rut Simonsson hörs bättre än Rut Haraldsson."

"Du är lite tossig."

"Det visste du redan. Är man fritidsledare inom kommunen, kan man vara lite tossig."

De bröt upp från lägret tidigt. De små barnen bestämde när vandringen skulle gå vidare. De morgonpigga gastade redan innan solen visade sig. Det var i början av september och naturen målade med sina nya färgpenslar, starka färger över alla buskar och all markvegetation. De hade en dryg vandring framför sig men Eskil trodde att de skulle vara framme vid gränsövergången innan midnatt. Det kinkades på vägen, de små barnen måste tas om hand. Adam skulle ammas, Greta och Jakob var inte på humör och Rut var gravid.

Hon kräktes ganska ofta, smög ut från stigen, hulkade och kom tillbaka med svettpärlor i pannan.

"Kanske du ska åka magsäcken ett tag."

"Aldrig. Då skulle det bli det bli det värsta av det värsta."

De kom fram till den plats som Isak hade beskrivit för honom. De skulle igenom en ravin i en fjällskreva. Det kunde bli riskabelt för dem och de kunde aldrig bli nog försiktiga, som Isak uttryckte sig. Bergsmassivet var smalt och stenigt och enligt Isak mycket instabilt. Många ras som kunde hända om man inte var försiktig men om de höll ihop gruppen och gjorde sin nedstigning med försiktighet, skulle de komma fram till en sänka där de skulle tas emot av några vägvisare.

Eskil samlade alla vid ravinen och påpekade den uppmärksamhet de alla måste göra för att ta sig igenom ravinen. Alla måste hålla kontakten med varandra. Ingen fick komma på efterkälken. Alla stod i en klunga runt honom, sammanbitna och tysta. Även barnens ståhej eller gnäll hade mattats av.

Han gick först ner i bergsmassivet. Riina och Lina kom strax därefter och därefter kom de gamla, de små och de lytta, tänkte han och log i smyg. Han var fortfarande överväldigad över sin nya roll i gruppen som förväntansfull blivande pappa.

Efter tio minuter, blev skravlet instabilt för Lina så hon hasade ner på ändan men stenarna under henne började röra på sig. Hon ropade till då hon gled med stenarna nerför branten, förbi Eskil som genast förstod vad som skulle kunna hända med alla i gruppen. Han skyndade sig och fick tag på Linas arm. För ett ögonblick stannade hennes väg nerför men så drogs Eskil med då stenraset tilltog. Han gastade till de övriga: "Håll er undan! Gå till sidan! Undvik mitten!"

Lina och Eskil rasade med stenraset utefter ravinen. Christoffer såg på Magdalena i två sekunder, hon nickade och han gav sig ut i den mest instabila delen i raset. När han stod på kanten av raset, fick han en knuff i ryggen och David stod där. De var överens med en blick och de klev ut i raset och gav sig gemensamt ut i det okända.

De följde med de vassa stenarnas ras sida vid sida. De hade Eskil och Lina framför sig och de måste hinna ikapp dem innan de blev allvarligt skadade. De försökte att åka på fötterna nerför men raset tilltog och det var svårt att hålla balansen. De satte sig ner och försökte stå ut med att få baken misshandlad.

"Där! Eskil har lyckats ta sig ut på sidan. Där!"

Christoffer hade alltid varit tacksam över Davids förmåga att uppfatta saker och ting när det gällde saker som ingick i sitt rätta element.

Nu gällde det att ta sig ut ur raset. Det gick fort och han såg att David var ganska slut.

"Nu ska vi ta oss båda ur det här. Du bara attackerar bergsmassivet på din vänstra sida. Du måste ut dit. Värsta kravet! Jag hittar min väg. Lovar det. Vi ses där nere!"

David lyckades kliva ur raset men såg Christoffer åka vidare utan kontroll. Fan fan! David kunde bara se på, när hans bästa vän, förstod han nu i detta ögonblick, där han stod vid den trygga bergväggen. Nej, han kunde också vara obstinat som Christoffer. Han lämnade sin trygga plats och gav sig ut på osäker grund. David ägnade en kort tanke på dem som var kvar däruppe innan resan nedför ravinen tog vid. Oni skulle alltid klara sig och de övriga var hans bästa vänner och de skulle inte bli bindgalna i första taget. De skulle kanske klara sig utan Eskil och Christoffer och absolut utan honom men skulle Greta klara sig utan sin mamma?

En grupp av oroliga människor, stod högst upp i bergsskrevan. Ingen av dem kunde längre se någon av dem som rasat ner med stenmassorna till fjällets fot. Oni såg när David lämnade sin trygga plats och gav sig ut i raset. Hon var så stolt över honom och tyckte att Magdalenas, Ruts och Erikas skräck över vad som hände framför deras ögon, var överspelat. Nja, kanske inte Magdalena och Rut som kanske skulle mista sina barns far men Erika. Hon hade kastat sig om halsen om henne och gråtit floder. Överspelat. Jag tror att jag håller mig till David. Isaks förslag om lediga män i hans släkt tycktes inte vara så lockande. Ungkarlarna kunde vara gamla som gatan. David var ung och hon visste att han älskade henne fullt ut. Erika hulkade vid hennes sida och Oni fick en otäck känsla inom sig. David klarar sig? Visst gör han det. Det måste han.

I övrigt mörknade dagen och inga tendenser fanns som tydde på omväxlande väder i trakten men väder var ointressant för alla just nu. Det kunde man diskutera när de kommit fram till Isaks hemort.

Christoffer och David lyckades inte stoppa Linas och Eskils okontrollerade färd genom ravinen. Ynglingarna åkte hela vägen med raset till fjällets fot och såg Lina och Eskil ligga på marken som lealösa dockor. Lina stönade och höll på. Hon hade brutit sin vänstra arm men Eskil var okontaktbar, avsvimmad. Han hade ett otäckt sår som blödde ymnigt vid kindbenet.

"Nu måste vi ta det lugnt och stilla." Christoffer prioriterade Eskil som var medvetslös. Eskil hade lärt honom allt om hur man räddar en människa i nödläge så han satte två fingrar, pekfinger och långfinger mot Eskils hals. Pulsen var bra men skadan under ögat var inte bra. Den måste tas om hand.

"David. Vi måste stoppa blödningen. Vad har du?"

David tänkte snabbt. Vad har jag? Han slet av sig jackan och krängde av sig sin bomullsskjorta och slet av sig skjortan. "Kan inte lova att den är kliniskt rent."

Christoffer rev kvickt av en tygremsa från Davids skjorta, tryckte resten av tyget mot Eskils kind och band remsan av skjortresterna runt Eskils huvud. I ögonvrån såg han att David tog hand om Lina. David gjorde allt rätt. Lina var vid medvetande men hade djävulskt ont. David hade hittat material som skulle fixera hennes arm. Naturen bjöd alltid på resurser men den som behövde den, måste veta hur man nyttjade den. Så småningom hade David lyckats fixera Linas arm med så raka pinnar som han kunde hitta och använt sin jacka och knutit ärmarna runt spjälorna. David hade ingenting på överkroppen. Det var inte precis varmt i luften men svetten lackade på hans rygg och bröst.

Eskil var avsvimmad. David satt vid Lina som kved, istället för att skrika rakt ut. Christoffer såg upp mot ravinen som fört dem ner till foten av fjället med tygellös kraft. Det måste han erkänna att det var ett under att varken David eller han själv skadats. Men hur var det med dem som fanns kvar på toppen av berget? De visste ingenting om vad som hade hänt efter deras resa med raset och snart skulle det vara beckmörkt. De skulle slå läger och invänta det första ljuset nästa morgon. De flesta skulle vara sömnlösa och vilja göra överläggningar om taktik så tidigt som möjligt. De måste ta sig nerför ravinen med två små barn och en baby. Rut var gravid men hon skulle inte spara på krutet. Christoffer gissade, att det skulle bli

Rut och Oni, som skulle leda samrådet och de övriga skulle gå med på villkoren. Men nu var det svart däruppe. Han såg konturerna av berget men ingenting mera. Hade de eld att värma sig vid? Hade de mat?

Christoffer fick en flaschback, ett utryck som han hade lärt sig på sin resa. Han mindes att han frös ofta och var hungrig ännu oftare. När han kom till Eskils koja som var ett hem och mannen tog emot honom, bad han en bön varje kväll, att inga barn någonstans i världen skulle vara hungriga, aldrig frysa och alltid ha en plats att sova på.

Christoffer satt med Eskils huvud i sitt knä. Hans mentor andades lugnt. Christoffer hade lyckats stoppa blödningen men inom utan dröjsmål, måste någon sy ihop det djupa jacket vid tinningen. Han hade inte redskapen. Eskil hade visat honom hur man kan göra när inga redskap finns då någon måste snörpas ihop men det handlade om enklare skador, rivsår eller yxhugg. Han skrattade till. Yxhugg var speciellt kul att ta hand om enligt Eskil. Men Christoffer var bekymrad över sin kompis David, som låg halvnaken denna natt, med armarna om Lina. Pojkarna låg bara en meter ifrån varandra. Christoffer hörde Linas gnyende och Davids köldrysningar. Han lämnade Eskil försiktigt, bredde över honom sitt vargskinn och satte sig vid David.

"Det här går ju inte. Du fryser som en hund från Sibirien."

"Sibiriska hundar fryser sällan men visst, nu känns det kallt."

Christoffer knäppte upp sin jacka, drog av sig ylletröjan som var hans mest älskade plagg och gav den till David.

"Den är inte ren och inte intakt. Många hål men bättre än ingenting på kroppen. Det kan bli kallt i natt."

David reste sig från sin plats vid Lina, tog emot tröjan, och gav samtidigt Christoffer en hård kram.

"Tack Christoffer. Vi har haft våra sura tider emellan oss men det var i början då du kom med Eskil och stal Magdalena ifrån mig."

"Jag är inte precis stolt över att jag gjorde det för jag såg ju hur förtjust du var i henne men jag blev så betuttad i henne.

David skrattade när han hörde Christoffer slänga sig med uttryck som var Eskils gebit. Eskil hade verkligen satt sin prägel på pojken från storstaden, som nu var så vuxen som en fjortonåring kunde bli. De log mot varandra en lång stund, inga ord sas från någon av dem men de befann sig i total ömsesidig förståelse. Det var ett magiskt ögonblick.

David hade fått på sig Christoffers tröja, gjorde några steg och svängar, som en mannekäng och de skrattade. David satte sig vid Lina igen som hade somnat. Hade gjort så den senaste timmen och det var ett gott tecken. Det gällde att hålla henne varm, även att Eskil skulle hållas varm. Christoffer hade lyckats tända en liten eld i mitten av deras tillfälliga läger. Mycket tillfälligt läger hoppades David på. Han hade inte en aning om hur Christoffer kunnat få fjutt på elden men det var det som alltid varit tryggt med Eskil och honom. De löste alltid det värsta problem som skulle kunna dyka upp. Det spelade ingen roll vad det gällde. De fixade alltid allt till det bästa.

Nu var det så mörkt som det kunde bli på himlen i september. Och så kallt som det också kunde bli. De låg så nära elden som de vågade. Ynglingarna höll brandvakt var sina gånger under natten och full tillsyn över Lina och Eskil.

David väckte Christoffer som var satt till att hålla elden vid liv de sista timmarna innan solen skulle göra natten till morgon.

"Du ska veta att jag aldrig kom till skott."

Christoffer var omtöcknad efter två timmars orolig sömn och såg ängsligt på David. Hade någonting hänt med Lina och Eskil? Han kom snabbt på fötter, föll ner på knä vid Eskil, lyssnade efter andhämtning och tog puls. Allt hördes så bra som det kunde bli. Han vände sig om mot David. "Är det Lina?"

"Nej, nej. Allt är detsamma med båda. Ganska dåligt men ingen förändring och ingen försämring. Jag menar att jag aldrig ens kysste Magdalena. Inte någon gång. Jag fantiserade om henne men jag kom aldrig till skott. Hon var aldrig intresserad av mig. När du och Eskil kom till gården, hände massor med henne. Hon var så avig mot dig i början men det hade med dig att göra. Du störde hennes tillvaro."

Christoffer försökte ta in vad David hade sagt.

"Så ni var aldrig ihop?"

"Aldrig. Jag kom aldrig till skott." David flinade mot Christoffer.

Ett band av människor var nu på väg nerför ravinen. Christoffer och David såg nervöst på, när deras bästa vänner och kärlekar, tog sig långsamt och försiktigt nerför bergsskrevan. De följde bergväggen med stor precision och undvek den väg som kunde vara den snabbaste men som var den mest riskfyllda. David skrek till när han såg att Oni snubblade och gled utefter stenskravlet en lång bit, innan hon fick tag på en buske att hålla sig fast vid.

"Säljbuske kan jag tro." David boxade Christoffer hårt i magen.

Oni höll sig fast vid busken tills Rut och Riina kunde hjälpa över henne till den säkrare vägen ner. Magdalena och Erika höll hårt i barnen, Greta och Jacob. Magdalena hade Adam fastknuten i ett tygstycke på magen. Långt nedanför kvinnornas mardrömslika klättring nerför bergravinen, stod David och Christoffer och kunde bara se på och hålla andan.

"Bara de tar det lugnt och stilla går det säkert bra." Christoffer hummade.

"Men det får inte ta för lång tid på sig. Det kan ju bli nattmörkt närsomhelst."

Christoffer hummade. Båda stod spända som fiolsträngar med blicken riktad mot bergsväggen. De hade glömt Eskil och Lina och skuggorna spred sig över dalen. Snart var bara mindre än halva berget belyst av solen och kylan smög sig på. Kvinnorna och barnen måste komma ner inom en halvtimme. Om inte skulle det bli omöjligt att ta sig ner till foten av berget. De måste stanna kvar över natten på berget, ett osäkert kort utan dess like.

"Fan fan! Det här är inte bra!"

"Jädrans! Inte alls! Nu måste vi möta dem på vägen ner!"

"Vem stannar kvar hos Eskil och Lina?"

"Jävlars! Christoffer föll ner på knä vid Eskil, gjorde sin kontroll och gick vidare till Lina. Han rusade fram till David och grep honom hårt i armen.

"Kan du stanna kvar här och kolla att de andas normalt?"

"Om de inte gör det? Vad gör jag då?"

"Ja, vad gör du då? Ber till gud?" David skakade på huvudet och satte sig på marken bredvid Eskil.

"Jag stannar här. Jag vet nog vad jag ska göra. Gör det du måste göra. Rädda dem på berget." Christoffer gav David en snabb men hård kram innan han försvann ut i det annalkande mörkret för att möta gruppen som ännu inte kommit i säkerhet.

David satt mellan Eskil och Lina. Lina gnydde ibland men Eskil var fortfarande oroande tyst men pulsen var intakt och han andades. David såg mot berget. Beckmörkt. Ser Christoffer någonting? Jag ser ju bara en meter åt alla håll men tack vara eldens lågor. Han lade på två pinnar av virket som de hade samlat ihop i brådskan, på elden. Vad gör jag om jag måste hämta mera bränsle? Han såg på högen. Inte många pinnar kvar. Jag kan inte ge mig ut och leta efter pinnar. Eskil och Lina är allvarligt skadade och behöver tillsyn. De borde haft en läkare på plats. Fan fan! Han stirrade in i eldens tynande lågor och tänkte just be till gud när han hörde ett gutturalt läte. Ett hemskt främmande läte!

Christoffer var på väg uppför den västra sidan av berget. Den väg som verkade vara någorlunda säker men solen hade gått ner och hela dalen låg i mörker. Han fick pröva alla sina steg med försiktighet. Ett lätt duggregn kom över honom. Jävlars! Om inte det var nog med att klättra uppför ett berg i mörker, skulle det nu bli slipprigt av väta också. Han bet ihop och klättrade vidare. Han hade inget begrepp om tiden. Hade det gått tio minuter eller trettio minuter? Han förflyttade sig uppåt och stannade korta stunder för att lokalisera vart kvinnorna befann sig men det enda han hörde var ett sus från vinden och regndropparnas fall mot klipporna. Regnet tilltog och snart var han dyngsur och sikten obefintlig. Dessutom var möjligheten att lyssna sig fram till gruppen omöjlig.

"Hallå där!" David stannade i sin rörelse. Han skulle just lägga en pinne på elden. Han såg ner på Eskil som låg vid hans vänstra sida.

"Eskil?"

"Jo, men jag är jävligt illa i huvudet."

David snyftade när han satte sig bredvid Eskil. Han kunde inte sluta lipa.

"Så, David. Jag vet att jag rasade nerför skravlet men hur är det med Lina?"

David hade lust att köra knytnäven i Eskils ansikte. Jäkla typ det här. Medvetslös i flera timmar och undrar först över Linas hälsa. David hulkade, torkade tårarna mot axeln och fortsatte grina men tystare nu.

Eskil reste sig upp med en grimas i sittande ställning, såg på elden och grep sedan Davids hand.

"Du håller elden levande och vi överlever eller hur David?" David nickade och snorade i armvecket.

"Så berätta, bara det som är mest akut i nuläget."

David ville köra knytnäven i Eskils ansikte igen. Eskil var som en strateg i ett krigsspel. Prioriteringar, handling ger resultat men Eskil visste inte vad som hade hänt efter gruppens färd genom fjällmassivet. Och färden var ännu inte fullbordad.

"Jo Lina har en bruten arm. Jag har spjälat enligt Christoffers instruktioner.

"Då är det bra." Eskil tittade åt sidan och såg att Lina sov. "Vi låter Lina sova." Men Eskil tänkte att mycket kunde ha varit bättre än det såg ut att vara just nu.

"Så berätta vad som har hänt samtidigt som jag latade mig." David gav honom hela paketet och Eskil blev bekymrad. Mycket bekymrad.

"Så Christoffer klättrar just nu uppför bergssidan i totalt mörker." David nickade förskräckt.

"Du är inte ansvarig för vad den gynnaren hittar på." Eskil log. "Men jag måste erkänna att han är modig. Dumdristig i mycket men har jävlar anamma."

"Jo, och vi har slutit fred. Vi är bästa vänner och så…"

Eskil lade armen om Davids axlar. "Lägg på en pinne till. Vi kan bara sitta här och hoppas på att Christoffer klarar av att ta med sig gruppen ner till oss."

David letade snabbt upp några pinnar i närheten lade två pinnar av dem på brasan.

"Och att alla klarar sig."

"Att alla klarar sig."

De hade inte tänkt sig någon sömn under natten. Eskil tittade till Lina regelbundet, hon gnydde ibland men sov mestadels. Han släppte aldrig sina tankar om Rut. Hur mådde hon? Hur mådde deras barn? Skulle den här flykten bli deras värsta mardröm? Skulle barnet överleva påfrestningarna? Tack och lov hade David fallit i sömn men han sov oroligt, vaknade och lade en pinne på elden, lade sig ner i mossan och somnade för en stund och vaknade för att lägga på en pinne på elden igen.

"Du, det där fixar jag. Sov nu."

"Kan inte. Måste göra någonting vettigt."

"Det vettigaste du kan göra är att sova och låta mig sköta elden."

"Jag saknar Oni! Jag har haft värsta mardrömmarna. Jag vill ha Oni. Hon måste komma hit till mig. Jag älskar henne!"

"Jag vet att du älskar henne och hon älskar dig. Har väl sett hur ert förhållande utvecklats. Det är bra alltihop. Hon tar hand om dig och du tar hand om henne."

"Vet inte om jag kan ta hand om henne. Det är nog tvärt om men hon säger att jag är bra för henne."

"Jo, så är det nog. Håll fast vid det."

David somnade och de sista timmarna av natten, innan solen belyste den norra delen av jordklotet, satt Eskil vid Lina som hade vaknat.

"Det gick åt pipan."

"Inte helt. Du har brutit armen men det ser fint ut med spjälningen. Det kommer att läka rätt."

"Skulle behöva Alvedon."

Eskil skrattade. Han skulle behöva minst en Treo comb. Han hoppades på att han inte fått en skallfraktur. En hjärnskakning kunde han hantera men en allvarligare skada? Fanns det en läkarkår i det nya landet?

"Jag kan inte bjuda på mycket mera än gröt till frukost."

"Inget örtte?"

"Nej, Rut har de påsarna."

"Gröt bli bra. Med vatten?"

"Vatten finns alltid."

Förmiddagen gick. David, Eskil och Lina åt sin grötfrukost. När solen stod som högst på himlen, då David lyckats fånga en öring i en bäck och Eskil grillat den över öppen eld och Lina kunde hantera sin smärta utan Alvedon, hörde de rop från berget.

"De är på väg! Visst är det så!"

Eskil såg gruppen som var på väg mot dem.

"Visst är det så David. Nu kommer de." Erika var sjuksköterska, visserligen inte praktiserande sedan flera år men hon tog genast hand om Lina och Eskil.

"Kan bara säja att ni har gjort det bra. Spjälningen av Linas arm så perfekt som det kan bli och Eskils skada har slutat blöda men om det finns doktorer på andra sidan, skulle jag önska att Eskil ska få ynnesten att träffa en sådan."

Det nya landet

Trots den äventyrliga nedstigningen nerför berget, Linas och Eskils okontrollerade färd dessförinnan, så sov alla riktigt bra under natten, även den minste som inte gjorde mycket. Christoffer och Magdalena sov djupt hela natten men de visste inte att Rut "lånat" Adam och lagt sig bredvid Eskil, med den lille gossen, som bitvis var vaken men lugn då han fick hålla "farfars" pekfinger i ett hårt grepp. Ruts pojke Jacob, låg mellan David och Oni och hon såg att Oni ofta såg till, att Jacob skulle vara helt täckt av hästfilten. Oni var den som sov minst av alla. Rut blev varm inuti när hon såg Onis omtanke.

Alla vaknade tidigt denna morgon och alla var förväntansfulla inför denna dag. Christoffer och David namngav platsen som de slagit läger på, till Zero. Från noll till vad som helst.

Eskil såg roat på när Christoffer ordnade med frukost till alla. Den kunde inte bli annat än spartanskt då de inte hade någon stor proviant med sig men efter några tuggor osyrat bröd, karvande i en torkad renskank och torkad svamp som krydda på brödet, sköljdes allt ner med en mugg örtte och det såg ut som att alla var nöjda och belåtna. Även Eskil och i skymundan, torkade han tårarna som vällde utöver kinderna. Fin grabb det där, tänkte han.

Vid pass tio på förmiddagen, enligt Eskil, gav sig alla iväg mot en okänd framtid men först måste de ta sig över ett fjäll, mindre än gårdagens, inte lika riskfyllt men det hade sin potential. De måste klättra uppför och sedan nerför med två små barn, därtill ett på fyra månader, en gravid kvinna, Lina med spjälad arm och en kraftkarl som just nu, skulle behöva en läkare som kunde veta om huvudskadan skulle vara ett stort problem eller ett litet.

Eskil hade dunkande huvudvärk, såg ibland dubbelt och måste sätta sig ner när det snurrade för mycket. När han hejdade Rut och ville sätta sig en stund, stannade följet tvärt. Alla var oroliga över sin vägledare, trollkarl och allra bästa vän som inte var i bästa skick men han levde och det var alla tacksamma över. De skulle var och en, göra vad som helst, för att allt skulle bli bra med Eskil. Han var deras trygghet och hade varit det under flera år. Det var självklart att alla stannade upp varje gång som Eskil måste vila en stund i vandringen över fjället.

"Jag vilar mig. Det borde ni också göra. Det är många steg vi måste ta innan vi är framme vid gränsen." Han försökte se barsk ut men han var mest rörd över deras empati för honom. Riina gav honom vatten från sitt krus. Hans eget hade krossats i fallet nerför skravlet. Rut lade sin svala hand mot hans panna och masserade hans axlar med den andra handen. Erika tog hans puls och nickade nöjt. Så många fruntimmer det fanns runt honom men det kändes bara fint. Han såg att Christoffer och David hade ett flin i ansiktet men det gjorde honom ingenting.

Drygt en halvtimma senare efter stoppet, fortsatte förflyttningen vidare mot toppen av fjället. De var snart i mitten av september, dagarna blev kortare och nätterna längre. Det skulle inte vara exceptionellt om snön skulle lägga sig redan om en vecka. Idag var det svalt i luften men solen värmde ännu. Färgerna i landskapet gnistrade i guld och rött och enstaka skyar svepte över dem. Eskil var intresserad av moln. Idag skulle det inte regna men när han såg i vilken hastighet, molnen skyndade på däruppe, kunde det redan i morgon vara ogenomträngligt grått och regnet ösa över dem. Han hoppades att de vid det laget, redan tagit sig nerför fjället och stod vid den osynliga gränsen till det nya landet. Isak skulle möte dem och han litade på att det så skulle bli.

Efter en skyndsam matrast, klättrade de vidare mot toppen. Målet för dagen, var att nå högsta punkten och sedan ta sig nerför fjällsidan innan det blev mörkt. Eskil ville inte förhala nedstigningen trots sin yrsel och huvudvärk. Rut var ängslig över hans beslut att köra på men hon skulle inte kunna övertala honom att ta det lugnt. Hon kunde be Erika att hålla ett öga på honom och så blev det. Erika gick bredvid Eskil vid uppåt färden på fjället, Rut gick strax bakom med Jacob och därefter kom en sammansvetsad grupp, visserligen med olika viljor men de stöttade varandra, alltid, när svårigheter kom.

Rut skulle alltid sakna gården som de hade lämnat, sakna passionen för grönsakslandet, svamp och bärplockning de gemensamma middagarna. Smygandet i trappen, förälskade par som aldrig gav upp och Magda. Alltid.

Så var de på toppen och nedstigningen tog vid. De minsta sov. Eskil, Erika och Rut, gick först nerför den branta bergssidan men alla måste stanna vid pass 22.15 enligt Eskil. Det var för mörkt och riskabelt.

"Hitta en plats som är minst brant. Tillräckligt stor plattform. Det kan bli trångt om saligheten men se till att ni har solid mark under er. Vi vill inte att någon rasar nerför avgrunder igen."

Det var lättare sagt än gjort men alla hittade en nisch innan det blev natt. Tre platser där tolv vuxna och barn, samsades med varandra. Den största platsen hittade Christoffer, så han bjöd in David, Oni och Riina. De blev sex med Adam men han var ett litet kryp än så länge. Eskil, Rut och Jacob hittade sämsta läget och Lina med flickan och Erika, alldeles bredvid hans lyxgrop.

Det tog sin tid att komma till ro. Eskil somnade sist med huvudvärk men ingen yrsel. Han låg ju ner, därför ingen yrsel. Nåja, allt skulle bli bättre, när de kom fram till gränsen. Inte hundra bättre men betydligt bättre än det här. Han vände sig mot Rut som höll Jacob i famnen. Hennes mage växte som den skulle men just nu fanns det inte plats för honom hos henne och sonen. Fysiskt. Det var trångt i sänkan så han vände dem ryggen till och aktade sig för att puta ut med ändan för mycket. Benen låg utanför vargfällen och hästtäcket men vad gör man inte för dem man älskar.

Christoffer var först upp. Ursäktade sig om att det var stört omöjligt att bjuda dem på te.

"Vi kan äta en enklare frukost när vi kommer ner på fast mark. Jag lovar."

Men ingen tänkte på frukost. De var bekymrade över hur de skulle ta sig ner men när alla hade samlat sig, var de åter på vandring och nu närmare gränsen.

Färden ner blev i stort, oproblematisk, men Eskil var febrig och försökte dölja det med sammanbitna käkar och dåliga vitsar men Erika och Rut gick inte på hans skådespel, gick bredvid honom nerför hela fjällmassivet. Och Ruts son Jacob, följde Christoffer och Magdalenas väg ner. Ett evigt skuttande på honom och Rut tänkte att hon skulle behöva sonens energi just nu. Hon var trött men såg målet framför sig, hur de togs om hand av Isak vid gränsen. Rut såg Eskils och deras gemensamma framtid med tilltro. Ingenting skulle kunna bli sämre. Ingenting.

De nådde fjällets fot och Eskil kollapsade. Alla gjorde vad som kunde göras, gav honom vätska och Erika satt ständigt vid hans sida. Nu kunde Christoffer tända eld och ge alla örtte och en bit bröd. Han skar också några bitar torkat renkött, i millimeterexakt mått, som han delade ut till var och en. De hade inte mycket proviant kvar så han hoppades på att när Isak tog emot dem, skulle de få ett rejält mål mat. Han var bekymrad över Magdalena som hade problem med amningen. Adam var sällan nöjd, höll dem vakna många timmar på dygnet, hungrig som satan men alltihop var fantastiskt. Och Eskil skulle bli pappa!

När han var klar med sin uppgift, att ge alla energi inför den kommande dagen, satte han sig bredvid Erika och höll Eskils hand en stund. Den hade åldrats. Blodådrorna var mer markerade och utstående. Min bästa vän och min bästa pappa. Han brast i gråt och Erika lät honom gråta.

Förmiddag blev eftermiddag. Ännu hade inte Isak närmat sig deras tillfälliga förläggning. Inga moln på himlen som visade på regn eller andra oförutsedda väderväxlingar.

Jacob och Greta sprang runt i mossan, det blänkte till i ögonvrån. Christoffer såg mot en punkt mellan fjällmassiven. En spegling eller en blänk från ett kikarsikte? Christoffer hann aldrig varna sina vänner. Skottet tog rakt i bröstet på Erika.

Riina skrek, skrek och skrek. Hon sprang fram till Erika och höll om hennes kropp i ett järngrepp. Christoffer var snabbt på plats och försökte få Riina att släppa Erika. Han måste få begrepp om skadorna.

Christoffer stred med Riina för att lossa hennes grepp från syster Erika och såg att Rut sprang med Magdalena till det närmaste buskaget med barnen i famnen. Så kom Oni stormande och grep tag i Riina, vrålade och fick med henne till kvinnorna med barnen.

Christoffer letade efter puls, andning och något tecken på liv men Erika var borta. Hon hade dött ögonblickligen och visste ingenting om vad som hade hänt, hann aldrig känna någon smärta. Fasansfullt och alldeles onödigt! Det här skulle han aldrig godta. Nu skulle han ge sig ut på jakt. Människojakt.

Kvinnorna och barnen hade hittat ett halvdant skydd bakom några buskar. Ingen visste hur det stod till med Erika. Ingen visste heller hur det var med Eskil, Christoffer och David. De låg i skottlinjen för en sniper. De låg utefter den fuktiga marken, vågade inte sticka upp huvudet och barnen var oroliga. Rut irriterade sig på Onis oförmåga att ligga still. Hon kröp runt mellan barnen, höll om dem och viskade i deras öron. Ingen kunde höra viskningarna men barnen kom till ro. Inget gnäll och inga frågor. Oni kom till Rut, satte sig ner och tog tag i hennes händer.

"Jag springer tillbaka." Rut hann aldrig hejda Oni men hon vågade titta bort mot platsen där Eskil låg skadad och såg att David tog emot Oni på den gudsförgätna platsen. David tryckte ner henne mot marken och höll om henne.

Med ens blev allting så tyst. Inga fåglar hördes, ingen vind rörde vid de få vindpinade lövträd och buskar som tycktes ha blivit placerade på sporadiska platser på ett tankspritt vis.

Rut trodde inte på någon gud men de senaste månaderna, trodde hon på att det fanns en makt som styrde över deras liv. Någon eller någonting, höll ett vakande öga över dem. Som det hade varit hitintills, ville hon för sin egen skull, tänka att allting hade varit förjävligt men samtidigt helt underbart. Nu skulle Rut bejaka makterna som rådde över deras liv för Eskil hade sin tro om att det fanns tvillingplaneter. Hennes uppfattning om tro och moral, kom från hennes morföräldrar.

Ruts föräldrar hade en komplicerad relation. Det var det enda hon fick veta under sin uppväxt men ingen berättade för henne, vad relationen innebar. Hon mindes bussen och att hon ibland åkte tåg. Antingen hos pappa eller hos mamma men det blev mest hos farmor och farfar och det var där hon kände sig mest hemma. Det var farmor och farfar hon saknade mest. Tack och lov överlevde hennes farföräldrar båda hennes föräldrar. Kan jag tänka så respektlöst? Jo, när hon insåg att när hon tog studenten, kom farmor och farfar men varken pappa eller mamma. Rut såg rakt upp mot himlen och bad en tyst bön.

"Tack farmor och farfar för att ni var mina bästa vänner och mina bästa ledare."

Oni och David satt med Christoffer som bevakade Eskil. De var oskyddade, mitt ute på myren. Rut visste att Christoffer hade tagit över Eskils bössa när de tog sig ner till denna djävulska plats och det visste även Oni. Oni visste att det inte fanns så mycket ammunition kvar. Två ungdomar och en orädd kvinna tillsammans med fadern till hennes ofödda barn med en prickskytt i bergsmassivet. Värre kunde det inte bli.

"Nu måste jag ge mig iväg och hitta prickskytten." David och Oni nickade.

"Ni stannar kvar och har full kontroll på Eskil." David och Oni nickade igen.

"Det är livsviktigt för oss alla som är kvar. Eskil måste överleva. Eskil är vår mentor och shaman." Christoffer tystnade, lade sin hand på Erikas panna, satt så en lång stund innan han reste sig och mumlade.

"Ni måste också ge Erika en fin begravning."

"Jag vet precis hur det ska göras! Jag tar hand om det."

Christoffer gav Oni en lång kram, såg David komma emot honom och gav den sista kramen som skulle ge Christoffer kraften för sin mission. Hitta snipern som dödat Erika. Christoffer lämnade sina vänner, sin läromästare Eskil, lämnade sin fru och sitt barn i ett buskage några hundra meter ifrån Erikas framtida gravplats. Oni och David skulle gräva graven när det blivit tillräckligt mörkt. David hade en kortskaftad spade i sin ryggsäck.

"Alltid bra att ha." David hade fått rätt men tanken med verktyget, var inte att gräva gravar. Den var tänkt till grävning av odlingsbäddar i det nya landet.

Christoffer kunde inte ta farväl av sin familj. De skulle utsättas för fara om han försökte ta sig över till busksnåret vid foten av fjället. Han hade några få saker att bära på. En renskinnssäck med källvatten, vargbössan och ammunition för elva skott.

Det var sent på eftermiddagen, det skyade över himlen och det skulle komma stora mängder regn. Hans värsta scenario var att prickskytten redan lämnat sin plats men Eskil hade lärt honom hur att spåra vilt. Måste ju vara samma teknik att spåra en människa.

Regnet kom men inte så intensivt som Christoffer väntat sig. Han var halvvägs upp på fjället och närmade sig platsen där han hade sett blänket från ett kikarsikte. Han hade också räknat ut att skottet som dödade Erika, kom från en del av berget som liknade en gubbe med hängande huvud. Han hade siluetten framför sig, tog en munfull vatten ur vattensäcken och såg att solen strax skulle falla bakom det högsta massivet. Gränsen till friheten för alla i gruppen.

Christoffer hade närmat sig skyttens placering en timme senare. Han låg högt upp på en utskjutande sten, hade fri sikt över ett vackert landskap med det lodräta berget bakom sig. Han såg en pyrande eld tvåhundra meter nedanför sig. Inga rörelser men han jublade inombords. Nu ska jag klättra ner och strypa honom.

Han reste sig och började sin klättring nerför bergväggen. Christoffer fann oftast fästen men också slippriga stenar, där det sipprade fram vatten, som allt som oftast, runnit efter stenväggarna i långliga tider. Landskapet kunde vara torrt på vissa ställen men mest många fuktiga. En osäker plats för en människa att sätta foten på. Vaksamhet krävdes i båda fallen. Det berodde på hur länge en människa skulle vistas i vildmarken. Efter avfärden från gården, minst tre veckor nu, hade de hjälp av varandra men nu var han den ensamma vargen. På jakt. Ingenting fick gå fel. Allt ansvar för gruppen låg nu på honom. Om han misslyckades skulle flera dö av ett skott eller flera skott.

Christoffer kom ner och natten hade gett sin tribut. Den pyrande elden hade slocknat och inget ljus från något håll från himlen. Han hade laddat vargbössan och satt på en punkt som han ansåg vara den bästa. Den bästa någonsin om man ska sätta en kula i en kropp. Iden om att strypa mördaren skulle vara den mest tillfredställande metoden men han måste vara praktisk. Han har en större chans att överleva om han använder sig av bössan. Men han måste vänta tills nattmörkret gick över till gryning för att kunna se sitt mål.

Han svettades över hela kroppen och geväret gled i hans hand. En anspänning som han aldrig någonsin tidigare känt i sitt unga liv. Han memorerade alla råd som Eskil malt in i Christoffers huvud men de flesta gällde alla ansträngningar att hitta mat och skydda sig mot kyla. Varningar om krypskyttar hade han också fått och erfarenheten från krypskytten vid gården då Magda dödades. Men sen kom ju Oni till dem. En absolut person som nu alla litade på. Fint för David som hittade henne. Undrar hur länge Oni kommer att hålla ihop med honom? Tankar åkte in i huvudet och sedan ut igen för att fånga något annat att tänka på. Christoffer fick inte somna. Han var trött, mycket trött men det var inte tillåtet att somna just nu.

Han sänkte geväret ner mot sitt ben, tänkte på Magdalena och Adam. Mirakelfamiljen! Och han var medlem i den! Fortfarande hade han svårt att förstå hur det hela kom sig men han var så lycklig. Saligt lycklig. Att vara en familjefar vid hans ålder måste vara en bedrift! Christofer älskade sin roll som förste ansvarig för sin familj men Magdalena var bestämd i många saker. Magdalena.

En lätt rörelse till vänster om hans bivack, skärpte hans sinnen. Det var fortfarande nattmörkt så han såg ingenting men efter några minuter, såg han en eldslåga. Tack för den din idiot. Christoffer greppade geväret igen och inväntade en härlig brasa som skulle ge honom tillfället att knäppa fanskapet.

En främling på besök

Alldeles som Christoffer hoppats. Elden tog fart och han kunde se en skepnad vid brasan som förmodligen tänkte koka vatten för han såg ett kärl på en pinne över elden. Kaffe eller te?

Figuren kanske hade med sig proviant i sin säck som Styrkan ombesörjde men han gissade att det inte fanns mycket i ränseln. Styrkan var kända för sin snikenhet med utrustning och uppehälle för sina medlemmar fast de lovades både pengar och bostad. Gnidigheten hade alla erfarit när Eskil gått igenom den ryggsäck som Magdas mördare hade haft med sig. Där fanns ingenting. Plastpåsar med mögliga brödbitar och en vattenflaska. Geväret! Vart tog geväret vägen som krypskytten hade med kikarsikte och allt? Fan Eskil! Var har du gömt det?

Skärpning! Gestalten i mörkret framför honom hade kanske torkade björklöv eller kanske knoppiga granbarr sedan i våras i en burk för nu drack han någonting och slängde slatten i elden så att den nästan slocknade och reste sig, blev stående en stund och solen bröt igenom och allt förändrades på ett ögonblick.

Gryningen var alltså redan här och Christoffer såg ett bylte klädd i ett enda mischmasch. Det första han såg var att det var en kort jäkel och att håret stod på ända. Som svinto. Därefter att det inte verkade helt riktigt med ansiktet för när solen lyckades slänga några strålar på ansiktet, blev han chockad.

Han sänkte geväret och svalde. Det kan inte vara sant! Rekryterar Styrkan utan urskiljning bara människorna kan höra och se? Om de gör det, kanske de i dagsläget är desperata och är på väg att explodera på något sätt. Som en äcklig bobba som förintar sig själv.

Christoffer satt länge och tittade på figurens pyssel. Ordentlig. Packade metodisk in kärl och mugg i sin ryggsäck. Det var en han för Christoffer hade sett att han urinerat på elden, länge och väl. Nu plockade han fram ett bylte ur ryggsäcken, lade det framför sig och vek upp tygstycket med stor andäktighet tyckte han. Figuren greppade sitt gevär och just nu skulle Christoffer med lätthet kunna närma sig mannen som hade all koncentration på vapenvård. Christoffer antog att det enda som fanns i mannens huvud just nu, var ammunition och allt som kunde vara relaterat till ett vapen.

Christoffer lade sig rak lång på sin plats och såg mot himlen. Klarblått, några få moln, Eskil medvetslös, Erika död och jag har en familj att ta hand om. Nu har jag hittat Erikas mördare men vad ska jag göra? Det är en handikappad man med syndrom. Mongolider hade hans föräldrar sagt att de kallades men det fanns andra ord. Förståndshandikappade, Downs syndrom, muppar och säkert fler benämningar.

Han kunde varken strypa eller sätta en kula i pannan på den förståndshandikappade mannen. Eskil hade fortfarande kval över sin gärning, dråpet av prickskytten. Hans mentor nämnde händelsen sällan men några gånger, hade de suttit för sig själva och pratat om det hela. Eskil hade varje gång gråtit mot hans axel. Att ta livet av en annan människa är laddat, även om det kan vara nödvändigt i vissa lägen. Nu var det ju ett nödvändigt läge men hur viktigt var det att ta livet av en man med gevär som kanske inte kunde reflektera över vad han var satt till att göra? Christoffer bestämde sig för vad han skulle göra, så han reste på sig, greppade vargbössan och klev ner från sin utsiktspunkt. Han höll geväret över sitt huvud när han kom fram till mannen som såg strängt på honom.

"Oladdat?

Christoffer nickade. Mannen drog till sig sin ryggsäck och plockade fram torkat kött.

"Ren"?

Mannen nickade.

Christoffer bet i köttet, segt men det var överraskande gott. Mannen såg på honom med öppet intresse. Ingen misstänksamhet, bara nyfikenhet.

Christoffer svalde den sista tuggan. "Så, vad gör du här ute i vildmarken?"

"Uppdrag".

"Uppdrag? Vilken sort?"

Mannen vände handflatorna uppåt och höjde axlarna. Som en spanjor skulle göra när han inte vet varför.

"Jag har ett bra gevär."

"Jo jag ser det och med kikarsikte."

Mannen log. En nöjd min i hans ansikte men Christoffer tänkte att det var en stackare som förmodligen inte förstod vad han gjorde och varför han gjorde det. Christoffer ville veta allt om den här killen men måste vara slug. Försöka tala enkelt så att killen förstår.

"Du har skjutit min bästa vän. Jag är så ledsen över det. Mycket ledsen."

"Vad heter du?"

Christoffer gjorde ett försök att samla sig. Det var tydligt att mannen inte kunde förstå allvaret över vad han hade gjort.

"Jag heter Christoffer. Vad heter du?"

"Magnus, men när jag var ett barn kallade de mig Maggot."

"Hm, jag kallades Kroken."

Magnus log. "Kroken! Varför det?"

"Jag gick krokigt. Hittade andra vägar som inte mina föräldrar gillade och var dålig på att passa tiden till middagarna."

"Kul! Jag är förståndshandikappad men inte du. Jag har ett uppdrag."

"Jag vet att du har ett uppdrag men du kanske kan skippa det och bli vän med mig."

Magnus rynkade sin panna, placerade sina nävar på sina knän med en smäll.

"Vet inte. Vad händer med mitt uppdrag? Jag får pengar för det."

"Du kan få mycket bättre saker av mig istället." Christoffer visste knappt vad pengar var men om han övertygade Magnus att det fanns andra saker än pengar, kunde han få med sig en duktig vapenvårdare som kanske skulle välkomnas i gruppen. De hade inte precis en arsenal av vapen. Så kom han att tänka på prickskyttens gevär. Var finns geväret efter Magdas mördare? Var hade Eskil gömt det? Han måste ha tagit med sig det på flykten. Varför lämna det kvar på gården? Var det någon annan som bar på det?

Först hörde inte Christoffer vad Magnus sa. Han tänkte på annat som för honom var viktigare. Geväret!

"Ursäkta, vad sa du nu?" De var på väg nerför bergmassivet mot det tillfälliga lägret.

"Jo, jag undrar om ni har mat eller så."

"Hm, just nu är det kanske sämre med det, för vi blev fast på platsen för länge. Vi skulle redan nu varit långt bort, om det inte vore för att du sköt min kompis och att en kille är skadad.

Magnus nickade men sa ingenting.

De klättrade nerför bergsidan och det frestade på deras knän och det fanns andra risker. Fuktig berggrund och våt växtlighet men efter drygt en timme, stod de på fast mark. De skulle fortsätta mot nordväst i knappt en timme till Christoffers vänner. Dagsljuset gav inte mycket ljus denna dag. Det var råkallt med mörka moln på himlen. När som helst kunde himlen öppna sig och släppa ner ett ihärdigt och kallt regn men Christoffer trodde att de skulle hinna fram till lägret innan dess. Nu fanns det ju inget skydd mot hällande regn i lägret, ute vid myren, men det skulle lösas på något sätt.

"Var du bästa vän med henne som jag sköt?"

Christoffer stannade upp, ställde ner ryggsäcken på marken och såg rakt in i killens blekblå ögon.

"Jo och vi var alla bästa vän med henne. Erika var sjuksköterska och tog hand om oss. Hon hjälpte oss när vi blev sjuka och hon var duktig på att laga mat."

Magnus stod bredbent med sin ryggsäck på ryggen, geväret under armen, brast i gråt och slängde geväret i buskarna. Det var ett yl som Christoffer aldrig hört. Smärtsamt och utan slut. Han lade armen om Magnus axlar men han fäktade ut med sina armar och vrålade.

"Rör mig inte! Ta inte i mig! Bort! Bort!

Christoffer satte sig och väntade. Tänkte att Magnus behöver skrika ur sig en hel del. Magnus virrade runt i skogskanten, slog på björkstammar, rev upp blåbärsris, kastade stormfällda grenar som med anmärkningsvärd kraft. Kanske det kan bli lugnare efter ett tag, tänkte Christoffer.

Efter drygt en kvart, hade Magnus slutat vråla. Han var helt utmattad. Christoffer lade sin hand på hans hand. Magnus snyftade och tog hans hand, förde den till sin kind.

"Du har mist din bästa vän. Förlåt!"

"Men du har också haft det svårt. Vem ville att du skulle komma hit upp?

"Ja, vet inte riktigt. Vi var några, Ella, Stefan och jag, som inte hade någon plats med något. Där vi bodde förut, finns inte mer. Vet inte varför men bara så där" Magnus satte upp sina handflator mot honom och viftade. Alla fingrar hade samma längd, tyckte Christoffer.

"Så stängdes centrumet, vet inte varför för ingen sa någonting till oss men jag vet att pappa och mamma aldrig kom och hälsa på mera. Jag har en syster men jag vet inte var hon är."

"Vad heter din syster?"

Magnus log. Ulrica med c." Hon är smart. Ska bli läkare."

Christoffer hoppades att Ulrica fanns någonstans men hur hittar man henne?

"Vad heter din syster mer än Ulrica?"

"Granström naturligtvis!"

Mindre än en halvtimme kvar på deras vandring till lägret. Regnet kom inom fem minuter. Himlen hade öppnat sina portar och det var omöjligt att konversera men de gick vidare mot sitt mål och vattnet rann över deras ansikten och deras kroppar.

Christoffer längtade efter Magdalena och sin son. Oroade sig över i vilket skick Eskil befann i. Dessutom hade han Maggot i hälarna. Magnus var en enkel person. Christoffer hoppades att de inte skulle bli problem med att han hade med sig en extremt ovanlig lönnmördare. Om Eskil varit kraftfull och uppmärksam, skulle han ta emot Magnus med öppna armar, med förtjusning också kan jag tänka mig, men vad skulle de övriga i gruppen tycka?

Han undrade om Magnus var ensam med sitt förskräckliga uppdrag. Om det var så, var Styrkan desperata just nu, kanske inte kunde hålla sina får i fållan men ingen visste hur situationen var i landet. Ingen. Alla som kunde fly, gjorde det, men om Magnus hade en kumpan, kunde det bli min familjs sista försök att rädda sina liv. Just nu var det omöjligt att ens fråga om en enklaste sak, för regnet sköljde över dem med sådan kraft, som att bära en extra vikt på sina axlar och de såg knappt någonting framför sig.

Magnus öppnade samtalet. Han tvärstannade och grep tag i Christoffers arm.

"Men tänk om dina vänner hatar mig?" De stod på kalfjället och regnet rann över deras ansikten.

"Vet du om du hade en kompis med dig hit upp?"

Magnus klippte med ögonen, regnet rann på och han gnuggade knytnävarna mot ögonen med båda händerna för att kunna se någonting. Christoffer hejdade honom." Inte så. Inte gnugga. Bättre att låta regnet rinna." Magnus nickade och började röra sig framåt igen.

"Men är du helt ensam? Ingen kompis?"

Magnus skakade på huvudet och gick med bestämda steg i den riktning som Christoffer visat på.

"Jag har varit ensam hela tiden. Hemskt länge och tråkigt mycket. Jag åkte långtradare till en stad som de sa att det var gränsen till alla otrogna. De skulle dödas. Måste dödas."

"Hur länge har du varit ute på ditt viktiga uppdrag?"

Magnus stannade upp, satte tumme och pekfinger mot sin underläpp, klämde ihop läpparna med fingrarna, rynkade pannan, knep ihop ögonen och stannade på plats.

"Ja, det var nog i våras. Jag älskar svalor och de svirrade runt överallt. Sedan blev det grönt i buskar och träd. Blommorna kom. Inte överallt men jag hittade dem.

Magnus såg oroligt på Christoffer och viskade: "Vet att det jag har gjort och gör är fel. Jag tycker om djur."

"Vad hände? Varför måste du göra någonting som du tyckte var fel?"

"Min syster Ulrica rymde. De ville veta var hon är men jag vet ingenting. När man är så annorlunda som jag får man inte veta någonting alls." Magnus vände ryggen mot Christoffer och gick vidare mot sin osäkra framtid.

Regnet var ihållande så när de närmade sig det tillfälliga lägret blev det viss tumult. Två genomblöta figurer kom mitt ibland dem från ingenstans. Magdalena slängde sig om Christoffer hals och pussade honom över hela ansiktet. Christoffer pussades tillbaka.

Så var det tid för att presentera Magnus för alla för alla stirrade på den flinande korte främlingen. Christoffer harklade.

"Jo, det här är Magnus." Alla fortsatte blänga, utom Eskil som låg på en provisorisk bår med ett skyddande tak av grangrenar över sig. Störarna som höll det uppe var krokiga och svajande. Han skulle ta itu med detta ganska snart. Stötta upp regnskyddet, tänkte han. Oni gick fram till Magnus och tog i hans hand. "Jag heter Oni." Därefter gick alla fram och hälsade, Magnus log hela tiden och presenterade sig för var och en. Rut kom fram sist och höll hans hand länge i sin och drog med honom till Eskils liggplats.

"Det här är vår ledare. Just nu är han sjuk men vi hoppas på att det finns hjälp att få på andra sidan gränsen."

Magnus stod länge och såg ner på den liggande mannen framför sig. Så gick han ner på knä, strök Eskils skäggiga kind med sin hand och brast i gråt. Alla hörde hans förlåt till Eskil. Därefter satt Magnus i flera timmar vid Eskil sida som från och till var vid medvetande. Magnus gav honom svalt te, matade honom med välling och älgbuljong med sked. När Christoffer hittat störar med stadga, hjälptes de åt med regnskyddet över Eskil.

"Vem är mannen som egentligen bara är en pojke?" Det var Lina som ställde frågan till Christoffer.

"Vi har sett geväret som du konfiskerat från honom och vi vet alla att Magnus är den som sköt ihjäl Erika."

Alla satt runt den eld som skulle ge dem den energi som krävdes för att ta sig över det sista bergspasset och efter det, gå in i det nya landet. Energin skulle komma från den värmande elden och deras djupa gemenskap. Sist men inte, mat. De åt torkat renkött och osyrat bröd till middag. Alla åt under tystnad men tidigt nästa morgon skulle de vandra vidare. Christoffer visste att han för tillfället var ledaren i gruppen då Eskil som var hans läromästare var sjuk.

"Magnus! Kom hit till oss och berätta din historia." Magnus satt i utkanten av gruppen, hade njutit av sin måltid och tyckt om alla och allt runt omkring. Nu måste han göra det som Christoffer ville. Han reste sig och gick fram till de främmande människorna runt den brinnande elden. Såg in i den en stund för han ville bli ett med lågorna och känna värmen. Magnus såg på alla och tänkte, att de kunde bli min familj men jag har dödat deras sjuksköterska som tog hand om deras ledare Eskil. Det blev många tankar i hans huvud. Det kunde bli svårt att berätta om sig själv men han försökte.

"Jag heter Magnus. Kallades Maggot för länge sedan. Det är en larv." Han försökte le men det blev till en grimas. "Jag har en syster som heter Ulrica Granström men hon är borta. Hon läste till läkare men jag vet inte var hon finns. Jag saknar henne. De frågade hela tiden var min syster var men jag visste ingenting. Länge sedan jag träffat Ulrica. Mina föräldrar är döda. Vet inte allt om dem. Vad som hände menar jag men jag vet att de är borta."

Han trampade runt, såg upp mot den svarta himlen och såg på alla med tvära huvudkast. Han vågade inte se dem i ögonen. Inte ännu. Magnus gned sin haka, fingrade på sina kläder som var en lumphög. Christoffer tittade runt och försökte ta in sina vänners föreställningar om Magnus. Christoffer ville bedyra dem alla att han skulle göra allt som krävdes för att ta hand om Eskil men just nu var det inte läge alls för detta, så han höll tyst.

"Jag är så ledsen över er kompis Erika. Så fel. Det vet jag. Erika tog hand om er ledare Eskil. Jag gör allt som krävs för att ta hand om Eskil. Jag vill stanna hos er. Om jag får."

Om de befunnit sig på gården, skulle alla vuxna samlats i köket för en överläggning. Då när alla fortfarande levde. Det kändes som det var åratal sedan. Christoffer kände sig gammal just nu. Ingen hade sagt någonting efter Magnus vädjan om att få bli med i gruppen. Ingen. Han såg på Magdalena med Adam i sin famn. Rut och Lina med sina barn, Jacob och Greta. De sov med gapande munnar i sina mammors famn. David och Oni, satt tätt ihop med uppgivna ansikten. Uppgivet som alla.

"Vi måste vidare i morgon. Tidigt. Vi måste hålla ihop. Vi ska över gränsen allihop med Eskil och Magnus!"

Ingen protesterade. Alla nickade. Så var det med det. Christoffer hade bestämt morgondagens framtid för alla.

Morgon

Adam vaknade tidigt. Det kändes naturligt för alla att göra sig i ordning för morgonens etapp för Adam var duktig på att skrika vid hunger, blöt stjärt och andra allmänna obehagligheter. Christoffer förstod att Magdalena var mycket trött. Under natten hade Adam varit på, på som en bebis gör så Christoffer var återhållsam. Hade inte varit på efter att Adam såg dagens ljus. Dessutom fanns det inte på kartan, att tänka på älskog i denna stund. Kanske senare. Någon gång. Han hade sett till att Eskil hade det bra och att släpbåren var intakt. Eskil vaknade till korta stunder och de försökte konversera. Christoffer presenterade Magnus som satt stilla vid Eskils huvud som lade sin hand för ett nano ögonblick på Magnus kind. Det var magiskt för alla som såg det men mest känslomässigt för Magnus. Han brast i gråt. Christoffer lade sin arm om honom och tröstade så gott det gick. När Magnus hämtat sig någorlunda, gnidit sina tårfyllda ögon, tills de lyste röda och hängt med huvudet en lång stund mumlade han fram ord som träffade Christoffer rakt i hjärtat.

"Eskil är en sorts gud och en god ledare så vi måste skydda honom. Om jag fick bestämma ska Eskil bli kung. Jag har aldrig haft någon som kan leda mig. Någon som gör bra saker. Jag är så fel. Rår inte för det men så är det. När man är fel, kan man bli så lurad många gånger."

"Och du kan hjälpa oss. Du är så bra på många saker. Vi behöver dig. Eskil är vår klippa, men inte vår gud. Det måste du förstå."

"Okej men han kan bli kung i nya landet!" Magnus log med kisande ögon.

"Då så. Då vandrar vi vidare till det nya landet!"

Christoffer hörde ett tjo ho i gruppen men inte vem som tjoat.

Vandringen mot den slutgiltiga fjällkedjan gick i senfärdighetens lov. Inte för att de stannade för att beundra utsikten eller ta en behövlig rast med fika. Långsamheten berodde på att alla ansvarade för Eskils säkerhet. I andra hand kom deras egen trygghet, men Christoffer såg till att den även prioriterades. De stannade för en lätt måltid när solen stod som högst. Alla var fortfarande vid gott mod.

David serverade dåliga vitsar som alla inte uppmuntrades så värst av. Adam tycktes bli bekväm med situationen och verkade nöjd. Han låg på Magdalenas arm för det mesta men Christoffer tog ofta sin son i sin famn, snusade på den kala hjässan och förundrades över fullkomligheten. Ett resultat av Magdalenas och Christoffers hemliga möten på gården.

Jacob och Greta skulle bli uthålliga och envisa i framtida strapatser. De hittade alltid något intressant och var omedvetna om varför det gicks och gicks hela tiden för de hittade alltid nya saker som väckte deras nyfikenhet. David och Oni hade smygträffar utefter vägen. Det fanns buskar och bergskrevor som kunde gömma vad som helst. Christoffer hoppades att de skulle hålla ihop men han var osäker på om Oni skulle hålla fast vid David. Oni var så vitt skild från Davids enkla värld men det händer att motpoler dras mot varandra.

Eftermiddag och de stod vid berget. De slog läger. Solen skulle gå ner om en stund och himlen visade varför. Det var en fantastisk himmel. Mörkblå med ljunglila kanter på de enstaka molnen. Solen visade fortfarande sitt inflytande över de människor som fortfarande levde och verkade på jorden. När jag slocknar finns ingenting kvar. Christoffer satte sig vid Eskils bädd, som han alltid hade gjort, så ofta han kunnat. Han tog Eskils hand.

"Du, vi är på väg! En del sjafs på vägen men det är lugnt just nu. Jo, vi har en ny kille. Magnus. Han har suttit en hel del hos dig de senaste dygnen. Vet inte om du gillar det." Christoffer tystnade.

"Vi får ta den delen om Magnus när du vaknar. Det är speciellt." Christoffer kände tryckningen från Eskils hand.

"Nej, du kan berätta med en gång."

"Fan, fan, fan! Du är med?"

"Just nu ja, men inte varit det på ett tag kan jag förstå. Vart är vi?"

Christoffer ville bara skrika ut att Eskil var vaken men förstod att Eskil inte ville det. Han lade i stället kinden mot Eskils kind, länge och väl. Kinden var fuktig och febrig men han visste inte om det var hans egen som var blötast. Tårar gled över kindbenen, kanske från dem båda två. Christoffer samlade ihop sig.

"Vi har slagit läger för att i morgon gå vidare över sista fjällkammen. Då ska vi passera gränsen."

"Bra. Är alla med?"

"Alla är med på det."

"Är alla med, menar jag."

Christoffer släppte en tyst suck, trodde han.

"Någonting har hänt."

"Jo, det är där vår nya medlem kom in." Och han berättade om skjutningen av Erika och att skytten gripits.

Eskil reste sig på ena armbågen, grep tag i Christoffers tröja och tog ett stadigt grepp om hans nacke.

"Varför har du tagit in en galning i vår grupp? Christoffer kunde ana Eskils forna styrka. Då han kunde bli så arg att Christoffer blev vettskrämd och tassade runt som en osynlig hustomte i flera dagar men nu blev han glad över Eskils utbrott. Eskil var orkeslös för tillfället men Christoffer och alla, hoppades att han skulle bli stark som en björn och klok som en uggla, vilken dag som helst.

Först kändes det enkelt att förklara, varför Magnus fanns bland dem men Eskil ställde frågor som han inte själv haft en tanke om, att saker och ting blir fel, förbannat fel om man inte kan se vad som kan hända.

"Magnus kanske är ganska duktig på vapen. Vapenvårdare."

Eskil svarade inte på Christoffers bisarra förklaring, bara stirrade in i eldslågorna.

Så tragiskt. De satt båda vid en eld som de hade gjort tillsammans i flera år. Vid det fantastiskt fina lilla vistet i vildmarken eller vid en bivack på jakt efter mat. Christoffer tyckte att de suttit på det viset hela hans liv på planeten. Allt som han hade gått igenom innan de träffades, var inte viktigt och därför hade han glömt det mesta, eller förträngt.

"Magnus har också ett fint gevär."

"Vilken kaliber?"

Den magiska morgonen hade blivit till en magisk afton. Eskil var med dem och alla såg på honom med andäktighet. Inte minst Magnus, som satt bredvid Christoffer och Magdalena och tack och lov sov Adam, snarkade i Christoffers famn. Lina satt med Greta som fortfarande var vaken, busade med Jacob, som busade ännu värre. Linas armbrott läkte som det skulle, David och Oni, pussades som vanligt och Rut satt bredvid Eskil. Eskil satt upp, Rut stöttade honom och han var med igen.

"Ursäkta mankemanget att jag blev så illa däran." Alla nickade.

"Jag förmodar, eller är ganska säker på att jag fick smittan."

Hummande i gruppen.

"Tydligen så har jag klarat mig." Eskil grimaserade fram ett leende. "Min fru dog i smittan och jag tog hand om henne hela vägen. Givetvis, fick jag smittan men den bröt ut långt senare och tyvärr så olämpligt, när vi nu är på vår flykt. Men kanhända jag blev immun mot den nu." Han såg på alla kära och bekanta ansikten men stannade blicken, länge och väl på den okände mannen. Magnus mötte hans blick utan att vika undan sin. Styv i korken också, tänkte Eskil. Han harklade sig.

"Vad jag förstår så är många av er resistenta. Jag säger att inte alla är det."

Ingen tycktes vara så skräckslagna över Eskils obarmhärtiga påstående men alla tackade var för sig, sin egen tro till högre makter. Oni hade sin tro och lämnade David med en viskning.

David visste vad hon behövde och var trygg i det men han visste också, att hon skulle lämna honom en dag, inte när, men Oni hade självklart andra planer, som inte innefattade honom. Han knäppte händerna under nacken, lutade sig tillbaka och såg på himlens stjärnor. Klart, vasst och vackert.

Nätter, stjärnor, dagar och därefter natt igen. De väntade ett barn tillsammans. Vem skulle bestämma om barnet när de båda var vilsna i sin tro?

Oni hade inte talat om det för honom men David kände igen symtomen. På gården, då Christoffer och Magdalena släntrade in på samma våningsplan, när som helst och ofta och att Magdalena förändrades någon månad senare. Hon lyste och hennes sätt att vara blev så annorlunda. Nu såg han samma sak i Oni. Asch, vilken hemlighetsfull kvinna han hade kärat ner sig i. Men han kände sig lugn. När de kom över gränsen och alla kunde andas ut, skulle han fria. Jo, ett nej från henne skulle komma, det förstod han men de hade någonting tillsammans som gjorde henne lugn och tillfreds.

Afton och morgon

På något vis skulle alla bli mätta även i dag. Christoffer och David hade lyckats snara två ripor. Helt absurt tänkte Eskil. Det måste ha varit pullor med extremt små hjärnor. Vilsna på alla vis. Ingen snö ännu men tack och lov att det var barmark fortfarande. Snön och kylan skulle komma när som helst. Så i morgon borde alla nå gränsen. Även han.

Nu satt han med en förvånad Adam i famnen. Christoffers barn var en skrikhals för det mesta men inte när han låg i "farfars" famn. Adam var avundsvärt intresserad av Eskils vildvuxna skägg. Nu borrade hans små fingrar i skägget och det var inte långt ifrån att Eskil ville morra men flämta till gjorde han. Det gjorde ont som bara den men han tog ett försiktigt tag om knubbnävarna och pussade alla veck. I bakgrunden hade han ögonen på den nya gästen Magnus. Trots Christoffers försäkringar om att ynglingen inte var ett hot för dem, ville han ha full kontroll över honom. Det tycktes vara samma sak för båda. Magnus satt vid utkanten av elden, i skymundan och verkade trivas med att tittade och registrerade alla och visste självklart vart Eskil satt. Nej, det här går inte längre. Eskil fångade Magnus blick och vinkade honom till sig. Mannen reste sig och kom fram till honom.

"Magnus." Han tog Eskils framsträckta hand och gjorde en knix med huvudet.

"Sätt dig." Eskil klappade med handen vid sin sida. Magnus satte sig försiktigt.

"Ett fint barn du har."

"Christoffers. Adam heter han."

"Ja Adam. Kommer ni få en Eva då?"

"Vi vet inte om det blir en tjej, men du har rätt. Blir det så, blir det en Eva."

"Så ni är på flykt."

"Är inte du det?"

"Vet inte. Jag skulle hit för att skjuta."

"Så du vill tillbaka? Du har skjutit och så är det med det." Nu var det svårt att hålla ilskan borta. Eskil var arg och ledsen, skulle vilja slå knytnäven rakt i Magnus fräkniga ansikte.

"Jag vill inte tillbaka." Magnus hängde med huvudet. "Inte bra."

"Vad är inte bra?" Eskil grep tag i Adams näve igen då pojken fått ett fast grepp om hans skägg igen.

Magnus sträckte fram sin hand och kittlade Adam i halsgropen. Med det, vände barnet sitt huvud mot en ny bekantskap, log och släppte Eskils skägg.

"Ha, du har god hand om barn."

"Nä tror inte det." Men nu sträckte Adam armarna mot Magnus och gnydde.

"Vill du hålla honom?"

"Oj men kan jag det?"

"Klart du kan."

Så satt Magnus med Adam i sin famn och båda var lika fascinerade av varandra. Eskil funderade och funderade. Denne Magnus var ett oförargligt barn i en vuxen kropp. Kanske Christoffer hade rätt. Lätt att övertala till vad som helst, som mord, för att höra till och få någon form av trygghet och bekräftelse i sitt liv. Så vad kan vi göra för Magnus och vad kan han göra för oss? Förmodligen en hel del. En skicklig vapenvårdare och skytt. Kan bli fantastisk med Adam som nu satt stilla i Magnus famn. Magnus såg också lugn ut. Han log och blåste på barnets hjässa. När Adams ögon darrade till och han somnade, var Eskil ganska övertygad om att Magnus skulle stanna hos dem. Han skulle bara ha ett prat med de övriga först.

Tidigt nästa morgon, så samlades alla, utom Magnus, som fått uppdraget att ta hand om Adam. De befann sig 50 meter ifrån gruppen, tillräckligt lång borta så att han inte kunde höra överläggningarna om honom. Just nu hissade han Adam upp och ner mot den klarblå himlen. Upp och ner, upp och nere på raka armar. Alla hörde barnets skratt och även Magnus skratt.

"Så vad tycker ni? Ska han få följa oss över gränsen?" Hummanden i församlingen, några såg mest på leken mellan Magnus och Adam och Eskil såg att Magdalena och Christoffer var rofyllda och nöjda.

"Så alla är överens om att Magnus följer med?" Hummande och nickningar. Ingen protesterade men Eskil var lite besviken. Nu skulle de ha en sniper i gruppen som hade mördat en kär medlem men han förstod allas tankar om den utvecklingsstörde killen. Han visste inte varför han skulle döda.

"Nu tar vi frukost. Sedan ger vi oss iväg till gränsen." Eskil hoppades och bad om att ingen skulle bli kvarlämnad på vägen.

Oni och David bjöd på frukosten. Magnus skrapade nogsamt ur sin kåsa av trä som var en av alla kåsor som Eskil och Christoffer täljt, det första året på gården.

"Så gott men vad är det?"

"Jo, torkade björklöv och brännässlor. Sedan en touch av Skvattram."

"Så gott! Jag kan inte laga mat. Har inte ätit så bra på länge. Ja kanske flera år."

"Tråkigt, sa Oni. Vad har du ätit då?"

Magnus log mot den vackra kvinnan som såg nästan ut som honom. Sneda ögon men ljusare i håret. Han skrattade inombords när han tänkte på vad han ätit de senaste åren.

"Nja, vet inte om jag kan berätta det. En del saker jag åt kanske inte är okej för er.

Oni log. "Du ska bara veta vad vi har ätit när vi varit utan mat.

Nu blev Magnus väldigt intresserad, reste sig och satte sig bredvid Oni. "Tala om då." Och hon talade om, han gapade titt som tätt men de grimaserade och skrattade. David satt bredvid, höll armen om Oni, sa inte mycket och lyssnade på deras tidigare kostvanor. Jämmerligt i mycket men humoristiskt i annat så han skrattade med dem. Christoffer hade fullt upp med Adam som inte ville äta, bara få uppmärksamhet från alla, så en mänsklig kedja bildades. Han gick från famn till famn.

Magdalena vilade inför kanske deras sista vandring. Hon förberedde sig då Adam alltid ville ha full uppmärksamhet av sin mor, när de gick till fots. Eskil satt tätt intill Rut och Jacob satt med Greta och hennes mamma Lina.

"Hur mår du Rut?"

"Förvånansvärt bra."

"Orkar du med att gå till gränsen?"

"Självklart! Ingen fara med mig."

Eskil strök sin hand efter hennes mage. "Jo, om jag missat att tala om hur mycket jag älskar dig sen sist, så ursäktar jag mig."

Rut skakade på huvudet. "Vi vaknade för en timme sedan och du sa det igår innan vi somnade."

"Vad sa jag?"

Rut överraskade honom med en hård knytnäve i magen. "Var inte sån. Igår älskade du mig."

"Bra. Vill att du ska förstå det. Snabb höger. Bra! Hård med."

De begav sig mot gränsen. Eskil kunde gå men behövde vila varje halvtimma. Det tog sin tid. Christoffer satte sig ner vid sin mentor, vid en av vilorna. Han hade en idé som inte skulle sinka promenaden så mycket. Det var viktigt för alla, att komma fram innan mörkret omfamnade allt på deras väg. Även dem. De var försenade fyra dygn. Isak och hans följeslagare kanske skulle tro att det var en trupp från Styrkan, som kom vandrande över fjällen och ville över landsgränsen och jävlas. Christoffers familj och vänner skulle riskera att bli massakrerade av sina vapenbröder på alla sätt och vis. Av misstag.

"En hel hop av krymplingar i vår grupp." Christoffer kramade Eskils hand.

"Jag tänkte som så, att krymplingarna som du säger, går mitt i gruppen. De starka främst och längst bak. Vi turas om att bära dig. Också bära de andra krymplingarna om det krävs." Nu log Christoffer.

Eskil log inte. "Riskabelt men berätta."

"Jag går främst med Magnus. En utmärkt skytt. Eftertruppen David och Oni."

"Krymplingar som jag i mitten med alla kvinnor och barn?"

Christoffer nickade. "Däremellan bär jag och David dig de svåra sträckorna."

Eskil slog sig för pannan. Fan att man ska vara så orkeslös. Fan att man inte kan vara med i det här på ett vettigt sätt! Han såg mot Rut som satt i utkanten av en myr med Jakob och Lina. Greta hade gått för långt ut på kanten och var blöt upp till midjan. Skrek och grät. Han fick ingen ögonkontakt med Rut men såg hennes runda mage under kläderna. Jag är ansvarig för min nya familj och har ett ansvar över Christoffer och hans familj. Klart att Christoffer har rätt. Just nu är jag gubbe men inte länge till, hoppas jag.

"Vi kör ditt race. Var alert."

"Titta till höger och vänster och speciellt bakåt och framåt."

"Precis det jag lärde dig när jag hittade dig och tog med dig till vistet." Eskil ville säga någonting mera men det blev känslomässigt störtdyk. Kan inte brista ut i gråt när jag har Christoffer som nu är gruppens överhuvud. Tonåring. Inte klokt.

Efter fyra timmars vandring, trodde de att de stod vid gränsen. Den var inte märkt med skyltar på något vis och det fanns inga höga stängsel som barnen Jacob och Greta trodde. Ja, kanske några av de vuxna också trodde, att de måste klättra över höga staket. Så nu hade alla kommit till slutpunkten. Det såg inte annorlunda ut. Det kanske inte var samma träd och fjäll som de hade sett de senaste veckorna men det var ändå en annorlunda vy som de såg framför sig. De skulle snart gå över gränsen till en annan framtid men skulle den bli bättre men alla ville tro att deras nya land skulle ge dem möjligheten att få leva. Ett normalt liv med trygghet möjligheter att få förverkliga sina drömmar.

Ingen aktivitet på andra sidan. Alla satte sig ner. Moln hopade sig vid horisonten så det skulle bli regn tänkte Eskil.

"Om vi stannar kvar här, har vi inget skydd mot regnet som är på väg."

"Regnet? Vart då ifrån?"

"Sydväst ifrån." Christoffer pekade på molnen vid horisonten för David.

"När är det över oss?"

"Inom tre timmar. Ingen vind här hos oss än så länge." Eskil nickade. Christoffer var en säker vädergubbe.

"Vi äter och vilar samtidigt men sedan måste vi ge oss iväg."

De hade varit på väg igen i drygt en timme, då Christoffer kände en droppe i nacken. Regnet skulle komma tidigare än väntat och det var glest med träd framför dem. Och ingen mottagningskommitté i sikte. Han måste göra sitt bästa nu. Han var anföraren i denna flykt. Han gick främst och stoppade gruppen med armen över sitt huvud och handflatan mot dem.

"En snabb check med er. Ska vi gå så långt vi hinner innan regnet sköljer över oss och vi blir genomsura som vår packningar eller ska vi söka skydd under buskar där vi kan samsas högst två stycken?"

Gruppen gjorde en snabb rekonstruktion av den närmaste växtligheten. Buskarna var inte många, det fanns några enstaka träd men de var låga och vindpinade. Glesa grenar.

"Vi fortsätter."

"Håller alla med Riina?" Alla höll med och började gå igen över heden mot närmaste fjällmassiv.

Regnet forsade. Inte bara över flyktingarna. Marken blev med ens osäker att gå på. Inte alla hade lämpliga skor att gå i. Lina höll Greta i famnen men föll rak lång då hennes skor fastnade i den blöta torven. Rut försökte hjälpa, Greta grät som hamnat med ansiktet i det blöta men Jakob strök bort resterna av vätan från Gretas ansikte.

Eskil kom fram till dem och hjälpte Lina upp. Jakob är en gentleman, så ung som han är. Han tänkte att Jakob och Greta skulle få möjligheten att växa upp tillsammans. De skulle få en unik anknytning till varandra men skulle de kunna bli kära i varandra när de blir vuxna? Skulle Adam bli kär i Ruts och hans väntade barn? Och fanns det människor på andra sidan som skulle bli intresserade av den här gruppens singlar? Just nu fanns Lina och Riina. Han var osäker på Oni. Visserligen hade hon ett förhållande med David men han trodde att det var tillfälligt från Onis sida. David ville bara ha henne men Oni ville någonting annat. Det hade Eskil förstått.

Till slut samlades alla under en tall med grenar, glesa grenar men den var mer än tre meter hög. Den gav inte mycket till skydd mot regnet men de var alla fall tillsammans. Så hörde Eskil rop från någonstans. Han vågade inte uppmärksamma sina vänner på ropen. Han avvaktade. Så ropades det igen. Jo det fanns andra än deras skara i vildmarken.

Han fick ögonkontakt med Christoffer som lämnade sitt usla skydd mot hällregnet.

"Jag hörde rop."

"Jag med. Tror du det är Isak?"

"Kanske inte Isak själv men kanske hans män. Vi måste vara hundra innan vi berättar för våra vänner."

"Nu går vi på sidan och pissar.", hojtade Christoffer och stegade först iväg. Eskil därefter men inte i samma raska takt. Han var fortfarande svag och fick lätt yrsel. Rut såg dem försvinna i regnet. Christoffer spänstig och rak i kroppen och Eskil med sluttande axlar och osäker gång. Gud, när vi kommer fram ska jag se till att han får bästa maten. Han kan få min mat med. Jag vill ha tillbaka Eskil. Min starka, kloka Eskil. "Aj då". Varelsen i hennes mage hade sparkat henne på revbenen. Rackare!

Eskil stod tillsammans med Christoffer vänd mot fjällmassivet. De hade lämnat de övriga under en gles tall, hundra meter sydväst från dem. Hällregnet fortsatte. Efter tio minuters spaning efter ingenting, som det verkade, tänkte Eskil att nu får det vara nog. Han grep tag i Christoffer som slog armarna om honom.

"Inga dumheter nu farsan. Du funderar för mycket när du inte ens ska tänka en tanke. Rätt tanke är så perfekt. Nu ska vi tänka perfekt."

Som vanligt förstod inte Eskil riktigt vad Christoffer menade. Christoffer var redan klar i sitt huvud om vad han menade och ville göra men att förmedla det till andra, kunde slinta ibland men Eskil blev varm inombords och tänkte att Christoffer skulle kunna bli en stor ledare för många människor en dag.

"Så nu ska vi tänka perfekt." Christoffer nickade och såg mot massivet.

"Och perfekt är att vadå?" Christoffer kramade om Eskil hårdare och pekade mot bergsmassivet.

"Det menar jag är perfekt!"

Eskil såg inte mycket genom hällregnet. Börjar jag bli skumögd också? Efter en stund kunde han se rörelser i den flackaste sidan av fjället. Det var någonting där. Var det sant, alldeles sant att de hade hört rop så lång bortifrån?

Under tiden som Eskil begrundade och tittade med armarna om Christoffer mot den tydliga truppen av människor som gick nerför fjället, kom en grupp mot dem bakifrån. De behövde inte smyga och de hade inte tänkt göra det.

Det ultimata

Varken Eskil eller Christoffer var medvetna om att det kom människor bakom dem. De blev helt överrumplade när en av dem lade en hand på Eskils axel. Eskil suckade. Tusen tankar kom upp men han kunde inte fokusera på en enda. Tankarna sköljde över honom. Christoffer hade vänt sig om. Eskil ville inte titta på honom, ville inte se uppgivelsen och pojkens vetskap om att han strax skulle dö. Eskil såg mot fjället. Gruppen hade tagit sig ner och var på väg mot dem. Det var för sent.

"Eskil Simonsson" Rösten var frågande och neutral.

Eskil vände sig om och såg in i ett par gröna ögon. En kvinna.

"Jo, det är jag."

"Och vem har du med dig?"

"Min adoptivson Christoffer."

"Vad heter han mer än Christoffer?"

"Det vet vi inte."

"Inte vi heller. Och var har ni resten av människorna i gruppen?"

Eskil var rädd. Skulle alla försvinna från jordens yta när de var så nära räddningen? Han såg på Christoffer. Christoffer såg på honom. Skulle de kunna överbemanna en grupp soldater? Alla var beväpnade och de var minst fem och det var två utan vapen.

"Ja men då så. Kvinnan säkrade sitt vapen och det klickade i patrullens alla vapen med ens.

"Jag heter Lill-Britt. Nu ska vi ta hand om er."

"Känner du till någon som heter Isak?"

Kvinnan svarade inte på Eskils fråga men log.

"Visa vart resten av gruppen finns. Regnet kommer inte att avta på flera dygn."

Christoffer var genast på.

"Vem är du mer än att du vet vem Isak är? Varför ska vi följa med er? Hur kan ni veta att det kommer att regna i flera dygn?"

Lill-Britt satte sig ner på en stubbe, förde ner sin hand i den högra fickan i jackan, tog upp en dosa, öppnade locket, pillade med tumme och pekfinger en stund, och petade in en prilla under överläppen.

"Vad lade du in under läppen?" Eskil gapade. Lill-Britt skrattade men svarade inte.

"Var det snus?" Nu hade Rut dykt upp från ingenstans. Det var många år sedan hon hade snusat. Enkelt för det fanns inget snus att få tag på. Alltså hade hon slutat eller?

Lill-Britt låtsades inte höra. Hon reste sig och gjorde ett tecken mot sin patrull som genast gjorde gruppering och ställde sig med ansiktet mot ett fjällmassiv och med ryggen mot Eskils grupp som nu blev synliga för alla.

"Ingen tid att förlora. Vi kommer nu att marschera i en timme, därefter en paus på tjugo minuter och därefter en marsch på ungefär 45 minuter. De som inte kan hänga med i raskt tempo, säg till mig." Hon såg på var och en och tillade: "Men säg till i tid."

Eskil och Christoffer såg på varandra. De läste varandras tankar och skakade omärkbart på huvudet. Nåja, hon verkade vara effektiv men hon borde veta att hela gruppen som hon skulle föra vidare till Isak, var trötta och inte hade ätit näringsrik mat sedan de lämnade gården. Eskil tänkte efter. Var det fyra eller fem veckor sedan?

Rut tänkte mest på snuset. Fan också! Christoffer visste inte riktigt vad han skulle tro och hade en uppsjö av tankar som han inte ens ville delge Magdalena och allra minst Eskil. De skulle marschera enligt "översten", i flera timmar med en kort paus däremellan innan de nådde den verkliga gränsen till grannlandet som det nu verkade. Christoffer hade aldrig hört talas om att det fanns ett Ingenmansland mellan dem. Har jag missat någonting? Förmodligen har alla som var ute i periferin i riket, missat det mesta. Länge sedan det gick ut några bulletiner som de ändå inte kunnat följa. Magdalena kom och ställde sig bredvid honom, strök honom över kinden och lämnade över Adam i hans famn.

"Nu står du här och ser bortkommen ut, med rynkor i pannan och sammanbitna läppar. Du kan ju inte se ut så. Du som är så snygg!"

Christoffer skrattade, lite mer nervöst än vad han hade tänkt sig. Pussade sin kärlek och kände efter om Adam hade gjort på sig. Det hade han gjort.

Visst, de marscherade en timme och tog en paus på tjugo minuter som Lill-Britt hade utfäst. Ingen klagade på takten så efter tjugo minuters rast med vatten och energikakor, som var helt nytt för flyktingarna, gick de vidare mot massivet som bara växte inför deras ögon.

Det tycktes oöverkomligt att till fots, ta sig över detta mastodontmassiv.

"Klarar inte det här längre!" Lina höll Greta i famnen och såg skräckslaget på den branta bergväggen. Oni tog hennes hand. "Du, det är många saker man tror att man inte klarar av men det bästa Lina, är att man kan fixa saker som ingen kunde tro, att man kan fixa."

Lina såg förvirrat på Oni. "Men jag fixar det inte. Jag vill inte längre. Jag orkar inte. Jag ger upp! Jag lägger mig. Skiter i allt! Ta hand om Greta!" Lina grep tag i Oni med ett hårt famntag. Så hårt att Oni tappade andan men Riina fanns hos dem på ett ögonblick och tog tag i saken.

"Just nu är alla tveksamma om vad som ska hända oss." Hon lirkade bort Linas grepp från Onis hals. Riina lade sina armar om Lina och höll dem så en lång stund. Eskil och de övriga i gruppen avvaktade, även Lill-Britt och hennes mannar.

"Ingenting kan bli värre än vad vi har varit med om tidigare. Ingenting."

"Lovar du det?" Lina såg på alla i gruppen. Alla nickade. Riina mimade: "Tala om det för Lina."

Lill-Britt satte sig bredvid dem, lade handen på Linas axel.

"Du har ett barn. Jag har också ett barn på andra sidan. Just nu är han hos sin pappa. Tryggve är snart fyra år och då kan du och jag båda föreställa oss vad en fyraåring kan ställa till med på ett ögonblick men att de även är det allra underbaraste."

Lina log. "Jo det vet jag allt om."

"Men dåså! Perfekt! Greta måste träffa Tryggve!" Lina kände sig lugn med Lill-Britt. Skulle de också kunna bli goda vänner?

Den sista marschen mot det förlovade landet blev överraskande lätt. Lill-Britt stoppade sin grupp vid foten av fjället på eftermiddagen, innan solen bestämde sig för att släppa den här delen av jordklotet och lysa på en annan plats.

"Om någon behöver vatten säg till." Ingen sade till.

"Dåså. Nu går vi igenom berget." Hon gjorde ett tecken till sin patrull som började gå utefter foten av fjället. Plötsligt försvann hela gruppen. Christoffer såg det, Eskil såg det och alla andra bland deras vänner.

"Och vadå?"

Lill-Britt skrattade länge och väl efter Christoffers oförstående ansiktsuttryck. Lite väl länge tyckte han och såg surt på henne.

"Ja men kom då! Vi går samma väg som patrullen."

Åtta vuxna och tre små barn och en ofödd i Ruts mage, följde efter den beväpnade Lill-Britt mot ett framskjutande parti av fjället. Ett mysterium och ovanligt tänkte Eskil. En ur patrullen stod faktiskt kvar vid berget, när de kom fram.

"Är allt OK?"

"Allt OK!"

"Dåså. Visa våra nya vänner hur vi går vidare."

Den unge mannen gjorde en chevaleresk gest med handen och drog undan ett buskage med den andra handen. Eskil kikade in. Det var som fan! En spricka i berget och med det menas en passage. Förmodligen gick sprickan rakt igenom berget. Kunde inte vara annat för han såg inte resten av patrullen i gången.

"Din patrull finns på andra sidan."

"Självklart! Och nu går vi igenom." Lill-Britt såg på människorna framför sig. Här fanns det ju kompetens. Flera ungdomar, kvinnor och tre små trynen. Hur bra som helst.

Vägen var bitvis trång. De måste krypa på knäna i minst en kvart, för att passagen blivit till en trång tunnel. En stor bumling, en del av berget, hade rasat ner i sprickan. Ingen hade klaustrofobi tänkte Eskil. Inte vad han visste om. Eskil trodde också att hans vänner höll med honom om att det var en medelsvår uppgift och de hade gått igenom svårare förutsättningar tillsammans och bemästrat dem alla. Någorlunda.

Han höll ett öga på Lina men Lill-Britt höll henne bredvid sig hela tiden. De gick och kröp framför honom och verkade ha en särdeles kontakt. Greta tultade bredvid. Eskil var lycklig för en stund. Han hade haft många lyckliga stunder i sitt liv som han måste ta vara på. Rut kämpade vid hans sida och därför var han särdeles lycklig. Han såg på henne och grep henne om nacken och kysste henne.

"Jag missade i morse att tala om att jag älskar dig."

"Jag vet att du älskar mig."

Eskil kysste henne igen och Jacob grep hans hand.

"Blir det bra nu?" Eskil lyfte upp honom på sina axlar.

"Ingenting kan bli bättre. Vi kommer att vara tillsammans hela tiden." Inte det bästa att svinga Jacob upp på axlarna. Efter tio minuter var han sjöblöt av svett. Han satte ner honom och Rut tog hand om sin son.

"Bedrövligt när du håller på sådär. Jag har god hand om Jacob. Har alltid haft det men det är fint att du försöker men just nu är du på rehabilitering."

"Patient?"

"Som patient hos mig." De kysstes igen. David och Oni gick bakom dem.

"Ni kan ju inte bara släta på varandra hela tiden."

Rut och Eskil skrattade hejdlöst efter Davids raka kommentar.

"Men ni borde släta varandra mera. Ni tycker ju om varandra." Eskil knuffade till David på armen. David himlade med ögonen och ryckte på axlarna.

Oni log. Oni var den vackra främlingen utan tillhörighet. Hon fick utstå misstänksamhet och osanningar men på gården blev hon med tiden familjemedlem. Hon tyckte om David. Han hade tagit hand om henne från början på alla sätt som de övriga på gården men hon trodde att det fanns någonting mera för henne. Någonting som skulle bli ännu bättre. Oni visste inte vad. Hon såg på David som var en reslig blond man med muskler. Visserligen mer än tjugo år yngre än hon. Christoffer och Magdalena hade sin lycka och sin framtid. En femtonåring och en tjugoåring kan ju uträtta många saker tillsammans. Oni var mer än trettiofem, gissade hon och David var sjutton. Hon hade många saker att tänka på när de kröp eller trängde sig igenom ömse leder från ett ockuperat land till ett fritt land. Då tänkte hon på den beväpnade gruppen som mötte upp dem vid gränsen. Mitt land är ockuperat sedan femton år sedan. Vårt grannland inte. Så fort tiden går och hur länge skulle deras nya land hålla emot? Skulle hon få uppleva ännu en invasion? Hon stannade upp för ett ögonblick och lutade pannan mot berget.

David lade armen om henne och tryckte näsan mot hennes nacke. Han undrar vad jag funderar över så klart men jag gillar inte att han trycker näsan mot min hals. Det är intimt. Jag är med men David är mera med i vår relation. Vi skulle ju kunna ha ett perfekt liv tillsammans. Han älskar mig och men…? Älskar jag honom på rätt sätt? Varför ska jag leta efter någon annan? Kan jag vara honom trogen? Oni hade många frågor att bearbeta när hon tillsammans med sina vänner, gick igenom den smala passagen till sina nya liv. En större förtrupp främst och fyra beväpnade män sist. I mitten flyktingarna.

Så höjde Lill-Britt handen rakt upp i luften. Alla stannade upp. Hon vände sig emot alla och log. Hon höll armen om Lina som såg glad och förväntansfull ut. Eskil tyckte att det var lovande men Lina hade glömt Greta. Flickan höll hårt i Ruts hand och såg förundrat på sin mamma. Greta hade inte sagt ett ord efter sin mammas sammanbrott tidigare. Både Rut och Eskil gissade att Lina inte skulle fostra sin flicka. Någon annan fick ta över och Eskil var inte främmande för tanken. Inte heller Rut och absolut inte Jacob som var så förtjust i Lina och hennes upptåg.

"Nu är vi strax framme vid passagens utgång. En mottagningskommitté väntar på oss. Är ni trötta?"

Ingen höll med.

"Om bara några minuter kommer ni att bli välkomnade till ert nya land. Mitt rike."

Efter en nervpåfrestande tidstjuv, som i realtid bara var en kort stund, stod alla på andra sidan och såg utöver ett överväldigande landskap, inte mycket annorlunda än den natur de hade lämnat men det var vitt skilt ifrån varandra. Långt nere i dalen som låg framför dem, fanns det bosättningar. Eskil synade omgivningen och upptäckte också flera bosättningar utefter fjällmassiven. Det underbaraste var en enormt stor sjö, nej en fjord var det ju, som glittrade i dalen och försvann mellan höga berg. Fjorden tillhörde en del av havet, tänkte han. Havet! Alla stod länge på klippavsatsen och såg på allt det fantastiska.

"Nu har ni väl sett det mesta. Vi måste klättra nerför till odlingen där nere." Lill-Britt pekade på en plats femhundra meter under dem. "Nerför hela vägen. Håll uppsikt på gamlingar och barn!"

Eskil var äldst i gruppen och inte hundra frisk. Christoffer slöt upp vid hans sida med Magdalena och Adam. Även Magnus grep tag i hans hand väldigt bestämt och kraftfullt. Han tog emot deras hjälp för han förstod att han behövde den.

Det blev en något vådlig nedstigning för alla och det tog sin tid. En brant med större och mindre stenbumlingar som rasade utefter branten men alla kom ner välbehållna. Oni och David skuttade först ner på den släta marken och lade sig rakt ner i åkern. Greta och Jacob sprang ut mellan jordfårorna och skrek: "Hemma, hemma!"

Det fanns en mottagningskommitté som Lill-Britt lovat. Fem män och två kvinnor kom emot dem i det höstplöjda fältet. Eskil och Christoffer såg Isak i gruppen och gick fram till honom.

"Isak. Fint att få se dig igen." Christoffer kramade om den gamle mannen en lång stund. "Puh! Starkare än sist! Isak blinkade med ett plirande öga och Christoffer svarade med att trycka honom ännu hårdare. Isak vände sig till Eskil, för ett ögonblick fundersam men med glitter i ögonen.

"Eskil hur är det med dig?"

Eskil hade försökt att se presentabel ut med hjälp av Magdalena som hyffsat till hans ansikte, skägg och hår med en fuktig trasa. Men nu stod han här och svettades igen.

"Jag är bara så lycklig att få se din fårade nuna igen!" Isak höll om Eskil en lång stund och strök sin hand över Eskils huvud. Eskil kände värmen från hans hand, kände också vällukten från den gamle mannen. En blandning av kallrök fisk, vilt och tobak.

"Du är inte riktigt på topp Eskil." Eskil höll med.

"Vi ordnar det. Ta med dina vänner. Vi ska äta en enkel måltid och sedan ska vi sova ut. Jag har varit sömnlös i många dygn då jag tänkt på er flykt. Nu ska allt bli bra."

Eskil lutade sitt huvud mot Isaks axel en lång stund. Christoffer var genast där och höll hårt om Eskil. Med ens var Magnus där. Isak såg på honom.

"Vi har inte träffats. Vem är du?"

"Bara Magnus men jag kallades Maggot förut men inte nu längre. Tror jag."

"Du är Magnus för alla hos oss." Isak tog Magnus hand. "Välkommen Magnus. "

En ny dag

Efter gårdagens festande kunde man tro att hälften i byn skulle vara utslagna. Det blev en hel del vin och även en del snapsar men var det värst eller bäst, att kunna ta en redig portion snus? Många i Eskils grupp hade mest längtat efter snus, även kvinnorna. Men denna morgon beklagade flera över att om de inte snusat, skulle de ha mått bättre, trots snapsar och vin. David och Oni hade inte märkt mycket av morgonens bekymmer i byn. De sov i ett timmerhus vid sidan av centrumet i byn. Oni nyttjade inte stimulantia i någon form. David hade anammat hennes renlevnad men fått en hel del huvudbry under kvällen då en hejdlöst trevlig norrman ville bjuda på snus men han hade tackat nej vänligt men bestämt många gånger. Det kände han väldig stolthet över. Kalaset tycktes inte ha haft någon ände men efter midnatt hade han tagit Onis hand och dragit med henne till stugan som de blivit tilldelad och Oni hade bjudit på ett flertal olika upplevelser åter igen. David visste att han hade gjort det bästa valet. Inget snus kan ge bra sex.

David låg på rygg med Onis huvud på sin arm. Han vände på huvudet och såg ut genom fönstret. En klarblå himmel utanför. Säkert några minusgrader denna morgon. Inte ett ljud, inte en rörelse utanför stugan. Märkligt. Han mindes tiden på gården då det ljöd av liv och röster varje morgon och han saknade den tiden. Saknade Magdas barska röst och Erikas kvitter. Oni lade sin arm över hans bröst och hennes hår kittlade hans armhåla.

"Är du redan vaken?"

"Vaknade bara för en stund sedan. Hör du någonting utanför?"

Oni lyssnade och skakade på huvudet. "Borde jag göra det?"

"Jag tycker det är oroväckande tyst. Du minns väl hur det var på gården? De flesta var igång med sina sysslor tidigt på morgonen och nu måste det vara sent på förmiddagen."

"Efter en fest med så mycken mat och dricka, kanske alla har tagit sovmorgon."

David klev ur sängen och såg ut genom fönstret. Byn låg strax nedanför och inte en människa ute. Inte någon rök ur skorstenarna heller. Han drog på sig byxorna, tröjan och satte fötterna i kängorna.

Oni gjorde skyndsamt detsamma och de klev tillsammans ut genom dörren. "Har det hänt något hemskt?" David sprang redan nerför backen mot byn.

Han knackade på dörren till det närmaste huset. Ingen öppnade. David gick till nästa hus men ingen där heller. Han såg på alla hus i byn och visste att de var tomma. Gud, vad har hänt. Nu kom Oni till honom flämtande med uppspärrade svarta ögon.

"Vart är alla? Vi måste hitta dem!"

"Klart att vi ska hitta dem." Oni grep hårt i hans hand.

"Vi har ett uppdrag tillsammans. Vi får inte tveka. Du går ner till den västliga sidan av fjorden och jag tar den östliga. Jag tror inte att de har klättrat uppför branten." David vände sig om och såg på den massiva bergssidan.

"Tror du har rätt Oni. Vi ses på denna punkt efter vårt uppdrag."

David hade det längsta avståndet ner till fjorden men närmade sig snabbt ett fantastiskt vatten, mörkgrå färg som skiftade i stålgrått i vågkammarna. Vattenrörelserna längre ut såg inte hotfulla just nu men han hade lärt sig under åren i vildmarken, att vädrets makter kunde förändras på en kvart, bli skrämmande dramatiskt. Fyra båthus och upphängda nät på stolpar i långa rader. Han räknade dem inte men förstod att här bedrevs en hel del fiske. David gick runt alla båthus, kikade in i öppningarna mellan byggnaderna mot vattnet, såg flera fina roddbåtar men inte en enda människa. Han spanade mot öster, försökte ta in vad som fanns på den sidan av fjorden men det var långt bort. David fokuserade blicken för att få syn på Onis nedstigning på andra sidan av fjorden men hon syntes inte till någonstans. Var är hon? Vad ska jag göra nu? Gå upp till träffpunkten och vänta på Oni? Han stirrade mot fjordens östra sida men såg ingenting.

Oni löpte med lätthet nerför den odlade marken. Hon såg jordgubbplant och därefter ett stort nyplogat fält. Hm, kanske för korn eller havre. Här kan de odla betydligt tidigare än i gamla landet. Hon visste att

Golfströmmen gick utanför landets kust så de var minst två månader tidigare med att sätta frö och skörda. Hon hasade nerför den sista branten och stod vid fjordens vatten. Först blev hon mäkta stolt med sedan måste hon tycka synd om David som fick ta sig an det mest dåliga uppdraget. Att stå på fel sida av fjorden.

Hela byn, trodde hon, var samlade vid stranden och det var full aktivitet. En mindre val hade strandat. De flesta som sprang omkring där nere var okända för henne men hon såg en skymt av Christoffer i vattnet och Rut med barnen, Greta och Jacob farligt nära vattenkanten. Oni log och Rut var i sitt esse. Pekade och undervisade nästa generation. Oni klättrade ner, gick fram till en i hennes tycke, snygg kille och frågade om de behövde hjälp. Han skakade på huvudet och log med felfria tänder. Han presenterade sig som Tore och Oni gick med ett leende fram till Rut och de kramades en stund.

"Vart har du David?" Oni såg mot den vänstra stranden. Såg en figur som gick utefter strandlinjen. En kär figur men han måste finna en mer lämplig partner inför framtiden. Jag är ingen bra kandidat i vår överlevnad. Jag kan aldrig få barn.

Festivitas i byn. Eskil var med när de styckade valen. Allt togs tillvara, alla delar förpackades i jutesäckar med omsorg och fraktades med häst, kan du tänka dig, med häst, till sex underjordiska grottor som alltid höll fyra minus.

"Kan hålla med om att fyra minus inte är det optimala. Vi får ösa på en hel del is under sommarhalvåret men isen finns däruppe i berget."

Eskil satt med Isak och smuttade på starksprit. Han hade många frågor att ställa och det skulle ta hela natten men Isak svarade och de blev fullare för varje halvtimme.

"Jag tror att du har gjort ditt livs resa. För ögonblicket. Det kommer mera. Du blir far första gången om en månad, men du har varit fosterfar till Christoffer i många år redan så du vet allt om tonåringar."

"Nä allt om tonåringar vet inga föräldrar men jag minns hur jag själv var."

"Hm, säkert udda och kanske mobbad. En outsider." Eskil skulle ha kunnat vråla av skratt men det passade inte när han språkade med Isak. Dessutom var han ganska dragen på spriten. Nog bäst med en sorti från festen inom rimlig tid. Rut hade redan sagt god natt och dragit sig tillbaka till deras stuga.

"Tack Isak för ditt hjärtliga mottagande. En egen stuga till alla oss virrhjärnor. Det är knappt att vi förstår, att vi har kommit fram från vår strapats." Eskil stannade upp en stund och höjde sitt glas mot Isak.

"Jag vill skåla för Kristina, Magda och Erika. Vi saknar dem allihop."

Isak höjde sitt glas och skålade. Han sa ingenting på en lång stund. Såg ner på sina väderbitna händer och funderade länge på vad han skulle säga härnäst. Ingen av dem sa någonting på en lång stund. De tittade och lyssnade på människorna runt omkring som ännu inte hittat till bingen. Begripligt då allt var så fantastiskt bra för alla just nu men imorgon skulle det inte vara tiptop men Isak hade lovat att alla fick sova ut. Vakna enligt sin egen inre klocka och inga arbetsuppgifter innan 13:00. Otroligt nog fanns det en fungerande klocka på skolhusets vägg. Den styrde alla aktiviteter i byn.

"Var du udda eller mobbad i skolan?" Eskils armbåge på låret, gled utefter sidan och hans glas i handen skvimpade ur. Isak log. Min efterträdare är på pickalurven. Jag får tala med honom imorgon. Han måste i säng.

"Jag var en charmör." Eskil log generat. Isak ställde undan flaskan. "Berätta"

"Ja, vet inte varför men tjejer gillade mig. Jag gillade ingen men jag fick en hel del erfarenhet."

Eskil kom i säng med Isaks hjälp. Han stod länge och såg på den viktigaste familjen som kommit över till deras fästning. Rut sov med Jacob vid sin sida. Eskil snarkade alldeles förskräckligt bredvid. I morgon måste han delge Eskil om mycket betydelsefulla saker. Isak stängde dörren om den sovande familjen och gick mot sin stuga. Trettioåtta steg hade han räknat mellan stugorna. Stegen var korta mellan hus och grannar.

När de hittade byn för drygt femton år sedan, med en enda invånare, var det viktigt för alla, att vara nära varandra. Gumman på gården hjälpte dem till rätta. Hon var tandlös och krokig men det kan man få vara vid nittiofem års ålder. Greta hade en skarp hjärna och berättade länge och väl om byns historia. Isak saknade henne än idag och hon har varit död i tio år.

De firade hennes hundraårsdag en solig och vacker septemberdag. Hon klappade alla på handen och log. Utan tänder men mycket vacker. "Nu kan jag lämna över mitt verk till er."

Greta hade därefter skickat ut alla ur sitt fina hus och dagen efter låg hon död i sin breda säng med ett småleende på läpparna. Hennes gård, "Gretagården" användes som samlingsplats i byn. Ingen bodde i byggnaden men kanske Eskil skulle bo där inom en snar framtid.

Idag var "Nedfluget" en befästning mot fienden och utefter hela kusten, fanns det flera befästningar men denna plats var deras och han ville samla alla som hade styrkan och drivet att hålla byn intakt.

Isak var gammal. Åttionio om det var viktigt för någon annan att veta och han blev trött ibland men hade full tillit för Lill- Britt som kommit till dem med en flotte sent en natt för nio år sedan. En tilltufsad tonåring med attityd. Mycken ilska i henne men när han gav henne ansvar över vakthållningen i byn, fick hon sin rätta plats. Han såg hennes potential. Lill-Britt fick fullt ansvar över gossarna med gevär när hon var nitton år och hon har levererat gång på gång.

Isak klädde av sig och satte sig på sängen som han snickrat ihop på egen hand. Han strök handen utefter plankorna och suckade. Det blev bedrövligt att jag inte fick med en kona i finsängen. Inga barn och inga arvingar kan ta över mina tillkortakommanden eller föra mina gener vidare i aftonsången.

Han lade sig ner i sängen och suckade. Ska jag göra samma sorti som Greta gjorde? Klappa alla på handen och le? Vara nöjd och låta andra ta över historiens gång? Han log. Jo, nu skulle det ju kunna bli riktigt bra med Eskil och hans vänner i byn. Han vände sig mot väggen, följde de grovtimrade brädorna med handen och suckade. Finns egentligen inte tid att sova bort nattens timmar. Här måste det planeras. Hm, kanske måste tala vid Eskil och Christoffer, arvingen först. Isak vände sig i sängen igen och såg ljuset från det ena fönstret i storstugan. Där utanför låg fjorden med sin rikedom men i sitt hjärta, bar han sin största rikedom. Kärleken till alla som bodde här i Nedfluget. Han vände sig mot väggen igen. Orten skulle kunna växa till sig och bli till en köping med tiden. Här var en by en stad, inte som hemma och han hade ännu inte kommit underfund om vad de kallade en by. De bara flinade när han frågade. Denna natt skulle inte skilja sig från andra nätter. Det skulle bli grubblerier och utkast till eventuella projekt hitten och datten. Ingen fara då han ändå inte behövde många timmars nattsömn men den kom när han minst anade.

Det var stilla i byn. Bara några barn tumlade runt bland snödrivorna mellan husen. Solen skulle minimera iskristallerna under dagen. Föräldrarna fanns där men de tog sig an andra saker. Några sov fortfarande men andra ville andra saker. Christoffer smög in sin arm under Magdalenas nacke. Adam sov lugnt i en flätad pilkorg nedanför deras säng.

"Schhh! Skrikhalsen sover och jag vill älska med dig." Magdalena fnissade. Vad som samtidigt skedde i Ruts och Eskils stuga, behöver ingen närmare beskrivning men det var helt annorlunda i Davids och Onis stuga. De satt ute på farstukvisten och såg utöver det vidsträckta vattnet och höll varandras händer och njöt av den fantastiska utsikten.

Ingen hade sagt någonting om några gemensamma planer på denna plats. De hade legat på var sin sida av sängen under natten och David hade känt sig bekväm med detta, underligt nog. Han såg på henne. Profilen, de rena dragen och han visste, att han aldrig skulle träffa en sådan vacker varelse igen i sitt liv. Vem får en sådan lycka? Jo, han fick det och han kommer alltid minnas sin första kärlek.

Oni säger fortfarande ingenting. David drar upp henne från trappen och de går ner mot fjorden. De passerar ett stort plogat fält. "Kanske potatis." "Eller kanske rovor" David lägger armen om Onis späda axlar som är som sten.

David mår inte helt bra i sin roll. Det är tungt att släppa en kärlek till någon annans famn men han skulle lägga på minnet, viktiga ögonblick som han kan tänka på när nostalgin bemästrar honom. Han förstår att det kommer att bli så men är öppen för en ny relation. Så måste det bli för Oni vill vidare och han ska inte hålla henne kvar.

Det fanns en kort sandremsa femtio meter framför dem och de riktar in sig på den. De går hand i hand men Oni är inte hos honom. Hon har grubblerier i sitt huvud. Han är helt klar om det som ska ske härnäst. När de kommer ner till fjorden, finns det ett igenkännande om vem Oni är. Hon tar av sig alla kläder, springer ut i vattnet och han sitter kvar, njuter av upplevelsen och ler. David är lycklig. Hon kommer upp med ett stort leende, huttrar och han håller om henne, värmer henne med sin kropp.

"Jag ber dig lämna mig nu." Hon ser på honom med klara ögon. David kysser henne.

"Här och nu?" Han nickar och stryker hennes ögonbryn med sitt pekfinger.

"Du och jag var ett par och jag vill aldrig glömma dig men nu ska du gå vidare, söka efter ditt bästa och hitta det som gör dig lycklig." Oni lade sina armar om hans nacke och såg in i hans ögon. Hon kysste honom och David kände tårar utefter hennes kind och de älskade en sista gång.

Ingen ängslan

Nedfluget var en lycklig plats. Rut fick en dotter 2 juni. Eskil blev full som bara den innan kvällen. Han hade verkligen kämpat mot de yttre krafterna. Mot Isak, Lill-Britt och Christoffer. De hade bestämt att han skulle bli dyngrak så innan midnatt var han dyngrak.

Eskil vaknar långt in på nästa dag och förbannar konstiga sedvänjor vid ett barns födsel. Varför ska fadern supas full med sprit till knästående, allra helst till platt markläge efter moderns mödosamma arbete i timme efter timme? Men inga protester från hans sida hade hjälpt. Eskil minns några enstaka ögonblick, alla suddiga mäns ansikten men särskilt Isaks fårade läderhud då han förklarade hur det låg till. "Gammal sed att fadern ska supas full. Det har vi fått från Samojederna." Vad Eskil visste drack inte samojeder sprit. Då hade Isak skrattat. "Men det är vanligt på nya Guinea."

Eskil huvudvärk pulserar runt i hans huvud med taktfasthet. Ser upp i taket, säger: "Jävlaranamma." Trots att han inte brukade svordomar men denna morgon måste han förtydliga undret för alla som har en koll på vad han gör på jorden. Och han är lycklig. Outsägligt lycklig. Han måste se Rut och sin dotter i detta nu.

Han kränger på sig skjorta och byxor med ögonen halvslutna. Känns bättre i skallen att inte släppa in för mycket ljus. Han går ut genom dörren, inser att det inte går, vänder om och sliter åt sig sin slitna och smutsiga Adidaskeps och drar ner skärmen över ögonen så långt det går. Var finns de? Han minns inte så han söker sig till närmaste stuga. Ingen hemma. Eskil fortsätter till nästa men ingen hemma där heller. Han måste se vad klockan står och ser upp på himlen för att se var solen står. Himlen är blå och solen står rakt väst men på nedgång. Klockan borde vara runt tre. Fasiken. Det var en lång sovmorgon och skallbankningen hör av sig igen. Till Isaks stuga men där finns ingen hemma. Är det något fiske på gång igen? En ny strandad val?

Nu står han mitt i byn. Till höger mot vattnet finns speceriaffären. Strax därefter järn och färg affären. Till vänster apoteket där det även finns en läkare och en tandläkare. Alldeles intill ligger skolan. Från första klass till och med sista året i gymnasiet. En helt fantastisk plats för alla som bor i Nedfluget. Visserligen saknades Högskola och Universitet men det skulle inte förvåna honom om det inom en snar framtid skulle bli verklighet.

Han ser lekande barn vid skolan. Greta och Jacob gungar och det finns flera barn på skolgården. Han vinkar och Jacob hoppar av gungan och springer fram till honom.

"Hej Pappa! Jacob hoppar upp i hans famn och klänger sig fast vid Eskils hals.

"Vet du vart mamma är?"

"Mamma? Men hon har ju fått barn!"

"Ja det vet jag gubben men vart är hon?"

Jacob skrattar och pekar. "Där förståss! I stora värsta huset!"

Eskil sätter ner Jacob, kramar om honom och grabben springer tillbaka till gungorna där Greta väntar på honom med stora kramen.

Värsta stora huset. Byns samlingspunkt. Kyrka, politisk träffpunkt och danspalats för det minns han från gårdagen. Lite i alla fall. Varför är Rut och hans dotter där?

Han kliver in genom de timrade dubbel dörrarna, kommer in i en farstu, stannar och lyssnar. Han hör sång. En vacker sång. Salen ligger rakt framför honom men dörrarna dit är stängda och han tvekar en stund. Vad pågår där inne? Eskil ställer sig vid fönstret mot fjorden som i denna stund ligger lugn och gråblå men scenariot kan förändras inom en timme. Han lägger pannan mot det svala glaset. Tänker ingenting men känner. Jag är törstig men huvudvärken finns fortfarande där. I övrigt känner jag mig frisk. Jag är immun mot smittan. Måste prata med Isak om detta. Har han kontakt med vetenskapsmän som kan göra odlingar på mina positiva gener eller vad det nu kan krävas? Jag har alltid varit dålig på Biologi eller är det Kemi som det handlar om? Eskil kommer nu tillbaka till sinnevärlden. Känslor kan vara svåra att hålla kvar när verkligheten kräver handling.

Så öppnar Eskil dörrarna. Isak tar emot honom innanför dörren och visar honom en plats vid ett långt bord som står mitt i rummet. Han ser många nya ansikten och när Eskil sätter sig på kortändan vid bordet, ser han Rut med barnet i sin famn på andra kortändan av bordet. Eskil blinkar flera gånger och är inte riktigt bekväm över vad han ser.

"Var inte orolig Eskil." Isak står upp vid kortändan och ser utöver församlingen.

Eskil ser nu bara på Rut med deras dotter i sin famn. Det här känns absurt. Han reser sig. "Jag har blivit pappa till en fulländad dotter som jag älskar och jag älskar Rut. Det jag inte förstår är att ni får till vårt föräldraskap så uppstyltat. Det är ju en naturlig händelse. Släkter skall komma och släkter skall gå." Isak nickar och lägger sin hand på Eskils axel.

"Som sagt. Var inte orolig. Vi vill hålla en liten ceremoni över din dotter. Har du och Rut något namn som ni vill ge er nya familjemedlem?"

Eskil skäms. Det är frågan om en namngivning. Ingenting konstigt. Han suckar och ser på Rut som ser trött ut men varför sitter hon så långt ifrån honom? Han frågar Isak som svarar att tanken med ceremonin är också att de ska knyta hymnens band. Så gamla uttryck Isak använder sig av, högtidliga men också vackra. Eskil reser sig, går fram till Rut och ser på alla i församlingen. "Så låt det börja. Visa oss hur ritualen ska gå till." Rut reser sig och väntar med Eskil vid sin sida.

Isak knackar hårt i bordet med sin knutna hand och dörrarna öppnas. In kommer alla barn som Eskil såg vid skolan, med var sin blombukett. En allvarlig lärarinna samlar ihop gruppen utefter väggen, nickar stumt mot Jacob som stegar fram till sin mamma och lillasyster. Sedan lägger han sina blommor, gullvivor och liljekonvaljer på sin systers bröst och ställer sig bredvid sin mamma. Rut tar hans hand i sin. Så kommer två unga flickor in i rummet. Den ljusa tösen med en skål med vatten och den mörka med två kransar bundna av björklöv. Eskil ser allt i dimma för nu är han förblindad av tårar.

Isak lämnar sin plats och ställer sig framför Eskil och Rut. Nu står alla i lokalen upp vända mot paret. Eskil ser Christoffer och Magdalena med Adam. Han ser David och Oni och Riina, Magnus och Lill-Britt. Lina vinkar diskret till sin dotter Greta som står fnissande vid väggen. Hans familj men det finns också andra i lokalen som kommer att bli viktiga personer i hans liv hädanefter.

"Så idag ska vi nu knyta två personer samman. Eskil och Rut som träffats och valt varandra av egen fri vilja. Ingen kommer att kunna sära på dessa två. Bara de själva kan bestämma om de ska välja att gå isär."

Isak sätter upp ett finger och flickan med björklövskransarna, lägger dem i hans hand.

"Vi har ännu ingen kyrklig man i Nedfluget men vi tror på högre makter i vår by. Vi har blandade trosuppfattningar men inga schismer har förekommit. Vi har alla kommit överens om att när någon vill leva tillsammans och när någon föds i vårt samhälle, ska tilldragelserna ihågkommas. Samma sak när någon lämnar vår krets. När någon vill lämna vår by eller när någon dör." Isak placerar en krans på Ruts huvud och den andra på Eskils huvud. Därefter får han skålen med vatten från den blonda flickan och sträcker armarna efter den nyfödda flickan. Rut lägger henne i hans armar.

"Vilket namn har ni gett er dotter?"

"Eva"

Isak för handen genom vattnet i skålen, ser ner på barnet som bara är en dag gammal. Hon har inget hår på huvudet men ser på honom med klar blick. Magiskt. Hon är medveten om sin existens från första dagen. Kan det vara möjligt? Isak droppar vatten över hennes huvud. "Ditt namn är Eva. Jag önskar dig ett rikt liv och all lycka."

Nu går alla barn fram till det vigda paret och lägger sina blombuketter på bordet. Lärarinnan harklar sig och tar Eskil och Rut i hand.

"Jag heter också Eva och ser framemot att bli bekant med er." Hon såg på Jacob och log. "Er son är en mycket intelligent gosse. Jag rekommenderar att han får ta del av de högre klassernas utbildning."

"Vad menar du?" Rut lämnar över Eva till Eskil och lägger sina händer på Jacobs axlar som ser frågande på sin lärarinna.

"Han är duktig på att räkna och att läsa. Jag ska ge honom lite extra att ta itu med. Om han är så duktig, som jag tror att han är, borde vi träffas och diskutera vidare."

Rut log mot Jacobs lärarinna. "Jo, vi kan träffas och diskutera sedan jag tittat i min agenda." Eskil ryste omärkligt till men lärarinnan klämde fram ett leende, av något slag och sa: "Trevligt."

Efter vigsel och dop följde ett kalas men det var inte på långa vägar samma konstellation som dagen innan. Hemlagad saft till barnen, dyrbart malet kaffe till de vuxna. Brödsnittar med gurka. Herregud! Gurka med färskost! Därefter riktig gräddtårta med hjortronsylt och maräng. Christoffers ögon lyste. "Vi kan ju jämföra den här dagen med vårt bröllop men bara jämföra. Vår dag var magisk. Kom du ihåg grillmiddagen?" Magdalena nickade och slöt ögonen igen när hon tog en klunk av sitt kaffe.

Christoffer såg mot korgen vid väggen under fönstret där Adam sov. Eskil och Rut stod alldeles intill, Eva i Eskils famn och han såg verkligen lycklig ut men han var så mager, så tunn. Skulle hans pappa någonsin bli stark och kraftfull igen? Christoffer hoppades men befarade att det inte skulle bli så. Tårarna kom och skymde hans ögon. Magdalena lade sin arm om hans rygg. "Det kommer att bli bra. Allt blir bara fint nu när vi är här."

Alla som kommit över gränsen, fann sig till rätta på en vacker plats med tillmötesgående människor. Med ens hade tiden för sådd i jordfårorna redan skett. Isak var på grund av sin höga ålder, förskonad från harvning, potatis, säd och löksättning men han var en förträfflig barnvakt och Eskil undrade bara hur han kunde orka med den uppgiften. Jakob och Greta hade alltid överskottsenergi men nu fanns ju Adam och Eva som skrek var sin gång eller samtidigt men Isak hanterade allt med glans. Han hade ett valthorn som han blåste i när det var dags för mammorna att mata de små. Byta blöjor gjorde han själv och tycktes trivas med den tjänsten. För de äldre barnen kunde han berätta skrönor så att de satt stilla långa stunder men när de fick spring i benen, fick de göra det och Isak lutade sig tillbaka i stolen vid väggen och njöt av solen.

Alla levde ett behagligt liv. Råg, havre och korn grodde, potatis och lök grodde och i början av juni kunde de plocka in sallad, späda rädisor och örtkryddor. De hade två träbåtar som de fiskade ifrån, torsk, havsöring och skaldjur. Det fanns rökt och torkat viltkött. Eskil funderade mycket på om det var möjligt att installera en kyl och ett frysrum även här som han hade gjort vid sin stuga. Han grubblade som bäst på detta, när Christoffer dök upp vid hans stuga.

"Frid i stugan" De gjorde en highfive och Christoffer satte sig på trappen.

"Och här sitter du och gör ingenting. Rut är inte hemma förstår jag."

"Nej i byn med sin Yogagrupp."

"Hm. Med Eva då."

"Jo, det är för mammor."

"Jovisst. Det finns ju fyra nya mammor men du funderar på någonting annat."

Eskil berättade om sin idé om kyl och frysrum och Christoffer blev genast intresserad. De satt i solen hela eftermiddagen och smidde planer. Vid fyratiden kom Rut uppför backen med Eva på ryggen. Hon såg på dem och log. Hon njöt av att se dem tillsammans och ville inte fråga ännu var Jakob var. Den grabben gjorde så mycket på eget håll och alltid med Greta. De bodde i en by och det fanns väl inte många faror här men Rut ville oftast veta var de var. De kunde få för sig att hoppa i en av båtarna och ro ut på fjorden eller klättra in i någon grotta. Det fanns många grottor i berget vid Nedfluget. Rut stegade vidare och ställde sig framför dem. Eskil reste sig, kysste henne på munnen och lyfte Eva ur selen.

"Och vad har ni kommit fram till hitintills?"

En vecka efter Midsommar kallade Isak in alla invånare i Nedfluget till ett möte och alla kom. Han stod upp i församlingssalen med Lill-Britt vid sin sida. Hon var bekymrad och Isak stod länge med blicken i golvet.

"Hur ska jag kunna berätta för er? Vi harvar på i Nedfluget men vi har ingen direktinformation om vad som händer i vårt grannland. Vad jag måste berätta nu kom till min kännedom i natt. Vi fick ett intrång i vårt land av den rättsvidriga Styrkan föregående natt. Vår huvudstad är ockuperad. Problemet är att vi inte kan kontakta någon stat utanför som kan hjälpa oss. Vi är helt ensamma."

"Inte fan! Eskil stod upp och såg på alla i salen. Det här har vi varit med om förut." Han såg på sina gamla vänner. Gruppen hade minskat, Magda och Erika fanns inte mera men de som finns kvar, vet hur man hanterar krypskyttar och annat otyg. Magnus såg på Eskil med öppen blick och log. Gudars! Hur mycket förstår den lille mannen men han är en självklar skytt.

Christoffer var besviken. Eskil och han skulle ju förse byn med kyl och kanske ett frysförråd om det var möjligt men han räckte upp en hand och ville prata.

"Hur långt bort från Nedfluget ligger er huvudstad?"

"Närmare hundraåttio mil kan jag tro" Lill-Britt svarade på hans fråga.

"Långt bort men inte tillräckligt långt bort men frågan är om Styrkan nöjer sig med huvudstaden och låter de norra delarna vara. Kanske de intar några av de större städerna uppåt landet och nöjer sig med det."

"Christoffer tänker rätt här." Eskil tog över ordet igen. "Styrkan gick aldrig längre än femtio mil från vår huvudstad. De brydde sig aldrig om vår glesbygd."

"Kan de beordrade ju ut prickskyttar med jämna mellanrum fortfarande eller hur?"

"Så sant Lill-Britt men vi eliminerade några som kom för nära oss."

"Så blev ni smittade av en mystisk sjukdom som liknar Ebola. Den härjade runt i världen på 2000 talet.

"Hm, 2010 började det." Det var Magnus som sa det och såg generat på Eskil.

"Alldeles riktigt Magnus. Så vad ska vi göra härnäst?" Isaks fråga var svår för alla men de måste vara beredda om Styrkan kom till deras by.

Ängslan på plats

Vårbruket hade avklarats och midsommaren var över för detta år. Om någon stått på berget och sett utöver dalen skulle den personen sett ett välmående samhälle. Människorna i byn som inspekterade potatisland, en sista titt innan de första knölarna skulle upp för att njutas tillsammans med färsk fisk ur fjordens vatten. Två båtar låg ute på vattnet. Fångsten tycktes bli riklig denna dag. Vid stugorna i byn, låg ett stort grönsaksland där kvinnor och barn plockade grönsallad rädisor och några morötter med rätt storlek under gallringen. Ingen såg detta från berget och det var gynnsamt för dem som bodde i Nedfluget. Magnus såg allt detta men han satt där för att skydda byn. Geväret låg över hans knä igen och redo för alla eventualiteter. Han kisade mot bergstoppen till vänster om honom. Han uppfattade en blänk och nickade. En av Lill-Britts grabbar hade fin utsikt med. Med en AK- fyra. Hm. Han var nöjd med sitt vapen.

Nu kunde han se stollarna där nere. Barnen Jakob och Greta. De var ju på sitt sätt men han gillade dem. Eskil gillade han mest och ville göra allt rätt som

Eskil ville att han skulle göra. Det hade varit en hel del möten som han inte fick vara med på men Eskil hade alltid kommit till honom och berättat om vad mötena handlade om. Han minns allt vad Eskil sagt om att de måste vakta byn och att ingen fick komma in hit.

Han var kär också. David hade haft en flamma men hon hade inte gillat David så mycket som man ska göra om man ska vara ihop. Eskil var ihop med Rut och det var inte konstigt för de hade barn ihop. Sen gillade han Christoffer och Magdalena som också hade barn ihop men han var lite rädd för Isak och sen var det ju en massa andra som han inte riktigt kände men det kändes bra att vara kär i Oni som var så vacker och lite lik honom själv.

Eskil, Isak, Christoffer och Lill-Britt satt i storstugan. Framför dem på bordet, där de ätit festmåltiden vid Eskils och Ruts bröllop och namngivit Eva, hade Isak brett ut en karta över deras land och grannländerna.

Han satte fingret på huvudstaden och strök med fingertoppen mot en större stad nordväst och fortsatte med fingret mot en hamnstad strax ovanför.

"Enligt knapphändig information som jag fick tidigt i morse, har Styrkan tagit över en av våra viktigaste hamnstäder. De är inte så långt ifrån oss. Mindre än femtio mil. Det var nära till hands då en av ert lands större städer ligger alldeles vid vår gräns. Man kan säga att det var väntat."

"Okej. Så om de kommer hit, undrar vi alla hur ser vårt försvar ut i byn."

"Vi har vapen i varje stuga men inte alla kan skjuta."

"Utbilda alla på vapen." sa Eskil.

"Jo, så blir det. Fort också."

"Imorgon börjar vi. Jag och Eskil, Lill-Britts trupp och Magnus ska lära alla bosatta i Nedfluget hur man hanterar ett vapen."

"Är du säker på Magnus, Christoffer?"

"Tvärsäker!" Christoffer litade på den lille mannen för Eskil litade på Magnus och Eskil hade en klockren känsla för de rätta vibbarna. Eskil hade kallat den förmågan för vibbologi. Christoffer kunde sin vibbologi när han träffade Eskil första gången. När hans föräldrar försvann, hade han lärt sig att lita på sin magkänsla. Vibbologi.

Morgonen därpå, samlades alla de vuxna i storstugan utom tre ur Lill-Britts manskap som posterade på de bästa utkiken på berget med full uppsikt på byn och eventuella intrång av obekanta.

Denna gång var också Magnus en av mötesdeltagarna. Han visste att det var ett viktigt möte och satt på stolen bredvid Eskil men det var svårt att hålla benen stilla. De hoppade och stökade, som de levde ett eget liv men Eskil lade sin hand på hans lår och det bara slutade.

Eskil höll fortfarande sin hand på Magnus lår, vände sig sedan emot honom.

"Kan du tänka dig att visa oss allt om hur man hanterar ett gevär?"

"Javisst! Det kan jag. När ska jag börja?"

"Så fort som möjligt." sa Isak.

Magnus reste sig och bockade hela vägen ut genom dörröppningen.

"Ivrig som en iller"

"Ivrig som en sniper" sa Lill-Britt.

Efter en näringsrik lunch, samlades alla Nedflugsbor på lägdan utanför potatislandet. Magnus hade på kort tid, satt ut föremål som skulle siktas på med skarp ammunition som tycktes otänkbart för de flesta, men han hade sin plan klar för dagens lektion och han trivdes med uppgiften. Det kunde alla se.

Han stod framför en grupp av många människor och nu stod han upp på egna ben, de skakade, men inte händerna. Det var hans första jobb, där ingen gav honom order om att döda den och den. Där och där. Nu måste Magnus själv tänka ut hur lektionerna skulle läggas upp. Han väntade på att sorlet skulle upphöra. När alla tystnat och såg på honom, många förväntansfulla men det fanns också skeptiska ansiktsuttryck. Magnus höjde ena armen.

"Nu börjar jag och ni kollar noga."

Han visade hur olika vapen laddas, Mauser, pistol och hagelgevär. Alla såg uppmärksamt på och deras ansikten blev allvarliga. När han kom till pistol, älgade Christoffer fram till honom och bad om ursäkt för att han inte varit på plats i tid. Han viskade någonting i Magnus öra och Magnus boxade Christoffer i bröstet och skrattade.

Lektionerna hade varit mycket bra och informativa. Därefter blev det prickskytte. Magnus grimaserade och stönade ofta men det blev även fullträffar för några. De är inte obildbara tänkte han och sedan tänkte han på Christoffer som kommit sist till lektionen, hade haft en amorös upplevelse med Magdalena som han sa. Undrar hur det kan vara. Magnus visste vad det rörde sig om. Magnus visste också att han inte skulle bli så gammal.

Att vara mongoloid som hans föräldrar alltid kallade det var att om man var en sådan, levde man inte längre än till 30-35. Kanske han hade tio år kvar eller mindre. Vore fint att göra det där med en tjej innan dess.

Så kom en man från de församlade fram till dem och undrade om dynamit kunde vara ett bra försvar. Därefter kom en dam med en portfölj och undrade om nitroglycerin kunde vara användbart. Hennes man var död, hade arbetat som hjärtkirurg och fått en ingivelse innan han dog, att ta vara på så mycket nitroglycerin han kunde komma över.

"Min man planerade alltid framåt och när grannlandet invaderades, tänkte han att den som ska försvara sig mot fiender, behöver nitroglycerin. Jag slog bakut när han berättade om vad han hade gjort. Jag såg domstolen, skranket inför mig men han klarade sig tack och lov. Så dog han ifrån mig."

Christoffer såg på mannen med dynamiten och damen med nitroglycerinen med ett leende. Han tittade efter Eskil men han var inte där och Magnus hade fullt upp med sina vapenelever som hade många frågor om den pågående vapenträningen. En vacker kvinna på nittio år och en man något yngre ser på honom förväntansfullt.

"Så du har tagit hand om portföljen sedan din man dog."

"Det är tolv år sedan Olof dog. Jag vet vad innehållet i portföljen betyder. Inte skaka och inte exponera den för direkt ljus. Jag vill gärna överlämna den till dig. Jag vill inte längre grubbla på att jag har en bomb i mitt hem."

"Det förstår jag. Jag tar hand om den. Vad heter du?"

"Sirkka Jordahl. Jag kom från Finland för evigheter sedan, så träffade jag Olof på en studentfest. Vi föll för varandra på direkten." Christoffer uppfattade en glimt i hennes bleka grå ögon som gjorde dem mer gröna.

Han fick en knuff i sidan.

"Dynamit är väl bra?"

Christoffer vände sig till mannen och nickade.

"Hur mycket har du?"

"Följ med."

Samling i tingshuset igen. Stämningen var förväntansfull när Nedflugets boende hade samlats utanför byggnaden och sedan bestämt sig för att gå in genom dörrarna. De som inte fick plats i salen hade fått sittplats, inhämtade stolar från alla hus i byn. Vid det stora bordet satt de utvalda byborna som ansågs vara kloka i tanken, och kunniga i svårbegripliga ting. Gruppen hade utökats. Eskil och Christoffer hade fått en plats i "Tinget". Eskil kände en viss olust men också stolthet. Han såg på Christoffer och tänkte att stoltheten lägger jag på Christoffer. De satt bredvid varandra och hade Isak och två gamla gubbar rakt framför sig. På andra sidan om Eskil satt en kvinna. Lärarinnan.

Han tänkte också på fördelningen av män och kvinnor i en styrande grupp. Det måste vi ändra på. De två gubbarna hade säkert varit kraftfulla för tjugo år sedan men inte nu och Eskil förstod att Isak hade ombesörjt byns försörjning och skydd på egen hand.

"Då börjar vi med att öppna detta möte. Sekreterare?" Magdalena räckte upp handen och Isak slog näven hårt i bordet. "Gillas." Christoffer gillade det med och blinkade till sin fru.

"Så börjar vi med Christoffers rapport. Varsågod."

Christoffer reste sig från stolen för det hade han lärt sig en gång i skolan. Ska man hålla föredrag ska man stå upp och se på alla i rummet. Han gjorde så och när han såg på Magdalena, blev han varm i hela kroppen.

"Jag har fått information från änkan Sirkka Jordahl, om att hon har nitroglycerin i sin fina stuga. Hon vill bli av med sin mans portfölj. Medikamentet förvaras där." Många i salen tjoade och lämnade sina stolar och pratade högljutt med de som stod närmast men det fanns även de som såg förskräckta ut.

"Ordning! Ordning" Isaks kraftiga näve räckte inte för att banka i bordet. Han ställde sig upp och gastade. "Fasiken! Tyst på er allihop meddetsamma!" Men när han satte sig igen och alla lugnat ner sig log han med hela kroppen.

"Fortsätt nu med din rapport Christoffer." Christoffer kände att hans nya roll i Nedfluget skulle bli bättre än vad han hade förväntat sig. Han såg på Eskil som lyste, verkligen lyste. Han böjde sig ner och gav Eskil en kram. Eskil hann med att viska: "Du är viktig för byn men viktigast för mig så var försiktig."

Christoffer harklade sig och gick vidare med sin "rapport". Allas ögon tycktes vara fastnaglade vid honom. "Så nu ska jag komma med någonting ytterligare som kan vara bra för oss alla."

"Jag har varit på hemligt uppdrag." Han letade efter en specifik person i folkhavet. Dynamitgubben satt längst bak i rummet och satte upp en hand och vinkade diskret.

"Ingen vet visst att vi har en invånare i Nedfluget som har haft alla möjliga talanger under sin uppväxt. Jag ska inte gå in på alla talangerna men berätta om de som kan vara användbara för oss."

Många reste sig upp igen. Eskil reste sig upp, även Isak och därefter stod alla upp och väntade på Christoffers rapport. Christoffer svalde. Värre än vad jag hade förväntat mig. Har jag blivit byns säkerhetsguru? Han gav Dynamitmannen ett tecken, att han skulle komma fram och han kom raskt fram till "podiet" på krumma ben.

"Detta är Martin Hemå. Berätta för alla nu historien som du berättade för mig."

Och det blev en lång, lång berättelse som började när han som elvaåring fick lära sig att hantera dynamit av sin farfar som var rallare vid järnvägen. Med tiden blev Martin helt såld på dynamit och lärde sig snabbt hur man kunde få tag på sprängvaran och hur den skulle hanteras. Hela tonårstiden bestod av experiment och matematiska beräkningar med små laddningar och stora laddningar som han kunde styra fullt ut med tiden men det krävdes många testsprängningar.

"Farfar dog strax innan jag fyllde tjugo. Jag hyllade honom med en liten sprängsalut på hans begravning men vid det laget visste alla vilken fyr jag var." Han skrattade hest åt sitt fyndiga skämt. En hand sträcktes upp i folksamlingen. Genast följde flera vifta med sina händer i luften. Martin nickade åt den förste, en man med yvigt skägg och kalt huvud.

"Jag är född i Nedfluget och minns inte att vi gick i skolan tillsammans."

"Nä, nä och det kan jag förklara. Du är minst trettio år yngre än mig och jag kom hit först för femton år sedan. Kära ner mig i en änka som dog för fem år sedan." Han hörde viskningarna och sedan Sirkkas röst.

"Du var Lindas stora kärlek."

"Jo tror nog att det var så för hon var min enda kärlek."

Nu spreds en andakt och en lång tystnad i huset. Christoffer stod bredvid Martin och begrep att det inte bara handlade om dynamit. Byinvånarna hade ett kitt emellan sig för att kunna överleva på platsen. De hjälptes åt och visste allt om alla.

"Du kan ju inte bo ensam i stugan så långt ifrån byn."

"Du vet Sirkka. Det är Lindas stuga och jag har ett lager av dynamit däruppe."

"Ja Martin. Tror du att du kan lära några utvalda här i rummet, att hantera dynamit på rätt sätt?" Isaks fråga.

"Absolut men det är inte svårt om man har alla hästar hemma. Styrkan knackar snart på, då måste alla i byn försvara sig."

Isak pillade med sina buskiga ögonbryn. Han ville veta hur det var med den gömda dynamiten. Hur mycket dynamit fanns det, och var? Finns bergsgrottor i byns närhet. Därtill en portfölj med nitroglycerin?

"Vad har du jobbat med?" Isak vände sig mot Martin som harklade.

"Som sprängexpert i försvaret många år. Sedan blev jag rekryterad under konflikterna i mellanöstern och Balkan i början av 2000-talet. Var med under Syrienkrisen. Hemska saker. Sprängexpert. Där också."

Martin såg kvinnan vifta med handen i luften som ännu inte fått ställa sin fråga. Han nickade försynt. En attraktiv kvinna men för ung, tänkte han.

"Jag undrar om jag också kan bidra för att försvara oss. Jag är en fena på pilbåge." Hon rodnade. "Enligt pappa." Pappan stod bredvid och nickade.

"Pilbåge är ett bra vapen. Alla borde veta hur att hantera en pilbåge. Kan du och din pappa lära alla i byn hur man skjuter pilbåge?" De nickade och Christoffer satte sig bredvid Eskil och Martin lämnade sin utsatta plats som föredragare och sökte upp Sirkka.

Styrkan kommer

Det var en ljuv morgon. Solen sken in i Eskils och Ruts stuga. Han gick ut och såg på byn och allt var så vackert. Han hade en tandborste i höger hand och en tandkrämstub i vänster hand. Bara det var ett under alldeles för sig själv. En tandborste från Jordan och en Pepsodent White.

Det fanns en tid då han hade gått genom vildmarken och letat och hittat substitut för tandkräm. Även för hårschampo och tvål. Medikamenten hade fungerat. Trodde han. Christoffer hade varit skeptisk till örter och tallbarr som Eskil krossat till en smet för tänderna men grabben kände att tänderna blev fräschare och vildsåpa var fint hårschampo och tvål. Allt i ett. Men en tandborste hade han inte lyckats hitta i vildmarken. Verktyget hade varit skiftande beroende var han för tillfället befunnit sig men en viss kort och tät mossa, hade varit bästa alternativet.

Han gick tillbaka till stugan och tittade på familjen som slappade i den grovsnickrade sängen. Rut sov och Eva sov. Jacob sov i egen säng vid kortväggen. Kan inte bli bättre. Eskil värmde vatten i en kastrull på gasolköket. Isak beklagade att de inte hade el i stugan men de kan brygga kaffe med Melittan. Och nu skulle det bli pådrag i byn. Kan det inte bara ta slut någon gång? Hans land var snart uttömt av inhemska invånare och nu hade Styrkan gått över gränsen till deras nya land, intagit de viktigaste större städerna, ja, till och med huvudstaden.

Han mulnade till över Melittakannan.

"Vad mumlar du om?"

"Ja, Rut. Jag undrar hur det ska gå för oss allihop."

"Bra hoppas jag för jag är kaffesugen."

"Kaffe ska du få och har sugen fått sitt?"

"Sugen? Nu får du skärpa dig! Hon heter Eva! Sur idag?"

"Bekymrad. Förbaskat bekymrad! Vi har en unik gemenskap här i byn och Magnus är beredd med sina examinerade skyttar har jag hört men hur många ska vi slåss emot?"

Rut klev ur sängen med Eva på sin arm, strök ömt över Eskils axlar.

"Vi tar kaffet nu. Finns det bröd?"

Efter att alla fått sig en bit mat, samlades de i "rådhuset." klockan två. Isak och Eskil stod upp vid långbordet och såg alla komma in och de satte sig ned när hundrasexton människor fanns samlade i salen, inräknade barn under sexton år och gamlingar över åttio. Fyra ammande mödrar med var sitt spädbarn. Eskil hade räknat på morgonen. Det fanns en stridsduglig styrka på nittiotvå, eller kanske nittiofyra för damen med nitroglycerin och mannen med dynamit, tycktes vara i god fysik och även i huvudet.

"Trodde inte att vi skulle behöva samlas för ett så allvarligt ändamål som detta." Isak masserade sina knogar och Eskil såg ned på sina egna. Det var knäpptyst i rummet. Han kunde höra deras andetag, återhållsamma men hörbara och mycket spända. De var beredda att försvara Nedfluget till varje pris.

"Eskil och jag har utarbetat en plan som kräver att alla starka och friska personer gör sitt bästa. Magnus grupperar sina skyttar, femtiotvå stycken har jag förstått?" Magnus nickade. "Ni sprider ut er och befäster alla utsiktspunkter runt byn. Två och två. Barn och kvinnor tar skydd här i huset." Isak hörde spridda protester. "Alla barn under femton och alla mödrar med spädbarn. Det finns en källare i detta hus. Ta skydd där. Jag visar er efter mötet."

"Så hur blir det med gamlingarna?" Det var Martin som undrade med ett snett flin på läpparna.

"Vi behöver dig och…" Han letade efter Sirkka i folkhavet. Hon viftade med sin hand. "Jag ställer upp."

Isak harklade sig. "Bara som konsulent. Du har en del kunskap om din mans kunskap om nitroglycerin. Vi kanske behöver be om råd när det hettar till."

"Men vi andra då? Vi vill ge assistans så långt det är möjligt." En gammal man med en kvinna i samma ålder reste sig och såg på Isak.

"Jo, bidra så långt ni orkar men som sagt, barn under femton och mödrar med spädbarn tar skydd i källaren."

Eskil såg på Rut och Magdalena som nickade. De hade förstått. Oni nickade också och det hisnade till i hans mage. Var hon gravid? David eller någon spjuver i byn? Han log.

Ett regn drog över byn på kvällen. Isak hade övertygat sig om att alla barn och mödrar satt säkra i källaren och att de hade det bekvämt. Eskil satt med sin familj med Ruts hand i sin och Eva i sitt knä som höll hårt i hans andra hands tumme. Det fanns sängar, vatten och proviant, så alla var nöjda, även Eskil.

"Är det okej? Ni kanske måste sitta här ett tag. Jag tittar till er när det är möjligt."

"Eskil! Klarar du detta? Är du helt kurant efter vår resa hit?"

Eskil kysste henne men Rut greppade hans huvud med starka händer och såg in i hans ögon. "Jag menar att du är far till mitt barn. Du ska gå ut i strid! Är du beredd på det? Kan du bara inse att du är medelålders? Du blir femtio om fem år."

Eskil log och kysste henne igen. "Du vet väl att det inte är någon ålder. Vi själva gör det till vad det är. Älskar dig Rut." Han kysste henne, kysste Eva som gosade i Ruts famn. Han strök sina fingrar efter Evas huvud, helt kal men hon såg på honom med klar blick och Eskil lovade att hon skulle få en framtid men för att det skulle bli realitet, krävdes mod. Inte bara från honom utan från alla. Även från mödrarna som måste stanna kvar i byn med barnen och de mest skröpliga gamlingarna.

"Eskil. Nu är det tid för att lämna din familj. Vi måste sätta oss en sista gång och gå igenom vår strategi för morgondagen."

Isak och Eskil lämnade källaren och gick in i rådsalen, De satte sig med de andra stridsdugliga. Genomgången av tillvägagångssättet tycktes inte ha några större fallgropar. Vid några tillfällen, gjordes justeringar som inte skulle kunna rubba grundplanen.

"Så tidigt i morgonbitti klockan fem, samlas vi härutanför för en sista överläggning." Isak reste sig från bordet och alla gick hem för en sista natt med normal sömn.

Innan Eskil och Isak skildes åt kramade de om varandra. Eskil gick mot sin stuga och Isak mot sin. Eskil gick i tankar, uppöver backen, vände sig om och såg på den gamle mannen som letade efter nyckeln på bjälken över dörren. Han har ändrat sin rutin. Dörren till hans stuga har alltid varit olåst. Isak skulle vara på plats klockan fem men Eskil var övertygad om att Isak även skulle ingå i försvarsstyrkan från Nedfluget. Isak ville vara med i sin sista strid mot ockupationsmakten.

Alla stod samlade klockan fem på morgonen. Halv sex hade alla skyttar gett sig iväg för att ta posto runt byn. En kärra med dynamit stod parkerad på tunet. Kärran skulle dras uppför en svår passage och över berget av starka tonåringar och när tiden var mogen adapteras av Martin. Gamlingen som var professionell och kunde allt om dynamit. Nitroglycerinet var en svårare uppgift. Den fick inte skakas så att det blev instabilt under färden uppför bergskammarna. Sirkka satt fortfarande på en stol med portföljen bredvid sig.

Eskil gick fram till henne, böjde knä och tog hennes händer i sina.

"Du behöver inte vara med i detta. Jag menar, att någon annan tar hand om portföljen till den plats vi vill ha den."

"Aldrig! Min man lärde mig allt om det här otyget!" Jag bär medikamentet!"

Och så blev det, med assistans från en gut som hela tiden blev tillrättavisad.

"Nej för bövelen! Håll portföljen i linje! Vicka inte! Nu håller du den galet igen! Äsch, ge hit! Jag tar över den." Och Sirkka tog handtaget på sin mans slitna portfölj och bar den hela vägen upp till toppen horisontellt. Där väntade Eskil och Isak med tre av Lill-Britts mannar.

"Fan så jobbigt det här var. Sjutusan så brant!" Eskil kramade om henne och bjöd på en kopp örtte. "Sitt här nu och njut av utsikten. Du behöver inte göra någonting annat."

Sirkka njöt för nog var det vackert. Hon hade aldrig sett Nedfluget så högt uppifrån. Hon såg fjorden som var bredare än vad hon hade föreställt sig. Därute fanns det fisk, i byn fanns det människor och strax utanför byn mot berget, fanns det odlingar. Här skulle hon suttit med Olof och vänslats när de var unga men visst vänslades de fortfarande innan han gick bort. Men hon ville gärna ha mera av det. Det gjorde gott.

"Gott te och vacker utsikt. När bombar vi dem?" Eskil tog hennes kopp och fyllde på med mera te. Samtidigt gjorde han ett tecken till Isak som satt på klippan med ögonen stirrande mot sydväst. Samen skakade på sitt huvud.

Han hade en mugg med ljummet renblod i sin hand. Ingenting som Eskil traktade efter.

"Sitt nu här. Vi har filtar om det blir kallt. Nu tar vi över men vi kan behöva råd från dig om din sprängfyllda vätska."

"Jag ser dynamit Martin!" Sirkka pekade och Eskil såg att på en klippa nedanför dem, knappt tio meter ner, fanns det en liten grupp av eldsjälar. Oni som är gravid fasiken också. David, Christoffer och Lina. De personer som han lärt känna men därutöver fanns fyra män från Nedfluget.

"När får jag använda min nitroglycerin?"

"När styrkan är på ingående. Vi ska stoppa dem!"

Solen lyste över dem alla. På de väntande och gömda i byn och på de nogsamt utplacerade runt Nedfluget. Folkfronten hade fått en lätt lunch av torkat ren och älgkött med bröd och vatten till. Oni fick också smaka torkad hare och fisk för första gången.

"Vad tycker du? Hemskt eller är det okej?" Oni viftade med en torkad bit torsk framför Christoffers flinande ansikte.

"Gott! Riktigt gott! Tror att det kanske kan konkurere med sushi."

"Ha, du börjar prata ett nytt språk."

"Vad menar du?"

"Du kommer säkert att acklimatiseras utan problem i det nya landet! Konkurere!"

Drygt två timmar senare, kom Lina fram till Christoffer och Oni. Hon berättade att två av de stationerade i Lill-Britts manskap, hade avgett rapport om vissa aktiviteter, några kilometer ifrån fjordens inlopp.

"Var är Lill-Britt?"

"Där hon blivit placerad. Tre kilometer från fjordens inlopp västlig riktning."

"Då borde hon fått den informationen."

"Eller kanske inte, Christoffer. Vi vet inte om signalsystemet fungerar fullt ut!"

Christoffer signalerade till Eskil och Isak på klippblocket ovanför dem. En pinne med gult tyg som i all hast fabricerats, när en pojke undrat om det inte vore riktigt bra med ett lättbegripligt signalsystem och hans idé förverkligades. Pinnarna med olika färger, grönt, gult och rött blev en spännande sysselsättning för alla i byns skola och kunde bli ett viktigt hjälpmedel för dem som nu skulle strida mot Styrkan.

Eskil och Isak såg signalen, visste att någonting var på gång men inte varifrån hotet skulle komma. Eskil viftade med armarna ner till Christoffer. Christoffer koncentrerade sig och gav information som en sjöman skulle göra i sjönöd. Eskil och Christoffer hade lärt sig hur man kallar på hjälp. De hade studerat en bok som Kristina och Eskil tagit med sig på sin flykt till den okända vildmarken. När det inte var trevligt att gå utanför Eskils koja, när det regnade varje dag eller snöade och blåste varje dag, studerade de Kristinas bok. "Knopar och båtvett"

Christoffer fick ett klartecken av Eskil, att meddelandet hade förståtts. Isak viftade med grön flagg. Alla hoppades nu på att signalerna gått fram till alla enheter som nu förstått att det inte skulle dröja till strid. Förhoppningsvis skulle alla enheter inom en halvtimme, vara beredda för Styrkans ankomst. Men hur stor var den inkräktande armén? Eskil hade inte uppfattat några uppgifter om det. Fanns det krigströtta bland dem som hade tappat sin motivation, eller var de djuriskt starka? Eller var de som Oni hade berättat, att de stridande ofta bestod av människor som tvingats in i Styrkan. Hemlösa, frisläppta fångar, människor med drogproblem och flyktingar utan uppehållstillstånd?

Eskil såg upp mot den klarblå himlen. Alla som hörde ljudet såg upp för att begripa vad det kunde vara. Även den trötta gruppen på knappt trettio man i Styrkan, stannade och såg upp mot skyn.

Sirkka tryckte sina händer mot sitt en gång så vackra ansikte, fårat nu men ännu vackert. Är det möjligt tänkte hon.

Många tänkte att nu var det slut. Nu kom bomben. Martin Dynamit såg förbluffat upp, såg det som var så bekant för honom och skrek. "Flygplan! Flygplan!"

"Ducka! Ta skydd!"

Lill-Britt kastade sig ner på marken och hoppades att alla gjorde det samma som hon men dåren Martin stod fortfarande upp och grinade med hela ansiktet mot himlen. Han slog sig på knäna med båda händerna och hojtade:

"De är här! De kommer för att rädda oss!" Lill-Britt såg att hennes egna mannar, låg platt på marken. Lugna men det var inte lugnt med Martin. Piloterna kan röja deras gömställe. Hon ålade fram till gamlingen med sitt maskingevär, övervägde om hon skulle använda det, smälla till honom med kolven, men det var en gammal man. Hon ville inte spräcka hans skalle. Hon ryckte undan hans fötter så han föll framstupa men fångade upp honom, med adrenalinet kokande i hennes kropp. Han såg mer än överraskad ut med sedan skrattade idioten.

"Lill-Britt! Du förstår inte. Jag kan allt om flyget. Det är krigsplan från England! Hör på mig nu. De tänker rädda oss i det här landet. Jag förmodar att de just nu räddar alla i grannländerna med."

Lill-Britt såg stumt på honom och såg upp mot himlen. Från början var det fem plan, nu såg hon att det kom flera hela tiden. De var inte stora men hon fick en glimt av att de var bestyckade och de lämnade inte luftområdet. De cirkulerade och de blev fler och fler. Lill-Britt klappade Martin på kinden som genast kramade om henne.

"Vad ska jag göra?"

"Vad vet jag? Vifta med vita flaggor så att vi i Nedfluget inte blir nedmejade av GB Force?

Isak och Eskil hade heller inte missat anhopningen av flygplanen. Vita eller ljusa kläder skulle användas för att signaleras med på långa stänger till de cirkulerande piloterna. Alla med verktyg, högg med yxa, använde kniv eller bara stampade med foten med kraft, för att tillverka så många störar som det var möjligt. Alla med ljusa kläder, slet av sig dem och knöt fast dem vid störarna. Sirkka offrade sin enda underkjol med brodyr i nederkanten. Hon offrade sina trosor med och tänkte att det var för sakens skull. Det kändes ju väldigt befriande. Varför hade hon inte gjort det tidigare?

Alla invånare från Nedfluget samlades på sina krigsposter och viftade med sina vita flaggor. Flygplanen cirkulerade över inloppet till fjorden. De hade tidigare lokaliserat Styrkan knappt tre kilometer från den yttersta utposten av folkfronten. Ingen från Nedfluget visste att det betydelsefullaste delarna av grannlandet blivit tillbakataget och att de styrande i Styrkan, tillfångatagits och förts bort för att rannsakas.

"Why not do it right?" Benson såg alla vita flaggor och styrde planet en sväng till runt människorna under dem.

"Just consentrate on the evil basters. We are here to help them."

Planen ändrade riktning mot Styrkans placering vid fjorden. Adam vinkade glatt med sin lilla hand när maskinerna försvann bort över skogen igen. "Fyplan." Christoffer rättade honom. "Flygplan." Adam upprepade glatt sitt fyplan.

"Han är tidig med språket." Magdalena lade sin hand på Christoffers bröst.

"Är han?"

"Han är ju bara året drygt."

"Så när börjar barn prata?"

Magdalena skrattade och pussade den glade gossen i sin famn. "Han är unik om jag säger så."

"Som du då."

Alla var på väg hem till Nedfluget utan att tala med varandra. Kanske de var chockade över hur deras strid mot fienden utfallit. Ingenting hade de fått gjort.

Ingen dynamit eller Nitroglycerin hade använts och inte ett enda skott hade avlossats. De borde ha varit nöjda med detta.

Magnus spatserade glatt i täten av sina skyttar. De var trötta men outsägligt glada. Alla samlades utanför rådsbyggnaden. De hopade sig framför byggnaden med det mesta av krigsmatrealet med sig. Magnus var den första att släppa arsenalen i backen. Alla följde efter utom Sirkka som lämnat ansvaret för portföljen med det flytande sprängämnet. Portföljen fanns nu i säkert förvar hos Isak.

"Jag har gjort mitt. Spännande har det varit men nu ska jag hitta på annat."

"Vad kan det vara mer än att ta hand om mig så tar jag hand om dig?"

Sirkka knuffade till Martin. De greppade tag i varandra och promenerade mot byn.

"Hem till mig eller till dig?" Sirkka bestämde att det blev hem till henne. "Men bada innan vi äter middag."

"Absolut! Vi kan bada samtidigt.